牧野詭事

天下霸唱　著

目錄

第一章

墓中尋龍

盜墓

武昌起義隆隆的槍炮聲，使中國終於掙脫了封建帝制的沉重枷鎖，進入了一個各種新銳思潮與遺風陋習激烈衝撞的大時代。民國初年的社會局勢尤其混亂，不僅各路軍閥之間戰事頻繁，而且出現了百年不遇的「北旱南澇」災情。許多省份都無收成，成千上萬的人成了災民。為了能有口飯吃，許多人鋌而走險當起了土匪，或去做人口販賣、走私煙土、軍火等缺德的勾當。這正是「十年干戈天地老，四海蒼生痛哭深」。

常言道：「盛世古董，亂世黃金。」在兵荒馬亂的歲月裡，只有黃澄澄的金條才是硬貨幣。在盜墓者的眼中，如此時局之下，國家的法律已形同虛設，正是盜掘古塚、竊取祕器的大好時機。有經驗的盜墓老手，當然不會放過這種機會。等到有朝一日政局穩定下來之後，古董價格必會看漲，屆時再把所盜之物出手，便可輕輕鬆松地發上一筆橫財。

盜墓賊「馬王爺」和他的兩個老夥計——老北風、費無忌，就是瞄準了眼前的機會，打算趁著淤泥河附近軍閥交戰，附近村縣老百姓逃得十室九空之機，動手盜掘河畔的一處無名古塚。

馬王爺本名叫馬連城，因盜墓經驗豐富，做過不少大手筆的勾當，而且眼功極高，甚至有人傳說他有第三隻眼，不管地下有什麼古墓，不論藏得多深，他只瞧一眼，就能看出其中端倪，所以才有這麼一個綽號。然而對馬王爺的本領比較熟悉之人，都知道他並非生有什麼三隻眼睛，只尊稱她為「觀山馬爺」。

馬王爺盯上淤泥河邊這座古塚不是一兩天了。古塚的地點就在離河邊不遠的一片密林之中。物換星移，丘隴漸平，那古塚的地面封土堆和石碑等標記早已消失多年，不是行家根本就發現不了。如果撥開那些枯黃的亂草，在半尺多厚的異色泥下，便可以瞧見一塊塊奇大無比的墓磚，墓磚的縫隙間有鑄鐵加固，要想短時間挖開盜洞，就必須使用土炮炸出缺口。

只是這附近離官道不遠，地理位置雖然偏僻，卻是必經之路，昔日人來車往難有機會下手，即使在夜裡用土炮炸那墓牆，也有可能會驚動民團或保安隊。所以馬王爺雖然早就去踩點過幾遍了，卻遲遲未敢輕舉妄動。當前的戰亂卻使得這裡突然變得人跡罕至，這對馬王爺等人來講那真是天賜的機緣。他立刻會合了另外兩個盜墓老手——善使火藥術的「老北風」與身強力壯的開棺好手「費無忌」。為了掩人耳目，三人都裝作道人打扮，帶上一些應用器械，牽了幾頭用來馱東西的騾馬，晝伏夜行來至淤泥河畔。

「淤泥河」之所以得名，是由於這河中是半水半泥，也不管是水災或是旱災，這條河始終都有這麼多爛泥。近年來河水流量逐漸變少，原本一條數丈寬的河流，又被淤泥分割成若干段，只有在雨水最大的時候，才偶爾連成一片。河床則全是一叢叢幾尺高的亂草，有些不明究竟的外地人，路過的時候想在河邊喝口水、洗把臉，在毫無準備的情況下，如果一腳踩到草下的泥潭，往往就陷在淤泥中丟了性命，沒人知道這淤泥河死過多少人。這條河由於死人太多，除了河道最中間極窄一段的水質還算說得過去，大部分河道中一年四季都流著黑水，散發著一股股強烈的腐臭。

馬王爺他們到達淤泥河邊之時，已經是夕陽西下、暮色黃昏。由於事先已經多次看過地形，馬王爺和老北風等人幾乎不費吹灰之力，就將古墓的磚牆掘了出來。老北風一馬當先，在碩大的墓磚上用手指敲敲打打，勘察下手的位置。馬王爺和費無忌二人都蹲在一旁等候，馬王爺神色悠閒地抽著煙，而費無忌則神情專注地盯著老北風臉上的表情變化，有幾分擔心攜帶的土炮藥量不夠。

老北風不慌不忙地探明了磚層的薄厚，對馬王爺和費無忌說道：「兩位老哥，這壽穴造得如石槨鐵壁，非常結實堅固。咱們雖然帶的火藥不多，但我估計若用土炮炸它最薄弱之處，應該就差不多了。」

馬王爺聽罷，不動聲色地點了點頭，吩咐道：「這淤泥河附近的人早就跑光了，動靜鬧得再大也沒關係，只是需要把藥量計算得恰到好處，別損傷了壽穴中值錢的器物便是。」

馬王爺是這夥人中的首領，他下達指示後老北風才敢動手，很快地便安裝了土炮的藥引。

土炮轟然炸響，別看是土制炸藥，爆炸的威力著實不小，炸得土石橫飛、濃煙升騰。老北風早年間在北洋火器局做過火藥師，這些年來跟隨著馬王爺盜過不少古墓，土炮破牆正是他的拿手好戲。待煙霧散去之後，只見這座無名古墓被大揭頂，已經給炸出好大一個缺口。

土炮打出的缺口，位置剛好在墓道銅門的頂端，繞過了最為堅固的銅門鐵壁，但墓牆露出的缺口後並不是墓道，裡面豎著一塊青條石墓碑。三人不免有些奇怪，盜了這麼多年的墓，還沒見過誰家的墓碑放在墳墓內部，這是唱哪出戲？於是三人並肩走近定睛觀瞧，都忍不住想要看看這無名古墓裡藏著的石碑上究竟寫了些什麼。

那墓碑又扁又長，造得甚是奇特。石頭便是普通的大青石，上邊頂端雕了一個鬼頭，當中歪歪斜斜地刻著一行大字，筆劃怪異潦草，透著陣陣邪氣。

這三人中只有費無忌是不識字的粗人，老北風雖然識得一些常用字，但加上認錯的白字，最多也就認得幾百個字，稍微複雜些的文字便不認得，對於石碑篆刻更是一竅不通。他們倆看起這塊墓裡的石碑來，跟看天書差不多，連半個字也讀不出來，只好請教馬王爺這碑上究竟寫什麼文字。馬王爺博古通今，自然是難不倒他，青石上的一行字跡雖然奇特，卻並非古篆之類繁雜艱難的碑文，稍加辨認就已讀出，當下便在心中默念了一遍。

不看不要緊，一看之下，馬王爺竟然覺得心底裡突然生出一陣寒意，這青石上刻的一行字是：「諸敢盜吾丘者必遭惡咒墜萬劫而不復之地。」原來這是一塊古代墓主用於恐嚇盜墓者的詛咒石，也就是墓主發下毒咒，誰敢掘這座墳，墓主即使死後千年在冥冥之中，也必詛咒盜墓者墜入萬劫不復的境地，見此石碑者——死。

自古以來，從有厚葬之風開始，世間便無不發之塚，但「事死如事生」的觀念在古人心中根深蒂固，很少有貴族願意紙衣瓦棺。既然不能薄葬，便只有想盡辦法反盜墓，除了機關疑塚之外，詛咒震懾也是一個常用的辦法。馬王爺以前也曾見過類似的，但盜墓之人既然敢做這穿梭於陰陽界之間的行為，便早已將鬼神詛咒置之度外了，他對於這種毒咒早已習以為常，根本就不在乎。

然而這次不知為什麼，竟然感到一陣心慌意亂，說不定這無名古墓中真會有什麼古怪。

好在這種感覺很快就過去了。從以往的經驗來看，這座墓至少是宋代以前的。雖然整體規模不大，但那些墓磚大得罕見，墓主人的來頭一定不小，裡面陪葬的金玉珍寶少不了，別再疑神疑鬼耽誤了正事。想到這，馬王爺已經為自己打消了那些疑慮。他定了定神，故作鎮定地指著青石碑告訴另外兩個同夥：「試讀碑上文，乃是昔時英啊！石上所刻乃是墓主先賢的高名。」

馬王爺沒對老北風和費無忌說實話，心想反正他們二人也不認得碑上寫了些什麼，與其讓他們擔驚受怕，還不如就說這青石是塊墓碑，免得幹活的時候大夥心裡害怕。

老北風和費無忌向來對馬王爺佩服得五體投地，此時聽馬王爺這麼一說，頓時恍然大悟，看那青條石形狀雖然古怪，就只是塊刻著墓主人名字的石碑。馬爺還是厲害，不但認得碑上的怪字，而且說的話還出口成章，不得不讓人在心裡讚嘆。馬老爺還是百年才出一位的相地大師，跟著馬爺觀山盜墓，簡直比搶銀樓過癮，不僅能財源廣進，而且還長學問、長見識，不愧是我等的良師益友。

馬王爺隱隱約約有種不太好的預感，他歷來不是疑神疑鬼之人，何況現在古墓磚牆已經炸塌了，到了嘴邊的肥肉豈有不吃的道理？但這種不祥的預感還是使他有幾分不安，只想儘快收工回府，於是對老北風二人一擺手：「得了吧二位，咱們三位加起來少說都有一百六、七十歲了，你們也別捧我了，趕緊收拾收拾，到這壽穴中搜尋一番，把事情做得好的可比什麼都強。」

老北風和費無忌齊聲稱是，方今天下正值亂世，趁著老胳膊老腿還能動，抓緊時機狠狠地幹上幾票，只盼著此墓中金玉滿堂，讓咱們今天來個開門紅。當下三人就在那墓前，用老酒擦了擦手臉，取出朱砂來用水化開，當作顏料用毛筆沾染，各自在臉上畫了一張血紅猙獰的臉譜，並在頭頂上紮了一塊藍色方巾。

馬王爺他們的裝束打扮看似神祕詭異，其實這一舉一動很有講究。盜墓之人雖然不信邪，卻不能不避邪。身穿道袍頭頂藍巾，左手戴個銀指環，臉上畫個紅臉譜，這扮相叫作「魁星踢鬥」。據說魁星乃是「九九星中第一龍」，古星學中「魁」為北斗第一星，

堪稱九宮之魁首。此星在天為萬靈之主宰，在地為百脈之權衡。魁星也就是貪狼星，傳說貪狼星君相貌奇醜，突面而獠牙，民間視之為司管文運之星。而馬王爺這些盜墓者認為貪狼星君能擋煞克邪，如果能請得魁星天官上身，別說墓中發生屍變、古屍忽起撲人之類的險惡狀況，即便是有具千年屍王，也盡可以一腳將其踏住。

片刻，這三人便已準備就緒，進入墓門之前要先燃起一炷「尋龍香」，馬王爺用嘴對著香頭輕輕吹了一口，橘紅色的香火被他吹得越發明亮。「尋龍香」對地下封閉環境中產生的毒氣非常敏感，一遇毒霧、屍毒等陰晦之氣立滅。

但就在他們要邁步進去的那一瞬間，樹林裡忽然刮起一陣陰風，那股風夾雜著一股刺鼻的膻腥，馬王爺感覺有個什麼東西從他腳邊「嗖」的一下躥進了古墓。老北風和費無忌也感覺到了，但實在是太快了，三人誰也沒看清楚剛才鑽進墓中的究竟是什麼東西。

費無忌以前曾在綠林中當過馬賊，平生殺人如麻，這三人中就屬他膽子最大。他見此情形立刻拔出槍，對準墓中連開數槍。槍聲過後，墓中卻靜悄悄的沒有任何動靜，也不知剛剛躥進墓中的那東西是不是被子彈擊中了。

馬王爺在心裡罵了一句，這次怎麼總覺得有點不順？老子這輩子多少大風大浪都過來了，可別在陰溝裡翻了船。他見費無忌還想接著開槍，便攔住說道：「別浪費子彈了，我看那東西八成是被土炮驚動躥出來的，不是老鼠就是隻老狐狸，老鼠和狐狸也是兩大仙家，跟咱們井水不犯河水，別再跟它糾纏下去了。」雖然事先已經探明了周圍數十裡內沒有人煙，但為了保險起見，馬王爺還是讓老北風在墓道口把風，他帶著費無忌進去幹活。

費無忌早就迫不及待地想進古墓搬金取玉，當下就將一盞馬燈掛在鐵撬前端，用一隻手舉了，另一隻手拎著槍，與馬王爺一前一後鑽進了墓室。

這座墓面積不大，可能是照搬了墓主生前住宅的一部分，前後只有入口，都以極大的墓磚壘砌，棺材應該停放在最深處。墓室四壁冷森森的，牆角都生滿了綠苔，泛著股嗆人的潮氣。一看裡面的情況，馬王爺不由得先是一陣失望，看樣子這墓中曾經有大量積水，幾乎所有貴重的陪葬品都被水浸得朽爛了，但一抬眼，卻見一口漆都掉光了的大棺材，被幾個銅環吊在室中。

古墓的設計者往往也考慮到了地下滲水的威脅，一般都是利用排水溝，或者設置棺床，提高棺槨的位置，或者乾脆直接用銅環鐵鍊把棺材吊起來，這座墓便是使用的最後一種方法來防止水浸。馬王爺和費無忌見這口棺材還算完整，頓時來了興致，二人踩著青磚棺床，撬動棺蓋。

費無忌如蠻牛般的力氣，撬個棺材還不容易，嘎嘎數聲，他已撬掉幾枚生滿鏽跡的大棺材釘。為了躲避棺中鬱積的屍氣，倆人先退開數尺，轉到棺材頂端，在遠處用鍬頭將棺蓋向下推開一截。在漆黑的墓室中，兩個盜墓賊屏住呼吸，提著照明的馬燈，貪婪地向棺中望去，那棺中的情形卻讓人目瞪口呆，半晌都摸不著頭緒。

費無忌一臉茫然，用手摸了摸自己的光頭，問馬王爺道：「馬老爺，這是有水沒有魚啊？」他說的這是一句「避口」，也就是道上的黑話。古墓是死者的領地，活人進去盜墓為了讓自己安心，硬是給自己增加了許多忌諱，「避口」便是口頭上的忌諱，最忌說諸如「死、屍、陰、冥、逃、墳、墓」之類的字眼，認為這些字太不吉利，在交談的時候都要儘量繞開。「棺材」二字發音同「官財」，所以並不需要避口，如果說棺材裡有水沒有魚，那就是指棺中只有陪葬品而沒有屍骨。

其實就算費無忌不說，馬王爺也已經看到了。縱然是他見多識廣，也不知道這棺中究竟是怎麼回事。首先這口大棺材雖然受墓中潮氣所侵，但棺蓋的釘子在剛剛被撬開之前，都是完好無損的。棺中擺著數十件陪葬的明器，這至少說明這裡沒被其他人盜過，既有陪葬品那可以斷言絕不可能是疑塚，但棺中為何沒有墓主人的屍骸？難道是經過千百年時光的消磨，腐爛得連骨頭渣子都沒剩下半點？可是從種種跡象來看又不太像是屍解消散了。

聯想到墓道口那寫著毒咒的石碑，還有從他們腳邊突然鑽進墓中的那個東西，馬王爺心裡也開始緊張了，但面對著一棺金玉之物，這個老盜墓賊一時間利慾薰心。他咬了咬牙，對費無忌說道：「見怪不怪，其怪自敗。你管他這麼多做啥？拿！拿完了放把火燒了這口棺材，然後立馬走返。」

費無忌答應一聲，按以往的慣例，他立刻走到棺材另一端去想把棺材蓋子整個扯落。這時候馬王爺那兩隻眼死死盯著棺中亮閃閃的金錠玉璧，不等費無忌將棺蓋徹底拉開，便縱身躍入棺中，把一件件陪葬的金銀珠寶都裝進蛇皮口袋。按說馬王爺江湖人稱「觀山馬爺」，他祖傳的盜墓手藝，幾十年中掘了不少古塚，頗見過些世面，而且在綠林道上也很有交情，家中置辦下良田千頃，開著十幾家買賣商號，在當地算得上是屈指可數的豪族。但馬王爺這人偏偏在錢財上不太重視，不是說他眼力不好，就像中國鄉間那些普通的土財主一樣，見錢眼開，讓錢給迷了眼，胃口越來越大，水漲船高，賺多少錢也覺得不夠，這可真應了那句老話：「人心不足蛇吞象。」不過話說回來，要是不貪圖暴利，誰又願意冒險去做盜墓賊這種暗無天日的危險職業？可見財迷人眼色亂心，心智一昏，縱有天大的本領也施展不出了，這種性格註定了他早晚要為此付出代價。

棺中珠光寶氣的奇珍異寶，正是得其所哉。馬王爺心花怒放，一張老臉上的皺紋都舒展開了，蹲在棺材裡出手如電隨拿隨裝，可正在此時，他忽然覺得墓室中有點不太對勁……好像除了自己尚在動作之外，四周全都靜止了一般，竟然聽不到同夥費無忌的呼吸聲了。

馬王爺大奇，費無忌那傢伙幹什麼去了？他剛剛不是在搬棺材蓋嗎？但棺材蓋被拉開一半便停住不動，現在還在那兒懸著，費無忌卻已不見人影。馬王爺低聲召喚：「老鐵……老鐵你還在嗎？」

墓室中靜得連根針掉在地上都能聽到，沒有半點回應。馬王爺心知不好，不過畢竟是老江湖了，臨危不亂，身子一晃從棺中翻出，落地之時，一把上膛的槍已經抄在了手中。

這一瞬間馬王爺首先想到的是費無忌和老北風一起謀反，盜墓賊起內訌，為了錢財自相殘殺的事太多了，也許那兩個傢伙想把自己活埋在墓裡……這個念頭才剛剛浮現，馬王爺便發現棺材下的棺床上躺著兩具血淋淋的屍體。雖然屍體全身血肉模糊，但借著馬燈的光亮，馬王爺還是看得一清二楚。

兩具屍體中光頭的那個絕對是費無忌，而那個佝僂著身子的，自然是土炮手老北風，這二人的外貌特徵都十分有特點，用眼睛一掃便已認出。馬王爺只覺全身毛髮直豎，他無法想像剛剛在棺中攫取寶物的一瞬間，這墓室裡究竟發生了什麼可怕的事情，竟然包括在外邊放風的老北風在內，兩個大活人死得無聲無息，而且死狀如此之慘。

馬王爺知道今天遇上大麻煩了，拔腿想往外逃，而就在這時候，四周黑暗的角落中傳來「窸窸窣窣」如同有大群老鼠觸物之聲，沒多久，那聲音越來越劇烈，潮濕的空氣中增加了腥臭的爛魚氣味。而且從方向上來判斷，退路已經被封上了。馬王爺急中生智，反身再次躍進那口懸吊著的棺材裡，雙手一拉棺蓋，把自己裝進了棺中。

這麼做並不是自尋死路，而是馬王爺祖傳的絕招。古有相傳，如果墓中有怨魂僵屍，只要躲進棺材裡，並將棺材蓋子拉上，斷了它回老窩的退路，子不見午、午不見子，用不了半天，僵屍癘氣盡散，他也就安全了。直接向外闖也不是不行，但天曉得那貪狼星君是否能隨請隨到，至少眼下這麼做要比直接面對面與古屍鬥上一場安全得多。

馬王爺像具屍體般躺在棺材裡，無論從外邊看起來體積多麼大的棺槨，一旦置身其中，把棺材蓋子蓋上，也會覺得裡面的空間實在是太狹窄了。但馬王爺這會兒工夫顧不上去考慮這裡舒服不舒服了，放慢了呼吸，豎著耳朵去聽外邊的動靜。

但這棺木厚實，聽了半晌也聽不到什麼，馬王爺在心中打定主意：「本老夫子今天跟你耗上了，我休息夠了再出去，看你在外邊能撐到幾時。」正尋思著脫身之策，突然覺得腿上被一隻手死死抓住了，腿骨都快被捏碎了。先前他和費無忌僅扯開一截棺材蓋，尚未來得及整個打開，難道下半截棺材裡藏著什麼東西？還是剛才見到老北風和費無忌屍身之時，有什麼東西趁機先躲了進去？在迫切的求生欲望下，馬王爺想要掙扎著擺脫，卻發現全身肌肉僵硬，已是絲毫動彈不得，只能驚恐地睜著兩隻眼睛，任由黑暗將他慢慢吞噬。

到最後馬王爺神志開始模糊不清了，恍惚中好像有個嘶啞的嗓音問了他一些事情。他只覺得那聲音根本不像是人在說話，迷迷糊糊地過了許久，突然全身一震，如同從夢魘中醒來，手足終於又能動了。馬王爺如遇大赦，哪裡還敢再看棺中有什麼東西，推掉棺材蓋，連滾帶爬地從棺裡爬出來，跌跌撞撞地衝出墓道。

回到家的時候，馬王爺好像整個變了個人。家裡的人覺得老太爺口音很怪，八成是趕路的時候傷風了，也就沒有多想。兒孫弟子們趕緊過來請安，問起這次去淤泥河盜墓的經過。馬王爺便簡略地說了一遍，隨後一句話也不再多說，一連數日閉門不出，任何親戚朋友一概不見，只在廳中喝著酒，一喝多了就胡言亂語：「大頭鬼、小頭鬼，吊死鬼、淹死鬼，屈死鬼、怨死鬼……來來，喝！喝！」好像在招呼許多孤魂野鬼跟他一同飲酒。這詭異無比的舉動，把家中的女眷們嚇得個個面無人色，老爺這是怎麼了？難道是鬼迷了心竅？但馬王爺平日裡在家作威作福，說一不二，大夥心裡嘀咕，卻是誰也不敢言明。

馬家是個大家族，家財萬貫，除了做盜墓的勾當，也和綠林道有許多勾結，到現在為止還沒有分家，家中重要事務都是馬王爺一個人說了算。家裡人見老爺如此，擔心他年歲大了有什麼閃失，請了幾位郎中來給他診病，但都被馬王爺罵了出去。

正當家人不知所措的時候，適逢天陰如晦，馬王爺突然一反常態，把家族中的男女老少統統召集到廳堂之中，看來是要開家族會議。高牆深院的馬宅正廳陳設典雅、富麗堂皇，古樸的檀木門框窗櫺上都嵌以黑色大理石作為裝飾，堂內附庸風雅地掛著「詩書傳家，孝悌為本」之類的題字，處處都顯示出馬家財大氣粗的顯赫門第。由於家中有不少裝飾品都是從古墓中掘出來的，使得馬宅在氣派中又平添了幾分陰森之氣，家中一些膽小的丫鬟僕婦，到了夜晚，就不敢再在院中隨便走動，她們都覺得這院子裡有鬼。

馬家眾人聽老太爺發話，都不敢怠慢，按輩分順序肅立兩廂，恭候馬王爺訓示。當地的鄉俗重男輕女，包括幾位姨奶奶，不管什麼時候都只有「依倒明柱，站破方磚」的份，這次能讓她們參與實屬罕見，所以家中的女眷不論輩分都站在最後。外邊雖然陰天，但堂內沒有燈火，馬王爺坐在太師椅上，大夥甚至看不清他的臉，既然他不開口說話，別人自然也都不敢吭聲，但心裡又都有點犯嘀咕，不知道老爺今天又怎麼了，召集了這麼多人還不讓點燈。

人都到齊之後又過了好一陣子，馬王爺這才開言，先是一聲長嘆：「唉……我夜裡夢到一隻黑貓撓門，看來我這把老骨頭剩下的日子不多了。按說都這把年紀了，該享的福也都享了，該遭的罪也都遭了，天年已盡，雖死無妨。怎奈我死之後，咱們馬家氣數便盡，偌大的家業旦夕之間就要敗掉了，一想到留下你們這班子孫在世上受苦受難，我在九泉之下也難以瞑目。」

大夥聽得一頭霧水，現在馬家有多少八路進財的生意，就算老爺子一命歸西，大夥什麼都不做，這麼大的家業，也足夠吃上個幾十年，怎麼老爺竟說這家業眼看著就要敗了？只聽馬王爺又說：「我問問你們，咱們馬家有今天興旺的氣象，這一切都是從何得來？」

馬王爺的幾個兒子紛紛搶著回答，有的說：「我看馬家能有今日，主要是依靠咱們家積德行善、仗義疏財，三湘四水中的黑白兩道，哪個沒得過咱們的好處？可謂是朋友遍天下，做起生意來路子自然就廣，這才使得生意興隆、財源茂盛。」

還有的說：「非也，我看自然是因為咱們家有祖宗傳下來的《觀山尋龍賦》，所以咱們湘陰馬家才被稱為觀山馬。當今世上若是說起觀山馬，盜墓行裡誰人不知、哪個不曉？」

也有的說：「不對，《觀山尋龍賦》縱然神妙無雙，但也是需高手才能領悟使用。

現在馬家富甲一方，人丁興旺，這全都是您老人家辛辛苦苦經營而來，您是我們的楷模。」

大夥你一言我一語正說得興起，卻聽馬王爺那半死不活的聲音再次響起：「放屁！都他媽別說了，你們這幫飯桶沒一個說得對！我老實告訴你們吧，咱們家能有今天，全是祖墳埋得好！但風水輪流轉，運數一盡，馬家後代難免要女病男囚、子孫死絕，而且是諸房皆凶、盲聾喑啞、瘟疫暴夭……」

《觀山尋龍賦》中的「觀山」，實際上就是盜墓的意思，「山」即「墳墓」的意思，墳墓也稱「山宅」。其實墳和墓還是有區別的，在古代，埋而不墳、不封不樹者謂之墓，在湘黔地區的盜墓者口中，就都並用了，一律稱「墳」。陰要忌諱，所以陰宅、墳地，都叫作「山宅」，「觀山宅」就是挖掘墳墓的意思。馬家祖上以《觀山尋龍賦》發家，風水是安身立命的根本，舉家上下自然都對風水數術極為迷信，聽了馬王爺這麼一番話，頓時人人啞口無言，終於有了些大難臨頭的覺悟。恐慌之餘，趕忙請問馬王爺有沒有什麼補救的辦法，有人道：「反正咱們馬家是要錢有錢，要人有人，有錢就能通神，有人便可成事，只要您說出個章程來，咱們無論如何都想辦法做到。」

馬王爺說：「辦法也不是沒有，對於馬家祖墳氣數將盡，我早有預料，所以踏遍千山萬水，終於又物色到了一處吉壤，可以作為我百年之後藏真之所，只要我死後你們把我埋進去，馬家還能有中興之日……」

眾人聞聽此言，慌亂之情稍有所緩，心下都暗地裡埋怨馬王爺何不早說，原來老爺子運籌帷幄早有準備，害得大夥虛驚一場。但還沒等大夥定下神來，馬王爺便又潑了一盆冷水：「先別高興太早，這塊陰宅寶地，其實就是咱們馬宅正堂，也就是我現在坐著的太師椅下。這裡左右開闊，並有南山北水，山高水來，富貴不斷。不論陰宅陽宅，此地都是上佳之所。如今我壽數不過三日，此乃命中註定，你們也不用費心請醫求藥，更不必太過傷心，一切皆按葬制打點便了。只是此穴雖妙亦奇，不合常理，我走之後就怕你們不能按我的吩咐來下葬，要是有半點差錯，這塊陰宅就什麼用都沒有了，照樣會家破人亡。」

馬家幾個兒子知道這不是鬧著玩的事，忙著發誓，絕對唯命是從。於是馬王爺詳加指點，必須在他死後當天立即下葬，正確的地點就是太師椅下，穴地八尺而葬，而且務必要「裸屍倒植」，也就是屍體不能穿衣服，也不用棺槨，大頭朝下直接埋到地下八尺深的所在，首下足上，面朝東南，然後再填土掩埋。這之後的四十九天裡，馬宅既不准出又不准進，任何客人來弔喪都不能應門，七七四十九日之後，把宅子拆了改為祠堂，這些細節一絲一毫的差錯都不能有。「你們要是能聽遺命行事就用此穴眼，否則萬萬不可使用，吉凶只在一線之間，其中有天淵之別。」

把一切後事安排好之後，不出三天，馬王爺果然猝死在太師椅上。馬家眾人悲痛之餘不敢怠慢，趕忙按老爺臨終前的吩咐，在正堂太師椅下穴地八尺。但在下葬的時候，大夥都覺得把老爺光著身體埋進去有些不妥，這成何體統啊？《葬經》裡從來沒有這種禮制。

雖然老爺生前說得嚴重，但他自從淤泥河回來之後，行為十分反常，說出來的話也未必當得真。但大多數人覺得，寧可信其有，也不可信其無，為了家門興旺，還是按老爺子說的照做妥當。結果商量來商量去，採取了一個折中的辦法，在屍體上裹了一層白帛，這才倒豎進穴中掩埋。

然後馬家閉門謝客，回絕了一切前來弔喪的人，緊鎖前後宅門，在一個時期內斷絕了與外界的來往。然而就在七七四十九天將滿未滿之際，還是出了件要命的禍事。

馬家全家都謹遵馬王爺遺囑，在他死後祕不發喪，於堂中穴地八尺倒葬，然後連日閉門不出。

眼看著七七四十九天就到日子了，卻在前一天的晚上來了群人。其實這些人也不是外人，都是馬王爺的外戚和故交，只因馬王爺壽辰將至，他們都是來給老太爺拜壽的。

由於馬王爺去世的消息被瞞得很緊，所以這些人毫不知情，沒想到來至馬宅，只見大門緊閉，宅中也不是沒人，但任憑怎麼叫門，裡面硬是沒半點動靜。接著欲砸門，裡面這才有人回應，說現在不方便接待外客，而且說出來的原因也很難讓人信服。

來拜壽的這幫人也都是綠林中人，說白了就是土匪，或者被稱為山賊響馬子的那一路人，警惕性很高，一看這情形就立刻起了疑心，感覺這事不大對，搞不好是山匪血洗了馬宅，或者出了什麼別的異樣變故。當時世道太亂，黑道上的仇殺報復都如家常便飯。這夥人都得過馬王爺的好處，還得靠他生財呢，當然不肯袖手旁觀。這夥江洋大盜槍不離身，紛紛從衣服中拽出藏著的密雷艮、左輪等短傢伙，想進去一探究竟。

馬家院牆雖高且厚，但畢竟不是炮樓，哪裡擋得住這些響馬？然而進去一看，發現馬宅中一切如常，沒有橫屍滿堂的景象，但全家大小披麻戴孝，唯獨不知馬王爺在哪，再追問究竟，馬家眾人如實托出。聽得這些響馬目瞪口呆，不知道該說什麼好了，頭一回聽說這種葬俗。來的這些人中有個老土匪頭子羅歪嘴「羅司令」，他跟馬王爺是年輕時的結拜兄弟，幾十年過命的交情。

弄清楚來龍去脈之後，羅司令立刻就火了，抬手「啪」地給了馬家大兒子一個耳光，教訓道：「他媽的你知道我為什麼打你嗎？你爹走了竟然敢不告訴我，這是你第一個罪過；第二，葬不以禮，這一條可以算是大不孝的罪過，要不是念在我那大哥剛走不久，單憑這兩樁罪過，現在就可以一槍把你給殺了。天底下哪有這般裸身倒葬自己親爹的？還敢披麻戴孝充孝子？這其中許是有何圖謀不成？」

羅歪嘴硬說馬家幾個兒子為了分家產，圖害了馬王爺，嚷嚷著要把馬王爺的屍身從土中掘出，看看究竟是怎麼死的，然後再重新隆重下葬。那羅歪嘴是叔伯輩的長輩，馬家長子挨了打也白挨，根本不敢頂撞他，心裡就甭提多委屈了。舊社會最重孝道，誰也擔不起謀害自己親爹的罪過呀，而且羅司令手裡拎著槍，一邊教訓這些人，一邊舉著手槍對眾人比畫、指點。誰不知道這位羅爺是「伸手五支令，卷手就要命」的老土匪頭子，脾氣一上來看誰不順眼立刻就能給誰身上打出洞，這種情況下誰又敢說個「不」字。

馬家眾人本就對馬王爺臨終的吩咐存有幾分疑慮，再加上羅司令的再三催逼，萬般無奈之下，只好將眾人請到堂屋，找來鐵鋤頭，由馬家大兒子先向靈位磕頭，向先父在天之靈稟明緣由，然後才動手掘地。

馬宅中有不少都是盜掘古塚的高手，八尺深的填土，在這幫人的眼裡根本不算回事，沒多大工夫，就挖到了底，最後還剩下這麼數寸的距離便可以看到馬王爺屍體的雙腳了。因為是頭下腳上，所以最靠近地面的應該是馬王爺的雙腳，羅司令連忙吩咐眾人輕點，別戳壞了馬王爺的屍首。

聽了羅司令的吩咐，動手掘土的幾個人特別謹慎小心，不敢隨便使勁，速度就緩了下來。突然也不知是誰驚叫一聲：「哎喲！馬老爺的腳還在動！」這麼一大叫，其餘幾個人都嚇得扔掉手中的傢伙，像被火燒了屁股般從土坑中躥了出來。

突如其來的意外使眾人慌了神，在場的這些人，除了盜墓的就是土匪山賊，即便是給活人扒皮抽筋，也都習以為常，但在那個年代，對於迷信事物這種先天形成的恐懼心理根深蒂固，他們最怕的就是僵屍。眾人均想，那馬王爺的屍體埋進土中四十多天，未爛也就罷了，現在竟然動了起來，看來是變了僵屍。當地關於僵屍的民間傳說實在太多了，雖然大多數人都沒見過，但人人都可以講出一大串相關的傳聞，比如一男一女的兩具僵屍是怎麼野合的，那僵屍又是怎麼突然坐起來撲人的，怎麼掏人心肝飲人血髓，又是怎麼刀槍不入的，屍體突然的抖動自然由不得他們不怕。

羅司令往坑中一看，也覺駭異萬分，坑中的土裡，露出一截被白色絲網裹纏著的東西。那物正一躥躥地向上蠕動，似乎是在土中埋得難受，努力掙扎著想要破土而出。由於那些白布包得甚緊，看不清那是什麼東西，但看形狀絕不像是屍首的雙足。

羅司令雖然也是害怕，但他畢竟是湘陰地區出了名的悍匪，一輩子殺人如麻，見過無數殘酷恐怖的怪異事端，這夥人裡就屬他賊膽包天。此刻他見眾人慌了神，爭先恐後地都想從房中逃出去，連忙對著房頂連開數槍。槍聲一響，其餘的人才紛紛停了下來。羅司令對他們說道：「諸位，都聽我說，咱們這有幾十把快槍，沒什麼好怕的。我的拜把兄弟馬老爺死得不明不白，今天不管下面有什麼東西，老子都要挖出來看個清楚，誰要是再大驚小怪地妖言惑眾，可別怪我羅歪嘴的子彈翻臉不認人！」

羅司令身為湘陰匪首，向來殺人不眨眼，一貫以心狠手辣服眾，他幾句話一出口，自然而然就帶著一種發號施令的氣勢，很快就把情況穩定了下來。羅司令先吩咐大夥準備壓制僵屍的墨斗和朱砂，然後把四周的門戶全部洞開，讓外邊的日光照射進來，等一切都準備妥當了，這才用槍頂著兩個手下的小嘍囉，硬逼著他們下到坑中，盡破馬王爺所葬之穴，將那用白帛裹纏、尚在不停掙扎蠕動的屍體完完整整地給挖了出來。

眾人提心吊膽地湊到近前一看，不免更是驚奇。按馬家之人所說，馬王爺是脫光了身子，只裹一層白帛下葬，但挖出來的這個東西，雖然外邊裹著白帛，但不論怎麼看，那形狀也不是人形，足足脹大了兩倍有餘。那些裹屍用的帛錦，已經被撐成了絲線狀，乍一看去，就像是裹了密密層層的白色蜘蛛網，一股股腥臭從中散發出來。眾人心下疑惑不解，莫非是白帛裹得太多，屍體下葬後腐爛膨脹，屍氣化散不掉，才產生這種異狀，而屍裹微微顫動，可能就是屍氣在其中流轉造成的，剛才確是少見多怪了。

羅司令捏著鼻子，走到更近的距離觀看，便立刻發現不對，絕對不是屍解的脹氣。那些蛛網般的帛絲縫隙間，露出許多鱗片，屍體再怎麼變化，也不可能生出鱗片，看這樣子，就像是被帛絲縛住了一尾怪魚，但是地下怎麼會有魚，而馬王爺的屍體又到哪裡去了？

這下子眾人更是六神無主，就連見多識廣的羅司令也是摸不著頭緒，不知道該如何理會，這件事實在是出乎他的預料。過了沒一會兒，那被白帛裹住的屍體便逐漸不再動了。羅司令甚至有點後悔了，不應該隨隨便便就把馬王爺的屍體挖出來，說不定就要惹出什麼大禍了，但事到如今，只好強打精神，讓手下人壯著膽子把白帛剪掉，看看裡面裹的到底是何物。

馬王爺的幾個兒子也是奇怪不已，急於想看看馬王爺的屍體究竟發生了什麼變故，不等旁人動手，就趕忙找來剪刀，七手八腳地連剪帶扯揭開裹屍帛。待看到其中一大團烏黑的事物，眾人都禁不住驚呼一聲，那白帛中所裹的，既不是馬王爺的屍首，也不是什麼怪魚，而是根本無法用語言形容、超出了眾人常識的一個……「東西」。

面對那一大團生滿黑鱗且模糊無法辨認的「屍塊」，羅司令突然想起自己手下有位軍師——瘸了一條腿的「花蛤蟆」。此人祖上是仵作出身，仵作就是驗屍官，家學淵源，他家那套堪屍驗骨的本領是很有口碑的。正好這次下山「花蛤蟆」也跟在身邊，於是便把他叫到前面，讓他過去瞧瞧這白帛裡裹著的屍塊到底是個什麼，是不是就是馬王爺屍身所化？

「花蛤蟆」不太情願，但老大的話怎敢不聽，也只能領命行事，戰戰兢兢地蹲下身檢驗屍體。他平生雖與各種怪異的屍首打過交道，卻也沒見過馬王爺這樣死後腫脹、全身生出鱗片的詭異情狀，用竹籤輕輕撥開幾片黑鱗，越看越是覺得匪夷所思。

羅司令早已按捺不住性子，連珠炮般地催問：「我說蛤蟆，你他媽究竟看明白沒有？」

「花蛤蟆」擦了擦滿頭的冷汗，指著屍體頭頂對羅司令顫聲說道：「羅老大，我說出來怕您不信，這個……連我也不敢斷言，我看馬老爺八成是要化龍了。」「花蛤蟆」之所以這麼說，是因為他看到那屍首上除了遍體生鱗，而且大約位於頭頂的地方，還綻

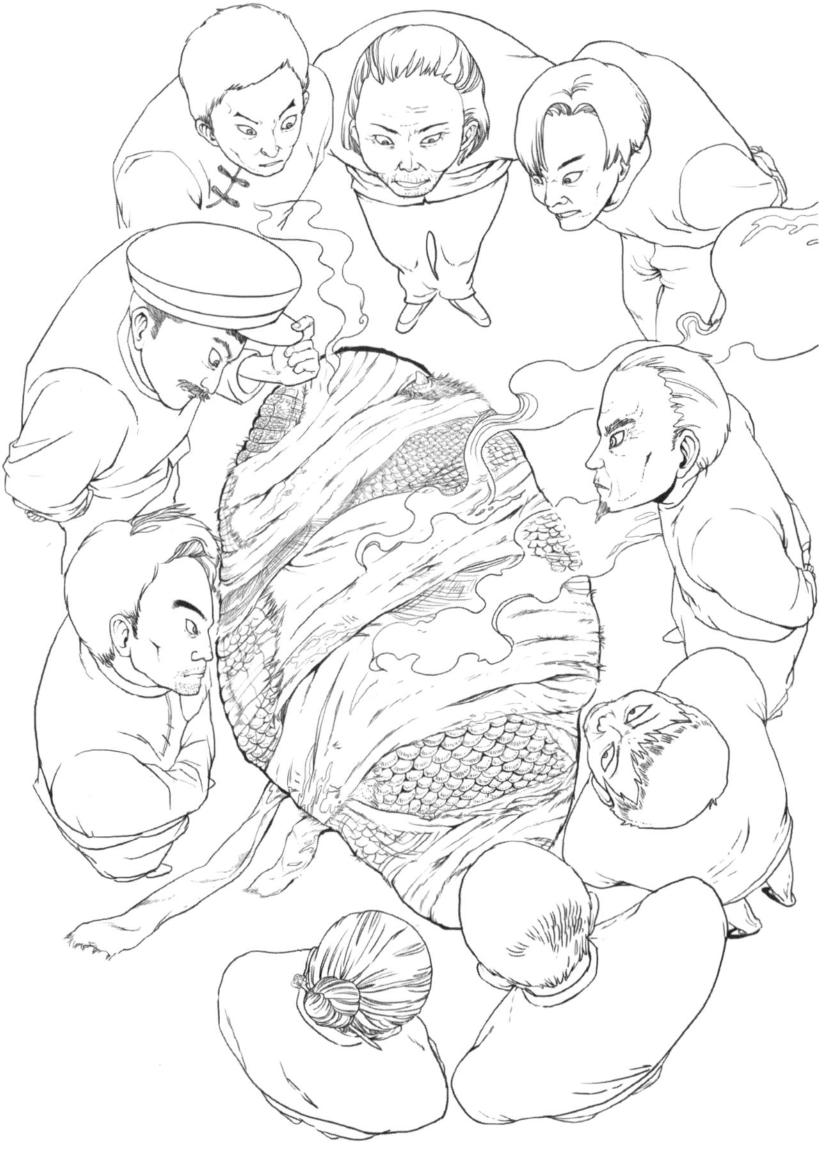

出一個堅硬的肉瘤，分明就是龍角的雛形，鱗角悉備，不是屍體要化龍又是什麼？

眾人聽聞此言又是一陣大亂，低聲議論起來：「看來馬王爺觀山指迷的本事真不是吹出來的，這堂屋太師椅下端的確是處藏真之穴，把死人埋下去竟然能夠化為黑龍，不過現在此穴被破，龍也死了，馬家祖墳的風水氣運算是完了……」

羅司令對「花蛤蟆」的話不置可否，只是連連搖頭，他不太信死者化龍這些荒誕之事，雖說龍這東西人人都知道，但又有幾人親眼見過？正疑惑間，只聽有人叫道：「不對不對，這不是龍，只有一個短角，應該是慣居淤泥爛土中的鯪鰲。」

一言點醒夢中人，大夥這才恍然大悟，確實極像是鯪鰲。那是當地陰水臭泥中所產，殼上生有鱗片的一種老鱉，很多富人喜歡用其煲湯，據說能滋陰壯陽，但誰也沒見過這麼大個的鯪鰲，而且也想不通馬王爺怎麼會變成了這樣。有人就猜疑是成了精的老鱉附在馬王爺身上，想借馬宅的風水穴躲避雷火天劫，但冥冥中自有天意，四十九天不到就被人從土中掘了出來。

也有不少人認為不是鯪鰲成精，他們猜測馬王爺一生最善奇術，一定是在生前有非分之想，可沒積下那份德行，卻想死後能成大道，終歸是人算不如天算，最後也沒能化龍。其術雖精妙，但到頭來一場空，一來被帛絲所縛掙脫不得；二來又在白晝被人從地下掘出，終於難逃劫數。

反正大家有各種說法，真相如何難以定論。最後經過反覆磋商，眾人決定把這東西一把火燒個乾淨是最好的辦法。為了不讓這事傳揚出去，就在院中點火焚燒，燒到最後剩下一大堆鱗片怎麼燒也燒不化，便找來器械搗碎，把所有的灰燼渣滓都遠遠找幾處亂墳崗子拋掉了。

馬家仍舊在堂屋裡為馬王爺重修了處衣冠塚，還期望著日後家門中能夠人丁興旺、財源茂盛。但也許那場焚燒妖物的大火，燒掉了馬家的興旺之氣，在馬王爺死後不到兩年時間，馬家的家境便一落千丈，從此衰敗了。

厲種

《謎蹤之國三——神農天甎》裡有個吃死人肉的「老蛇」，其原型來自解放以前，河南開封附近的一個怪人。此人是個四十來歲的壯漢，形貌偉岸，身材恰似半截鐵塔，面相極為兇惡，顴骨凸出，眼窩深陷，兩眼已盲。他每天都在街上擺攤為生，往往頂著布傘，豎起一根旗幡，那旗幡上畫有一隻巨鼠，他自己抱著個大木箱坐到下面，那些過往的販夫走卒、老幼婦孺，見此人舉止奇異，忍不住都會停步觀看，瞧瞧此人是變戲法還是賣野藥。

這壯漢擺攤卻不賣東西，也不會耍戲法，但他善食生鼠，也就是吃活的大老鼠，觀者賞他一枚錢幣，他就吃上一口生鼠肉，若給的錢多，就捉來巨鼠，直接放到嘴裡，當眾咬食。只聽鼠類在他嘴中吱吱慘叫，鮮血順著他嘴角往下流淌，那情形很是殘忍，膽小的都捂上眼不敢去看。他所攜帶的木箱裡，裝得滿滿的，全是巴掌大小的活鼠。誰要抓來蜥蜴、蜈蚣，只要肯給錢，他也願意當面吃下肚去。

大夥都以為這漢子是毒蟲和老鼠吃多了，致使兩眼失明，然而只有少數本地人才知道，這漢子眼盲與食鼠無關，而是因為吃人造成的。

據說此人平生最嗜之物，就是小孩。早年他血氣方剛，住在哥哥嫂子家裡。哥哥有個兒子，年方三歲，白皙肥嫩，非常招人喜愛。這人佯裝呵護幼侄，夜裡帶著小孩同睡，轉天早上起來，床上卻只剩他自己了。哥哥一看被褥中沾染血跡，還有許多殘存的頭髮，立刻就明白過來了。自己這兄弟自小就喜歡吃活物，家人除了喝斥幾句，誰也沒太當回事，沒想到他喪心病狂，現在竟吃起活人了。

當哥哥的也知自己這兄弟體魄出眾，難以力敵，因此沒有聲張，趁其不備，拿生石灰投到他眼中，然後掄起菜刀就剁。誰知他兩眼都被石灰燒瞎了，但還依然悍勇，居然搶過刀來，殺死了兄嫂全家，然後逃至外地避難。等大清國倒了，天下改換了朝代，他才重新回到開封，由於廢了一對眼睛，只能依靠在街頭食活鼠度日。

街上圍觀的人們聽說了真相，無不切齒痛恨，那漢子卻沒半分悔意，聲稱兩、三歲小孩之肉鮮嫩無比，世間任何山珍海味都不能與之相提並論，因為小孩的肉有種天然香氣，世人所謂「乳香」是也。

他每次接近小孩，一聞到這股乳香，都會忍不住饞涎欲滴，吃過這世間至味，賠上兩個眼睛算不了什麼？說完咧嘴大笑，露出白森森的牙齒，嚇得觀者相顧失色，再也不敢多言，或許這個人就屬於天生厲種，其行為不能用常理解釋。

驢頭狼

《謎蹤之國三—神農天匭》中，主角探險的地點在神農架。那是個充滿神祕色彩的地方，處在鄂西腹地，又恰好位於北緯三十度地帶。圍繞著這一緯度，存在著許多難以解釋的謎團，失落的亞特蘭蒂斯、壯觀的金字塔、百慕大魔鬼黑洞，全都出現在北緯三十度。自古有「神農四寶」之說，被稱為「江邊一碗水、頭頂一顆珠、文王一根筆、七葉一枝花」。

那是指神農架林海茫茫，古木參天蔽日，生長著許多珍異藥草，甚至溪水都有藥性。每當春雷過後，下到山溪裡舀起一碗水，便能治療跌打、風濕，頭頂一顆珠能治頭疼，文王一根筆能表熱解毒，七葉一枝花更是具有奇效，堪稱「疑難雜症一把抓」。

所謂「七葉一枝花」，顧名思義是一種草本植物，其特徵是有七片葉子，在山裡隨處可見，諸如陰寒熱毒之類的症狀藥到病除，相傳乃是神農老祖仙所留，山區那些抓不起藥的窮苦人，便以此物救命。

神農架的原始森林裡，更有無數珍禽異獸出沒，除了恐怖的野人傳說，還有一種非常特殊的生物。

相傳這種怪物驢頭狼身，當地山民將其稱為「驢頭狼」。牠的體形和驢子差不多大小，頭部很像驢，卻長著狼一般的利爪，尾巴又粗又長，行走如飛，生性兇猛殘忍。在找不到食物時就傷害牲畜，甚至吃人。單想「驢首狼身」的模樣就夠可怕的，那些相關傳說，更像是籠罩在深山裡的迷霧，面目模糊詭異，令人望而生畏。

據說在二十世紀六十年代初期，還曾有獵人在山裡獵過驢頭狼，可惜屍體沒有保存下來，甚至連張照片都沒留下。所有關於驢頭狼的傳說，僅存在於目擊者的口頭敘述中，截止到目前，還沒有任何直接證據證實牠的存在。

這些傳說聽似荒誕，但認真想想，卻又合乎情理。有考察古生物的科學家認為：驢頭狼的外形特徵，與上新世的史前生物「沙獷」非常接近。由於神農架特殊的地理和生態環境，動植物群類非常豐富，與「沙獷」一起生活在上新世的動物如金絲猴、蘇門羚等，在別的眾多地區都已絕跡了，但在神農架依然生存著。因此我們也就同樣有理由認為，可能有少數殘存的「沙獷」也在這塊土地上繼續生存下來，仍然棲息在人跡罕至的深山密林之中。

地底世界

我在長篇探險小說《謎蹤之國》中，設定了一個核心祕密，其背景源自蘇聯的「地球望遠鏡計畫」。

顧名思義，人類設計製造了天文望遠鏡，可以透過它來窺探宇宙星空，但人的眼睛不能穿透地面，因為向腳底下探索要遠難於向頭頂上探索。人類已經可以離開地球，但很難打出超過三千米深的深井，所以才將穿透地層的深淵稱為「地球望遠鏡」，意指直通地心的洞穴。

該計畫的原型是早在六十年代冷戰時期，蘇聯和美國這兩大陣營，受到冷戰思維支配，將大量財力、物力投入到無止境的戰備競爭當中，軍事科研也以近乎畸形的速度突飛猛進，雙方竭盡所能開發各種戰略資源。當時蘇聯國土的南部和東部幅員遼闊，環繞著山嶽地帶的天然洞窟和礦井極多。為了比美國更早掌握地底蘊藏的豐富資源，以及人類從未接觸過的未知世界，蘇聯人選擇了貝加爾湖中一個無人荒島為基地，動用重型鑽探機械設備，祕密進行了前所未有的深度挖掘。這一工程耗時將近二十年，他們挖出的洞穴，垂直深度達到一萬兩千公尺，是世界上已知最深的洞窟。因為涉及高度軍事機密，所以

「地球望遠鏡計畫」始終都在絕對封閉的狀態下進行，外界很少有人知道其中的內幕。

關於蘇聯科學家透過地球望遠鏡發現了什麼？一直以來都有很多傳說，內容非常離奇恐怖。有種說法是深度鑽探挖掘到一萬兩千公尺左右，就再也挖不下去了。雖然鑽頭的熔點幾乎等於太陽表面的溫度，但有時候把鑽頭放下去，拉出來卻只剩下鋼絲繩，而且鑽井中傳出來了奇怪的聲音。電臺裡會收到大量從地底發出的詭異噪音，那簡直像是惡魔的怪叫，沒人能理解這些來自深淵的資訊，也無法用科學來解釋，現場人員都以為他們挖通了地獄。隨著深度的增加，難以置信的奇怪現象越來越多，最後因為各種可知和不可知的因素，這項工程被迫凍結。

據說美國宇航員，也在外太空接收過與之類似的「幽靈電波」，近年來被科學家證實是宇宙微波輻射，如同電視機裡出現的雪花，或電臺中的噪音干擾。從遙遠的過去到無盡的未來，自然界中始終存在著這種看不見也摸不到的電磁波，或許地底深淵裡的可怕現象同樣是電磁作用，不過這些情況還有待於科學家繼續探索。至於小說《謎蹤之國》中，那個深埋在地心的祕密又是什麼，也留到小說裡再作分解。

康小八

《謎蹤之國》裡提到的綠林盜賊康小八，在歷史上確有其人。清代光緒年間，土匪盜賊特別猖獗，其中尤其以當時北京城的康八、康九兩兄弟最為有名。

那時在城東，也就是現在的北京通州一帶，有一對兄弟，因為窮苦出身沒個名號，兄長稱作康八，弟弟叫作康九，兄弟倆都以偷盜為業。兄弟二人招集了一些當時無所事事的人員，組成了一個小有規模的組織，專門對旅客、商人進行敲詐勒索。這兄弟倆不僅偷盜行竊，還特別好色，據說那時在路上見到稍微有些姿色的婦女，這夥人就尾隨其身後，只要趁人不備，就會綁到隱蔽處將其姦污，或者綁回去當壓寨夫人。如果遇到更漂亮的，也一樣綁回山上，然後再將先前搶來的婦女用繩子勒死。

兄長康八早年是農民出身，認識他的人給他取了個綽號「康小八」。因其厭惡了終日面朝黃土背朝天的勞作生活，所以弄了輛騾車，專門運載京津兩地行人、貨物，賺點運費糊口。

但一段時間下來，每日入不敷出，連基本的飯錢也賺不到，所以鋌而走險，收錢替雇主報仇殺人，又因懼怕官府知道後抓其正法，乾脆逃到山裡落草為盜。

做了盜賊後的康八害怕官府緝拿，常常更改自己的姓名，變換著裝衣束，出沒於京津兩地為非作歹。有一天，他行至天津，忽然想變換一下容貌，見不遠處有一理髮店剛剛開張，便走了進去。師傅見有客人進來，連忙招呼康八，甚是熱情。準備工作就緒後，師傅拿起剃刀為康八剃髮，和照顧別的顧客一樣，邊剃邊與康八閒聊。

師傅問：「客人是從哪裡來的？」康八回答：「從北京來。」師傅又問道：「客人要是從北京來的話，可曾聽說過康小八這個人嗎？聽說他是個匪盜，兇殘至極，弄得旅客都不敢在兩地通行。

雖然朝廷下令要抓其正法，但是捕頭派出去若干，搜查了好一陣子，就是抓不著。你說這小子狡猾不狡猾？

康八裝作沒聽見一樣，繼續閉著眼剃髮。等到剃好了頭，康八起身對師傅說：「今天我身上帶的錢不夠，你跟我去取，我就住在不遠處。」師傅點頭應允後跟著康八出了門。倆人走到一個曲折隱蔽的小巷中時，康八突然轉身掏出洋槍對著剃髮師傅，冷冷地問道：「你也知道康小八？你看我像康小八嗎？」師傅立刻明白，原來見到了真人，嚇得呼救的力氣都沒了，跪在地上又是磕頭又是求饒。康八壞笑一聲，開槍打死了剃髮師傅，轉頭揚長而去。康八雖然狡詐兇悍，但壞事做絕，到頭來終究難逃法網，被五城練勇抓拿，在菜市口被殺了。

貓城

貓是一種十分神祕又非常有趣的動物，自古馴獸裡唯獨沒有馴貓，牠們與人類的距離好像很近，又好像很遠。眾所周知，貓在古埃及被視為神明，在中國卻從來沒有拜貓仙的習俗。古時曾有動物八仙和五大家的傳說，老鼠是其中一家，卻始終沒有貓的一席之地。但在東方，不僅是中國，包括日本、泰國等地，都將貓視為神祕的靈物，比如「老貓會講人話，但因為犯忌而不敢說」之類，都可當作很有趣的故事來看。

我在《賊貓》裡描寫了一座靈州城，地處水陸要衝，熱鬧繁華，還是大群野貓聚集的「貓城」，因為城裡的人都喜歡貓，甚至是崇拜貓仙爺。曾有很多讀者問我靈州城的原型是不是蘇州城。其實靈州城的地理位置雖在江南，但其本身的背景和貓仙之說，都是完全架空虛構的，中國歷史上沒有「貓城」。我最近到廈門鼓浪嶼，發現島上有許多人家養貓，還有的商家用貓做宣傳，也出售一些與貓相關的精美紀念品，不過還沒到那種每走一步都能看見貓的程度。

真正名副其實的「貓城」，位於馬來西亞古晉。「古晉」在馬來西亞語中的意思就是「貓」。可能與宗教信仰有關，當地人從不養狗，但家家戶戶都要養貓，這裡除了全世界獨一無二的長屋和人猿，最出名的居民可能就是各式各樣的貓了。在沙撈越河兩岸，至今還留存著古老的貓形浮雕壁畫，近代的雕塑更是惟妙惟肖。如果不算已經消逝在歷史長河裡的古埃及，古晉大概就是現在世界上唯一一個崇拜貓的城市了，這裡甚至還有個「貓博物館」，再加上西方殖民統治時期，留下了大量歐陸風格的建築，這些奇妙的文化和古老的傳說，使古晉散發著獨特的魅力。

距離古晉城區很遠的山裡，還有座古寺，幽靜偏僻，隔絕外界塵俗，去到那裡的遊客也少，寺廟中常年居住著很多貓。牠們既非四處遊蕩的野貓，也非寺裡特意養的家貓，而是屬於兩者之間，而且跟寺中的和尚混得很熟，每當有遊客到來，和尚就會用餅乾招呼群貓過來，表演鑽圈的把戲。但那些貓對餅乾沒什麼興趣，卻往往為了鑽圈的先後順序打成一團。後來遊客走了，貓咪們也懶得繼續打架，便又爬到牆上曬太陽去了。

怒睛雞

《鬼吹燈之怒睛湘西》的冒險地點在湖南，實際上這個故事裡出現的怒睛雞，其原型來自河南的民間傳說。

據說很多年以前，在嵩山一帶，每逢春天驚蟄時分，住在山裡的居民，夜裡常常會看見兩道紅光圍繞在少室山巔，一道大約六、七尺長，另一道大約四、五尺長，蜿蜒起伏，就好似兩條火龍一樣。到了天明，報曉雞打鳴之後，就會逐漸消失。只要春天一過，到了初秋季節，這兩道紅光便不會再出現，很多看到的人都搞不懂這到底是怎麼回事。

話說在這少室山下居住著一戶山民，其家中養有一隻雄雞。這隻雞體形高大，身材魁梧，其相貌頗有氣勢，足有十多斤重，所產之卵全都光滑圓潤，而且假以時日孵化，無有不活。主人一直視其為寶貝，並且稱呼它為「老雄」，養了十餘年，一直不肯宰殺。有一年初春季節，又到了這老雄產卵之時，但誰知此次這老雄家的母雞產了數十顆蛋，到最後僅存活了一隻公的小雞，其餘的盡數夭亡。主人看後，每日垂頭喪氣，以為此事乃不祥之兆。這天，忽然有一位番邦模樣之人來到這戶山民家中，看到老雄與那隻雛雞，轉頭便問主人這兩隻雞是否肯賣。主人正在因之前的事情而犯愁，認為是這老雄已經年老無用了，就隨口說了句：「客人如果出得重金買之，我豈能不賣？」那客人問道：「這兩隻雞你想賣多少價錢？」主人回應：「五百就夠了。」客人聽後面露喜悅之色，立即應允下來。主人起初想找那客人索要五百個銅錢，但見其面露喜悅之色，便立即明白自己索要的價錢低了，於是急忙改口說道：「我所說的五百，乃是五百兩紋銀，並非五百銅錢。」客人聽其這樣說後，沉思了許久，說道：「既已如此，我答應你便是。五百兩紋銀的價錢我不會吝惜，但是你不可再反悔！」主人聽後大喜過望，答：「你若拿得五百兩紋銀前來，我誓不反悔。」客人甚是高興，次日便帶了五百兩紋銀前來，付給了這戶山民。

主人見其果真帶了銀兩前來，喜形於色，收好銀兩後便立即打開籠子，將兩隻雞交付在了客人手中。客人接過雞時，主人拉住其衣袖，笑著問道：「我起初只是想戲弄一下貴客，沒想到你果真攜重金前來，敢問一句，你買這兩隻雞所為何用？」客人笑著回答：「您執意要問，我只好如實相告。」

那客人說道：「你在這少室山下居住，可曾見過這山巔之上有兩道紅光？」主人疑惑地看著他點了點頭。客人繼續道：「那兩道紅光乃是兩隻蜈蚣精，一父一子，若再過百年，其子長成，必為一方妖孽，到那時必定殘害生靈，為禍一方。你不但一家難保，就算我們這些外鄉人，也要受其牽連，所以實為大患，不得不除。如今那隻小蜈蚣精，尚為年少，不成氣候，其父老矣，而且勢單力孤，還不敢公然橫行肆虐，唯有這兩隻雞可以制伏它們。老雄體壯，不足為慮，但其幼雛年紀尚輕，若是每日將稀世珍物作為飼料餵之，便可迅速豐滿其毛羽，壯其體力。聽說這幼雛乃是數十隻卵中僅存一枚，可想而知其精氣獨鐘，難怪其餘之卵盡數夭亡啊。」主人聽罷這一番話，整個人傻愣在了那裡，隨即問道：「你說這兩隻雞可制伏那蜈蚣精，但這兩隻雞乃普通家禽，沒有特異之處啊！」客人微微一笑：「這你就有所不知了，普通家養之雞，皆為眼皮上掩，這兩隻雞則恰恰相反，此目名為怒睛，此雞實為鳳種。」說罷，客人便帶著這兩隻雞由山路走了。

過了一段時日，客人帶著這兩隻雞來看望主人。主人見那只幼雛已然長大，無論體形還是姿態，居然都和老雄十分相似。客人住下後每日給雄雞飼以精食，直到某天暮色微降，少室山上又浮現出那兩道紅光。客人看到後滿臉喜悅地招呼主人從屋中走出，道：「那妖怪又出來了！我帶鳳種去制伏它。」

說完攜雞便往門外走。主人隨後跟上，想去看個究竟，被客人攔住了腳步。「山頂之處妖氣凝重，你乃一介山民，不知其中利害，倘若中了劇毒，性命萬難保全。」客人說完，轉身上了山去。主人聽了客人之語，留在家中抬頭看著山巔，仔細觀察所發生的事情。

過了二更時分，主人看到少室山上那兩道紅光好似燃燒起來一般，其紅愈發鮮豔，瞬間變得像兩股擎天閃電一樣時閃時爍，一會兒躥向東南，一會躥到西北，有時上下起伏，有時宛然纏繞，分分合合，若即若離。一會兒變成一個圓環的形狀圍於山頂，一會兒變成一根木棒模樣筆直伸縮，或像雄鷹盤旋一樣圍轉，或像魚躍龍門一樣激奮，時而旋轉著慢慢停了下來，時而穿行著驟然停止，其形亦迷亦幻，虛實不定。

主人為眼前所看到的景象驚得目瞪口呆，這時忽然見其中那段較短的紅光一陣劇烈的上下翻騰，好似要掙脫束縛一樣，然後變為筆直的一條光柱，傾斜著疾馳而下，半明半滅，落入山中，頓時山上冒出一道五色光芒，瞬間消逝無蹤。主人心中竊喜，心想必定是那妖怪已被殲滅。再抬頭觀望，見還有一道紅光飄於山頂，忽左忽右，忽高忽低，知此乃老妖之氣，看起來已經氣漸低迷，估計是要落荒而逃了。果不其然，不一會工夫，另一道紅光就好似一片慘落的樹葉，在空中任由狂風摧殘，蕭瑟飄蕩，慢慢地墮入山中荒地處。到此，兩道紅光都已悉數滅絕。

清晨時分，東方漸漸亮了起來。主人知兩妖已除，早就備好了飯菜準備接待客人。這時見客人左臂抱著兩隻雞，右手提著一段樹條緩緩地走入屋內，樹條上穿著兩隻蜈蚣，一大一小。主人迎上前去說道：「知道你大功告成，所以特意備下飯食為你祝賀。」客人卻長嘆了一口氣，說道：「兩妖雖除，可惜這兩隻雞也身受重傷，命不久矣。」主人聽後，立刻走上前去，觀望兩雞。只見那隻小雞，渾身羽毛脫落殆盡，唯有一息尚存；老雄也遍體鱗傷，精神沮喪。又觀那兩隻蜈蚣，大的長約六尺有餘，左鉗已經脫落，腳足還有一兩隻在慢慢蠕動；小的那只也有五尺多長，雙鉗全被摘下，足已沒大半，身體就像枯木一樣僵硬。主人抬頭詢問：「這兩妖既然已除，你還抓來做什麼？」客人答：「這兩隻蜈蚣雖為妖精，但其身體發出紅光，道行終究不淺。若用其軀殼製成刀劍之鞘，也可值千金。」說完，便把兩隻雞遞到主人手上，語氣誠懇地囑咐道：「這一戰兩雞出力過甚，小雞不過十日，老雞不過半年，皆會死去，因其有功於人，所以死後一定要將之好生埋葬。另外，兩雞與妖激戰之時，也都身中劇毒，切記絕不可食用，切記！切記！」說完便轉頭休息去了。

次日一早，客人與主人辭行，又給了二百兩黃金以示謝意，然後用一個木匣裝上兩隻蜈蚣，負在背上而去。不久這兩隻雄雞果真如那客人所言，先後脫羽死亡。主人也遵照囑託，將兩隻怒睛雞好生埋葬。埋有雄雞的山峰聳立至今，叫作「金雞嶺」。

黃妖

《鬼吹燈之怒晴湘西》中古狸碑老貓洗腸一段，讀來極盡驚悚詭異，此事也並非完全虛構，在自然界的動物中，有著數不清的兇猛野獸。牠們一直維持著自古不變的食物鏈體系，依靠殘食比自己弱小的動物為生。然後古語有云：「弱為強所制，不在形巨細。」這是說有些飛禽走獸，相互間彼此克制，被稱為「天敵」。書裡描寫的狸子，體形和貓的大小相似，卻能捕貓而食，再怎麼機敏靈巧的貓遇上牠，也毫無反抗餘地，所以說此物是貓類的天敵。

貓是種得天獨厚的生靈，傳說牠有九條命，天敵少之又少，而專門吃貓的這種生物，現在很可能已經滅絕了。據說牠體形如貓，頭大鼻尖，耳朵豎立，且身體發黃，乍看之下好似狐狸，所以見過的人都誤稱其為「狸子」。又因其腰間長有一圈金黃色的毛髮，很是顯眼，所以也有人叫牠「黃妖」。

在古時則將牠稱為「白狐子」，是道門裡的妖怪。還有的說法認為這種生物實為犬科，體形接近黃鼠狼一樣大小，雙目滾圓，炯炯有神。

相傳黃妖的飲食習慣也頗為奇怪，牠既不食林間草木，也不吃各類飛禽走獸，唯獨對一種食物情有獨鐘，那就是家養之貓。黃妖的捕食手段更是堪稱古怪，要不然名字裡怎麼帶了個「妖」字呢？牠從不會自己去圍抓捕獵，而是透過釋放一種類似催眠效果的氣息，或說是積蓄憤怒之情，以襲家貓精神之虛，家貓會自行隨之而去，任其活生生地寸磔而食，根本不會掙扎反抗。

據曾經目睹過黃妖吃貓的人所言，那黃妖常會在有人居住的村邊出沒，每到月明星稀之夜，便從亂墳崗下來，到村中尋找家貓。如有家貓遇見黃妖，便會渾身戰慄，嚇得不敢出聲，想逃也邁不開腿，只能絕望地跟著黃妖離開村子，走到有溪水流淌的所在。然後那貓就會在黃妖的注視下，像口渴難忍似的不停飲水，喝完吐出，吐完再喝，以此反覆數次，直到將腹中五臟全部洗淨，嘴角流著血水，仰面朝天地躺在地上。

這時黃妖才會擠眉弄眼地緩緩走過去，先用舌頭將貓從頭到尾舔遍，貓毛被牠所舔，會自然而然地迅速脫落，牠再伸出爪子在貓肚皮上來回抓撓，隨即劃破肚皮將腸子一截截拖出來吃掉，還要飲血食肉，最終只剩下幾塊殘骸才肯甘休。

關東軍地下要塞

胡八一初出道時被困野人溝金代將軍墓，正走投無路，誤入了一處與地下古墓相鄰的「關東軍地下要塞」，其規模之大難以估量。東北邊境地區的日軍地下要塞，是真實存在著的，而且不止一、兩處。關於這種日本人修建的地下軍事設施，有一些已經被發現，開闢為揭露日本軍國主義罪行的展覽館，還有一些已經在戰爭時期被毀，更大一部分卻還隱藏在不為人知的山區，至今未被發現。

小說中的地下軍事要塞規模龐大，實際上真的有那麼大嗎？現在已經發現的最大軍事要塞——黑龍江虎林縣虎頭永固性地下軍事要塞，中心區域正面寬十二公里，縱深六公里。在此方圓數十公里的範圍內，共有大小十餘處要塞，由猛虎山、虎北山、虎東山、虎西山、虎嘯山五個陣地組成。正是由於虎頭要塞的分佈範圍廣、工事規模大、軍事設施全、防禦堅固、攻擊力強，又處在扼制蘇聯遠東烏蘇裡鐵路的咽喉要道，日本關東軍將其吹噓為永久要塞，是「東方的馬其諾防線」。

不過這座要塞的下場也和西方的馬其諾防線一樣，被人迂迴包抄了老窩，徒然消耗了大量的人力、物力，備而不用。

迄今為止，在東北發現的日本關東軍地下要塞，以及彈藥物資，實際上只是一小部分。日本無條件投降時，曾將大量地下倉庫和軍事設施封存隱蔽。

日軍的彈藥武器在戰敗後藏匿得極深，關於此類的事蹟不勝枚舉，據說在八路軍剛進東北的時候，到處收集日軍殘留的武器，但是收穫不大。有一次幾名戰士在一條河畔發現一座大墳，墳前立著個墓碑，上面寫著：戰馬之墓。底下署名是一個日本軍官的名字。看樣子是關東軍留下的，大夥也沒太留意，偵察連的連長卻覺得這座墳很不對勁，這麼大的墳堆裡面得埋多少匹馬？於是帶人將戰馬墳挖開，結果往裡面一看，墳中全是被拆散了的火炮，重新組裝起來就可以使用，原來這是日軍撤退時所藏的一批武器。在大興安嶺林區也隱藏著許多地下要塞，有種傳聞，據說前些年大興安嶺的火災，就是由於關東軍地下軍火庫爆炸引發的。這些傳聞雖然荒誕不經，但也印證了小說中那種地下要塞，是完全有可能存在的。

至於《鬼吹燈》中描寫的地下要塞位於中蒙邊境，現實中這裡尚未發現如此大規模的軍事要塞，但在關東軍對蘇聯採取的戰略防禦體系中，中蒙邊境是重要的組成部分，守滿不守蒙，等於守河不守灘。在草原的邊緣設立祕密要塞，是理所當然的事情。

屍香魔芋

胡八一一行人等進入精絕古城的遺跡之後，幾經波折，終於找到了安葬精絕女王棺槨的地宮入口。

棺槨懸掛在一個無底大洞之上，棺木是由罕見的昆侖神木製成。如果按現代家居裝修的說法來說，這基本沒有雕琢痕跡的棺木，屬於原色風格。正是這樣珍貴的昆侖神木，才使妖豔的「屍香魔芋」永不枯萎。昆侖神木是虛構的產物，是一種即使砍斷也不會枯萎的樹木。類似神樹的傳說在很早就有相關記載，扶桑、建木、若木這三大神樹，是中國古代文獻如《山海經》、《淮南子》等著述中記載的眾多神話傳說中最出名的三種，其中若木又名「昆侖若木」，它可以看作是昆侖神樹的原型。

生長在昆侖神木上的「屍香魔芋」，大概是勾起網友們對《鬼吹燈》中提到的各種神奇生物濃厚興趣的第一號，因為這個故事中「屍香魔芋」的原型根本就不難找出，也就是一字之差的「屍臭魔芋」，學名泰坦魔芋花(TitanArum)，原產地為印尼蘇門答臘島。

因為它會散發屍體腐爛的惡臭，吸引蒼蠅和以吃腐肉為生的甲蟲前來授粉，所以又俗稱為「屍花」。

「屍臭魔芋」是世界上最大的一種花，造型像個大水桶，有著類似馬鈴薯一樣的根莖。它和那種同樣號稱世界上最大的花、無莖無葉只有花瓣的大王花外貌不盡相同，但都是奇臭無比。據說類似鮮牛糞或是腐肉的臭味，是為了吸引嗜食腐肉的昆蟲前來傳粉。植物也要傳宗接代嘛！

網路上有人指出「屍臭魔芋」便是「屍香魔芋」的後裔，這就有點過於牽強。在這裡要說明的是，世界上從沒有過「屍香魔芋」，也沒有過「屍香魔芋」守護所羅門王陵墓的傳說。書中所謂的「屍香魔芋」不會發臭，卻會令埋於根莖下的屍體產生異香，而這種能傳播數十米的異香會刺激大腦中的多巴胺，使人腦產生幻覺，它曾是所羅門王的守墓者，利用死亡幻覺，殺死了無數妄想接近所羅門王寶藏的盜賊，這些都是我虛構出來的。雖然「屍臭魔芋」是真實存在的，但它並不會製造幻象，有些植物、真菌雖然的確會產生致幻物質，例如一些可以加工成神經性毒品的植物，如罌粟、大麻之類，還有雲南的某些菌類，吃多了就會看見有小人在眼前跳舞，但直至今日，尚未發現能在人腦中製造如此強力幻象的品種。

魚骨廟

《鬼吹燈之龍嶺迷窟》中，胡八一等三人聽了陝西農民李春來的說法，奔赴陝西「鏟地皮」。他們在黃河邊好不容易搭上一艘機動船渡河，卻沒承想船隻撞上了「鐵頭龍王魚」，差點沒掉河裡餵了魚。後來他們一打聽，原來這種大魚以前也出現過，還曾有人花錢買了大魚的骨骸，建了一座「魚骨廟」。

這是書中的小說情節，而事實上「魚骨廟」在天津鄧岑子、山東日照、浙江，甚至越南等沿海諸地均有出現過。天津鄧岑子的魚骨廟，甚至傳說有康熙皇帝的御賜對聯：百年魚骨為梁架，千年龜髓附至尊。

意思是說這魚骨廟的房梁檁架為魚骨所造，廟中神像底座為千年龜殼。不過此廟在清朝道光年間因魚骨斷裂而塌毀了，倒是山東日照的魚骨廟保存至今，並留下了非常完整的民間傳說。山東日照這個地方在青島西南，靠近古黃河出海口，因有淡水相濟，一直是漁業重地。傳說早年間海裡潮信經常失序，不時有驚濤駭浪、狂風暴雨，桅折艙漏、船覆人亡之事一年甚於一年，漁民一出海，全家人的心就懸到嗓子眼上。有一天大潮時，在海口外的海灘上漂上來一尾大魚，雙眼已沒，是兩條小魚送上來的。奇怪的是，那兩

條小魚一把它送上來就掉頭回游，把大魚孤零零地撇在海灘上，再也沒有回來，就跟出公差似的。

更怪的是海水從此漲不到那裡，連日太陽也像出火一樣毒，連渴帶曬，大魚最後乾死在海灘上。也就在當天夜裡，周圍村的人忽然做了個一模一樣的夢，夢裡龍王爺告訴大家：「那條大魚經常興風作浪、吞食漁民，觸犯天條，依律摘除雙眼、賜死海邊，向當地百姓賠肉還骨，以昭天德、安民心。」

第二天一大早，那些在海難中失去親人的人半信半疑地奔走相談，一傳十、十傳百，終於大起膽來，持刀背筐，湧上海灘，揭鱗割肉。為報答龍王的厚恩大德，示龍威、警百魚，當地漁民有錢出錢、有力出力，在大魚落淺的海灘西邊嶺坡上，用魚骨蓋起一單間小廟，骨為檁，鱗為瓦。廟中只供龍王一像，取名為「魚骨廟」。

照這傳說中的說法，擱淺的大魚應該是鯨魚，以幾米長的魚骨為梁，這種長度也只有鯨骨可用。

鯨魚擱淺的新聞，雖然不像南半球澳洲鯨魚經年累月成批沖上海灘那麼多，但隔個幾年總能聽到一、兩起。

黑驢蹄子

胡八一和胖子的首次摸金之旅，起因是兩個想錢想瘋了的傢伙，在大金牙的慫恿下，終於決定要去盜墓發財了。二人湊錢買了火車票，路上做夢都在數錢，然而事與願違，他們的目標——大遼太后之墓已經不能下手了。不過聽屯子中的老獵人說起了大興安嶺的野人溝，他們茅塞頓開。

興安嶺的故事多得說不完，除了人熊和人蔘娃娃，以及遊蕩在山林中的獵鹿人之外，關於野人溝的那些神祕傳說似乎也是其中之一。而實際上，大興安嶺並沒有野人溝，也完全沒有「野人溝」的地名，這些都是作者虛構出來的。不過在這次摸金的行程中，有許多東西還是有真實出處的，比如說黑驢蹄子。

許多人都覺得摸金校尉的裝備中，最具神祕色彩的便是「黑驢蹄子」。之所以神祕，是因為它是本書的常客，卻從來沒派上過什麼用場，扔出去似乎還不如石頭好使。按摸金校尉自古相傳的說法，「黑驢蹄子」可以克制僵屍，所以凡是去盜墓的摸金校尉，都要帶上幾個「黑驢蹄子」，寧可備而不用，也不能用而不備，這就叫作有備無患。

屍變的原理有很多，其中最受認可的是生物電的作用，將「黑驢蹄子」塞入僵屍口中便能對付屍變，大概是起到一種類似遮罩器的作用。

要在陰暗狹窄的古墓中把「黑驢蹄子」對準僵屍的嘴塞進去，還真不是一般人能做到的，心理素質不僅要穩定，而且要眼疾手快，否則可能塞進僵屍嘴中的就不是「黑驢蹄子」，而是自己的手指了。

「黑驢蹄子」倒不完全是我憑空虛構出來的，黑驢可以驅邪的傳說流傳甚廣，東北地區的江湖術士，降妖捉怪，尤其是對付千年屍魔，多半離不開此物。關於「黑驢蹄子」有這樣一個民間故事，有個農婦在田間工作，無意中一腳踏破了一個古瓦罐，腳上立刻生出一個膿包，臭不可近，痛得死去活來，問醫用藥多不見效。眼看就要一命歸西了，正好有位道人善看病診脈，知道她這是中邪了，便叫這農婦的丈夫儘快去撿黑狗屎，要以乾燥色白者為佳。又取「黑驢蹄子」，混合黑狗屎，點火焚燒，以其煙熏灼農婦腳踝上的患處，膿包上立即破了一個小孔，從中流出清水半盆，混雜著一團團黑色的長頭髮，細數之共十九綹，自此患處痊癒。後來我就把它改頭換面寫在《鬼吹燈之昆侖神宮》那一集裡了。

火瓢蟲

在《鬼吹燈》裡提到過許多神奇的生物，其中最早出現的是胡八一在昆侖山當兵時所遇見的火瓢蟲。後來在《昆侖神宮》那一集裡，給牠取了個名字叫「達普」。這種瓢蟲形狀很像常見的七星瓢蟲，但身體是半透明的，內部似乎有股暗色的火焰在隱隱流動，一旦與任何生命體接觸，就會引出大量溫度極高的烈火，直到將與之接觸的生命體徹底燒死，方才熄滅。那種藍色的火焰，仿佛能把人的靈魂燒成灰燼，西藏輪回宗稱之為「無量業火」。在現實世界中當真有如此可怕的火蟲嗎？

在青藏公路沿線，有許多關於昆侖山中人體自燃現象的傳說，其中有一則是這樣的：川藏公路橫跨昆侖山，而且還要經過金沙江、瀾滄江、怒江、雅魯藏布江四大水系，是世界上最險峻的一條公路。解放軍戰士某甲和某乙，開著一輛軍用解放大卡車，為部隊運送一車緊急物資，途中經過川藏公路昆侖山一段。當時正是深夜，下著鵝毛大雪，為了保證安全，車開得很慢，在漆黑溜滑的盤山公路上前進。眼看再一個小時的車程就能抵達目的地了，兩人都鬆了一口氣。在雪夜的川藏公路上行車，實在是太危險了，還好沒出什麼事。

兩個人正感到慶幸時，忽然有一團藍色的火球撞到了車窗上，正在開車的戰士某甲，下意識地踩煞車。車輪雖然裝了大鐵鍊防滑，但是這一下還是使整個大卡車斜著滑了出去，斜撞在了路邊，最後面的一個車輪卡在了懸崖上。下面就是萬丈懸崖，沒有別的車輛牽引，這輛車是拉不上來了，車上裝的重要物資，也因為車身傾斜而散落了一部分。

幸運的是兩個戰士沒有受傷，他們下車察看，發現地上有一團藍色火球，正逐漸熄滅，他們湊到近前，見是只紅色透明的小蟲子。這冰天雪地裡怎麼會有活動的蟲子？某甲取出一個空水壺把蟲子裝了進去，準備帶回去給戰友們看看。隨後兩人商量，決定某乙步行去兵站求援，某甲留下看守物資。天亮的時候，某乙帶著人來幫忙，發現卡車仍然斜掛在懸崖邊上，地上的軍用物資沒有被人動過的跡象，但是某甲已經死在駕駛座上了。他的身體被燒成了灰燼，但是他周圍的物品沒有任何被火燒的跡象，他裝蟲子的水壺裡面空空如也，那隻奇怪的蟲子已經不知去向。

此外還有另外一個傳說是這樣的：九十年代初在中國興起了一股昆蟲熱，有一隊自發組織起來的學生，到昆侖山去搜集珍稀昆蟲標本。在昆侖山的深處有一個山谷，裡面一年四季百花盛開，有許多叫不出名字的奇花異草，就連穀中的泉水也芳洌清甜，整條山谷猶如世外桃源。這些學生在導師的帶領下捉到了不少奇形怪狀的昆蟲，足足逗留了兩、三天，才心滿意足地準備收隊離開，卻發現隊伍中少了一男一女兩個人。在這裡失蹤可不是鬧著玩的，大夥不敢怠慢，立刻開始在附近尋找他們兩人。他們應該不會獨自走出山谷，大夥不停地呼喚著他們的名字，可空山寂寂，沒有任何回應。

反覆搜尋無果，兩個大活人竟然生不見人，死不見屍，隊員們無可奈何，只好向附近的駐軍求援。

在解放軍的協助下，終於在山谷最深處的一道岩縫中，發現了排列整齊的四條半截人腿，膝蓋以上的部分全部被燒成了灰燼。如果不是岩縫中背風，山風一過，這些細微的灰燼便都會隨風散去，留不下半點痕跡。

透過剩下的腿部殘肢，可以辨認出這正是那兩個失蹤的學生，看來他們已經遭遇了不測，他們在這裡究竟遇到了什麼？經過法醫判斷，他們都是被火焚致死，但即使是火葬場的焚化爐也難將人體徹底燒成如此細的灰燼，要燒到這種程度，至少要達到華氏三千度的超高溫。三千度是什麼概念？連鋁合金都能熔化。即便是這樣也要持續燃燒一個小時的時間，才能夠將死者燒得連骨頭都成了細灰，而現場除了人體被燒的灰燼之外，沒有任何起火的跡象。最奇怪的是兩名遇害者的四條斷腿都完好無損，沒有被火燒灼的痕跡，只是在斷面上，有不少受熱流出來的脂肪油膏。

只能推測這兩名不幸的遇難者，是在一瞬間被神祕的烈焰燒成了灰，而那火焰很快就熄滅了。他們兩人進入岩縫，很可能是想在裡面找尋昆蟲製作標本，那究竟是什麼東西燒死了他們？難道這就是傳說中不可思議的超自然現象——人體自燃？人體自燃現象一直是人類未解之謎，到目前為止都還沒有一個明確的結論。不過昆侖山附近的人體自燃傳說，都會涉及昆蟲，也許真的有這樣一種古怪的七星瓢蟲，具有某種神祕的生物能力，可以引發靈魂深處的業火焚燒。

潘家園

《鬼吹燈》裡，胡八一和王胖子走上摸金之路，皆因在北京潘家園古玩市場遇到大金牙，後來胡八一和胖子也在潘家園落了腳，做起了生意，可以說潘家園是推動故事發展的一個重要紐帶。這件事應該發生在八十年代初期，而那個時候是沒有這個市場的，這個情節根據故事發展的需要被演義化了。

真實的「潘家園舊貨市場」位於北京三環路的東南角，其雛形起源於一九九二年上半年。當時一些當地下班的職工，在現址西南馬路邊的坡上擺攤，把家裡的舊傢俱、舊電器等舊貨拿來賣。從數個到幾十個攤位，市場就慢慢形成了，並正式定名為潘家園舊貨市場。定名「舊貨市場」明顯是經過考慮的，「古玩」、「文物」太顯眼，「工藝品」又不說明問題，「舊貨」的含義就寬泛多了，各種古玩行的雜項都可以囊括其中，而且現在已經不再侷限於此，就連「文革」時期的一些時代產物，以及各種民族工藝品也都有人經營。如今像什麼仿古傢俱、文房四寶、古籍字畫、舊書刊、陶瓷、中外錢幣、竹木牙雕、佛教信物、「文革」遺物、毛主席像章、革命樣板戲的海報、各種連環畫小人書、明清或現代名人的真假字畫，歷代的陶器、各種真偽的古玉、造假的青銅器，古舊鐘錶老首飾，五花八門的各種舊貨，讓人看得眼花繚亂。

如今老外們來北京，除了登長城、吃烤鴨之外，還有一件最重要的事情，那就是逛一逛潘家園舊貨市場，各國來京的洋人喜歡來淘寶，也是這裡的特色之一。

大金牙什麼玩意都拿出來賣，並不侷限於金石玉器，他稱自己的生意為「古玩行」。這個行業裡，行話術語是最基本的溝通手段，從介紹、評價、討價還價、買賣成交，都有著自成一體的用語。如果連這些都不明白，就別指望能在潘家園混出名堂來。除了這些行話，還有許多規矩。例如，一件買賣雙方要交易的明器，得先讓人看看貨啊，於是賣方就要把明器拿出來。但是您別著急，明器不能過手，不能直接遞到想看貨的人手中，必須先由賣方自己將明器擺在桌子上，這時候想看貨的買家才能伸手從桌上拿起來觀看。這樣做是為了萬一東西掉到地上損壞了，可以分清楚是誰的責任，尤其是瓷器、玉器，千萬不能直接過手。賣古董的明叔和大金牙都是內行的人，所以都知道這規矩。

像這些都是約定成俗，是不成文的規定。比起這些行規，更專業的是術語，要是外行聽起來，簡直就像聽天書似的，比如翡翠叫「綠頭」，玉器叫「石頭」，字畫叫「紙片」，複製品叫「下蛋」，賣給外國人的叫「洋莊」，賣給國內的叫「本莊」，換東西叫「打仗」，收到了好東西叫「吃仙丹」，做第一筆生意叫「開沖」，到外地收古玩叫「鏟地皮」，仿製品做得不高明叫「判眼」，諸如此類，說都說不完，簡直可以出一本字典了。

剛剛講的那些，都是行家與行家交易時說的，如果碰上不懂這些行話的買主，那就是「菜頭」。

如果菜頭要問的話，也都有很圓滑的套話應付。若是問這件東西是哪個朝代的，他就會告訴你這是「明式」，而不說是明朝；問貨從哪裡來的，標準答案是「山西侯馬」。潘家園中的假貨一般都是這種說辭。

古玩行裡的行話術語，都是由清末那個時代產生的，然而時至今日，有些古老的行話已不再適用，便逐漸被淘汰。現在保留下來的已經很少很少，大多都是近代產生的新術語，同以前的行話比起來，有很大差異。

比如行話中同樣一個名詞和動詞，在不同的年代或者不同的區域，或許會有不同的說法。有的稱外出收古玩的為「鏟地皮」，也有的稱他們為「遊擊隊」，假貨還叫作「高老八」或者「高八爺」，而且為了避免錢財露白被別人盯上，在說明價格的時候，都是百分之一，說一塊錢，實際上就是一百塊錢，一百元即是一萬元。

現在有專家幫古玩鑒定價值，其實古玩的價值是很難說的，有市無價或者有價無市的情況很普遍。一件東西，賣家說值多少錢，但沒人買它就不值錢，只有在買家認可的前提下，它才有這個價值。而且古玩真偽難辨，做假的實在是太多了，就連專家也可能有看走眼的情況，京派語言通常叫作「懵買懵賣」，說白了就是「隔著口袋買貓」。

總之，潘家園舊貨市場就是一個買賣雙方施展眼力、財力和魄力，鬥智、鬥口、鬥心理，極富戲劇色彩的自由市場。就在這個市場中，發生過許多聽起來十分傳奇的故事，也有許多珍品由此得以浮出水面。有空的話去這裡逛一逛，說不定會撿到寶，天上掉餡餅的好事，也許就讓你遇到了。

十六字陰陽風水祕術

在《鬼吹燈》中，胡八一的摸金理論，全來自半本《十六字陰陽風水祕術》，據傳此書出自清朝摸金高人張三鏈子之手。

世上當真有這本摸金校尉所寫的《十六字陰陽風水祕術》嗎？很遺憾，因為事先已經說了，小說中的摸金校尉便是一個虛構的設定，所以《十六字陰陽風水祕術》也是作者憑空虛構出來的，就連類似的書都不存在，世界上從來沒有過這樣一本書，也絕對沒有過這十六字風水的傳說。不過有一個十六字算命先生的傳說，與風水相去甚遠，在這裡簡單地講一下。

相傳當年有一家姓王的豪族，家中有位千金小姐，某年遊至一荒園中，拾得穀穗一枝。這穀穗長得很奇怪，是從地下一具死人枯骨中生長出來的，上面僅結了一粒飽滿異常的穀籽，聞之芳香撲鼻。王小姐當時也不知道是怎麼想的，竟然將那穀粒吃了下去。她回家之後，忽有感應，從此懷有身孕，十月懷胎，一朝分娩，便產下一子。這個孩子因為沒有父親，只好隨母姓，姓王名禪。成年之後便進山學道，自號鬼穀子，能知過去與未來之事，後人稱之為王禪老祖。

此人不僅能推算萬事因果，還能演算日月星辰的變化，稱得上是前知五百年、後知五百年。通常算命先生為人算命，都是批八字，而鬼穀子則批十六字，故此又得了一個別名「十六字算命先生」。

但鬼谷子批命圖沒有流傳下來，而且這段故事只是民間流傳著的一個傳說。真正的鬼穀子是確有其人的，他活躍於戰國時代，姓王而不知其名，因住於鬼穀，遂以鬼谷先生稱之。戰國時著名的風雲人物張儀、蘇秦都拜在鬼穀子門下習縱橫之學，而且他精通相術及兵法，中國歷史上最傑出的大軍事家孫臏也是鬼谷先生的弟子。鬼谷先生周遊列國，在世數百年，最後不知其所終。

又有一種比較近似神話的傳說：鬼穀先生名利，或為蜊，號玄微子，亦系秦、漢之師，與二郎真君交往至厚，位列仙班，奉為王禪老祖。後世流傳的有關他的圖畫，最有名的是被稱為中國在世界上最有價值的瓷器「鬼穀下山圖」青花瓷罐，這件價值連城的元代瓷罐現在流失在美國。

「鬼穀下山圖」中的鬼谷先生相貌慈祥，如同元朝平話中所說的坐二虎車下山，實則拉車的是一虎一豹，這就顯出他與其他道佛居士絕不相同的仙風道骨，令人肅然起敬。

地理簧

《鬼吹燈之巫峽棺山》最後面有一個外傳叫「金點」，實際上是主角胡八一的祖父胡國華幫人算命「看風水」相地的故事。書中寫此類透過術數為他人占卜吉凶來糊口的，因為這種事技術含量比較高，所以往往被尊稱為「金點」。這其實是我的揣測，照評書大師連闊如老先生的說法，「金點」是江湖藝人對算卦相面的總稱，如同一種群名詞似的。

這些金點先生也分好壞，最高境界莫過於通曉江湖金點十三簧。這些算命的金點先生，說話都有保留，處處設局，這個套路行話就叫簧頭。今天先不說別的，就先說明一下這十三簧的首簧：地理簧。

什麼叫地理簧呢？其實就是金點先生問算命的人家鄉何在。要知道中國地大物博，人口眾多，但是每個省每個地方都有自己的特產、特色，甚至可以透過四處奔走延伸出特殊的職業來：山西、陝西的走西口，山東、河北的闖關東，福建、廣東的下南洋，四川、雲南、貴州的走下江，這都是大家所熟悉的。詳細來說，舊時北京乾果子鋪的上下人等，多是山西文水人。糧行裡頭，則基本上是山西榆次人的天下。山東章邱縣的人，舊時則有兩個出路，一是去綢緞莊裡工作；二是去打鐵，反正都是同鄉的親戚朋友推薦，都是熟人，做別的工作的人也有，但比較少。假設算命的金點先生懂得這個，有山東章邱縣的人來算命，就知道他少不了這兩個去處，再來看他衣飾整潔，是個商人的模樣，就恭喜他說「您該入商界」，這不就正對上簧頭了嘛。對方一定會佩服這算命先生是有功夫的，這算命打卦的錢也就順理成章地掏出來了。

話說這江湖金點地理簧雖然說的是舊時事，但其中還是有幾分道理的，比方說現在北京城裡多來自河北、河南、山東的北漂，廣東各地多湖南、江西的外來工，這是大家遇得到的。北京城裡開成都小吃的多是重慶開縣人，深圳、廣州街上開桂林米粉店的多是廣西欽州人，這知道的人就不多了。我說出這些，並不是教人們算命騙錢，頂多是在和人聊天的時候說出來大家笑笑而已。

蠍子倒爬城

《謎蹤之國》的男主角司馬灰和胡八一最大的不同之處，大概就是他出身舊家，不僅更加通曉江湖規矩，而且身上還帶著功夫。

司馬灰的家傳功夫就叫「蠍子倒爬城」，能夠倒立起來，頭頂向下，雙膝彎曲，用腳尖鉤住岩縫，張開的雙手交替支撐重心，猶如一隻倒立的壁虎，貼在壁上游走而行，故稱「蠍子倒爬城」。

據說「蠍子爬」本是民間雜技中的一門，中國最有名的雜技之鄉河北吳橋，上至九十九歲，下到剛學會走路，不論男女老少，都會幾樣絕活。近幾年的春節晚會，也都有來自吳橋的雜技表演，亦可證明所言不假。前不久在吳橋附近出土了一座魏晉時期的古墓，墓中壁畫上就描繪了「肚皮頂碗、蠍子爬、火流星」等古老的雜技項目，這說明此類絕技自古已有，歷史非常悠久。

雖然在近幾百年的雜技項目中，古代絕技「蠍子爬」早已失傳，舊時的軍隊卻得以將其繼承並且保留下來。在軍中會這套本領的，大多是受朝廷招安的綠林盜賊。在中國傳統公案小說《大八義》、《小八義》中，神偷趙華陽、阮英均以此絕技作案。據說就在民國年間，燕子李三還在濟南的城牆上玩過這麼一手，許多老年人親眼目睹過。

不過我寫的時候，還真沒想過現在還有會這種功夫的人在，我那本書剛到編輯手裡，編輯就很興奮地告訴我，作家薩蘇就寫過「蠍子倒爬城」的故事。那篇文章的名稱是《蜘蛛大俠黃象明》，這位黃大俠乃是薩蘇的中學同學，從小到大就腳上頭下地爬來爬去，老薩他們都習慣了。那天黃象明在數百人的面前，頭下腳上地施展蠍子倒爬城絕技，爬上三樓屋頂救一個想自殺的人。最精彩之處，樓上要自殺那位一看有人要上來，扔下一東西，黃大俠不慌不忙，手腳用力，鉤住磚縫，蠍子一樣向右平移三尺，接著又是三尺，雖然驚險卻應對自如，樓下掌聲如雷，這一段聽著都讓人神往。

憋寶

天津衛的老故事裡，南蠻子憋寶非常常見，尤以天津開埠成立租界後為多。那個時候來了許多外地商客，勤懇務實，凡事精打細算，逐漸發了大財。而天津衛本地人只會守著老婆和孩子不思進取，看別人賺錢卻又眼紅，也想不通自家的生意為什麼不如外來戶，錢財都讓外地人賺走了？便往往將責任歸咎於那些外來的商人，說是這群南蠻子會憋寶，施了法術攝去了祕寶，才使得天津衛這片土地靈氣枯竭，壞了此地風水。

這種故事其他地方也有傳聞，流傳已久，上歲數的人大多知道。據說西域胡商與江西土人擅用方法，天下之寶，無所不識，然而這兩者有所不同。江西術人是在地窖裡開地眼，小孩生下來就不見天日，一直在地下生存，《鬼吹燈》裡提到的陳瞎子和港商明叔的乾女兒阿香的眼睛差不多就是這麼一回事。只不過憋寶的做法是再施與祕術傳授，日久這小孩就能看見種種埋藏的寶物。

西域胡人則是在身上養血珠，所謂血珠，乃是江底老鱉體內結出的肉瘤，大如丸球，不甚光澤，所以舊時也稱此法為「鱉寶」。一般是用刀在自己胳膊上挖個洞，將鱉寶埋在肉裡，直到傷口癒合，再遇到寶物便能有所感應。

有著鐵齒銅牙的紀曉嵐甚至還有個鱉寶的故事：說是紀家太夫人喜歡喝鱉湯，殺鱉的時候都要冷不防一腳踩住鱉背，趁這東西伸頭之時一刀剁下鱉頭。結果那天發生了怪事，鱉頭剁下後從脖腔裡跑出來一個約一吋大的小人，圍著那隻鱉跑了幾圈又跑回脖腔裡了，廚師好奇剖開鱉身一看，小人已死。後來有人告訴他，其實那小人就名叫「鱉寶」，誰要是得到了牠，把自己的胳膊用刀切個洞，把鱉寶放進去用血脈養牠，這人從此以後就能看見埋在地下的金銀財寶，因此能夠挖掘出寶物。但不久以後鱉寶就會吸盡這人的血脈，令他血盡而亡，然後子孫就能把鱉寶從他的胳膊裡取出，再放到自己的身體裡，如此往復可以致富。那廚師聽說後，又氣又悔，恨自己怎麼把這麼好的機會給放過了。紀家的太夫人於是勸他說：「那東西是怪物，用了會把命丟了，到時候就算找到了金山銀山又能怎麼樣？別想了。」可惜廚師到最後還是想不開，活活氣死了。

筷子橋

我在《賊貓》裡曾提到一座深埋地下的筷子城，整座城樓全以日常所見的木筷、竹筷搭成，雖然形制頗小，但五臟俱全，有城門、城樓，兩側都是由無數筷子搭建的城牆，那敵樓上竟然還留有數十處觀敵的箭窗。城門前護城河上還架有一座筷子橋，整體都用筷子搭成，雖然筷子有長有短，材料新舊各不相同，但黏合得甚是堅固平整。橋面微成拱形，寬不足兩尺，但也足以讓人踏橋而過。

以筷子這一平常所見所用的平凡事物，搭建成也是日常所見的城池、橋樑，就顯得這城中更加詭異非凡了，這只不過是行文時的一個手段，要說起出處和關聯也是相當有趣的。

早年北京天橋最為興盛的時候，三教九流雲集，金皮彩掛齊全，講究的是各有各的絕活，各有各的本事，就是因為他們不種地不行商，單憑這絕活本事就能讓看熱鬧的人把錢掏出來，好讓他們糊口。有個保定府的江湖藝人，既不見他賣藝，也不見他賣藥，甚至也不見他吆喝拉客。他就是很早來到此地，找一片地方，拿著成百上千雙筷子搭建城池樓閣，每天重複一樣的事情，非常奇特，只有他做這項才藝。還真有人照顧他的場子，每天都來看他搭筷子樓，並扔下幾個錢。不過這江湖藝人全憑筷子橫搭豎構搭建的城樓，還不像我書中所寫的筷子城中那座筷子橋，是以膠黏合而成的。你想想，如果用膠把筷子黏合成城池樓閣，之後怎麼拆下來啊，那不是砸了自己的招牌嗎？

不過呢，真有不用膠黏合、不用釘子構造的木橋。話說英國最著名的學府劍橋大學有座數學橋，就是牛頓利用數學和力學原理設計建造的，整座木橋上既沒有用膠黏合，也沒有使用一根釘子，就能架於河上供人行走往來於兩岸之間，堪稱奇蹟。後來，好奇的學生把它拆下來，想看個究竟。誰知拆下來容易，恢復原貌就難了。無論學生們用什麼方法，就是恢復不了原樣，連校方也無能為力。最後，不得不用釘子固定，才重新將木橋架起來，只是這木橋的大小樣式，就遠大於我書中所提的「筷子橋」了。

升官發財

棺材，一般來說都是忌諱的物件，因此有人按諧音喻為升官發財，在心理上博得個安慰。

我小說裡棺材出現不少，只是《鬼吹燈》裡的胡八一和王胖子，在出道未久就遭遇了「升官發財」的最高境界——精絕女王的昆侖神棺，令後面所出的棺材小字輩自愧不如。

昆侖神棺的材料是昆侖神木，據古書上說昆侖神木又稱通天之木，遠古的時候，天上的神與人間的人是相互來往的，而昆侖神木就是天上和人間的天梯。可能是因為神木上沾了仙氣吧，即使只有一段昆侖神木，它仍然不會乾枯，雖然不再生長了，卻始終保持著原貌，如果把屍體存放在昆侖神木做成的棺材中，可以萬年不朽。據說秦始皇就特別想要一款這樣的棺材而求之不得，難道他早知道自己會死在出巡途中的淒慘下場嗎？

昆侖神棺不過是一個傳說，陰沉木棺材可就是實實在在的東西了。陰沉木其實就是遠古時期的百年、千年名貴古木，因突如其來的地震等變化，被深埋於江河湖泊的古河床泥沙之下，或是缺氧的陰暗地層中，既似木化石又保留有木質特徵，否則怎麼用刀鋸開做成棺材板呢？

陰沉木做成的棺材萬年不腐不朽、不怕蟲蛀，這才是封建帝王們真正能夠享受到的棺木極品。竊國大盜袁世凱的皇帝癮，只過了八十三天就一命嗚呼，但死後下葬用的棺材就是陰沉木做的，這是清朝後幾位皇帝都沒有享受到的待遇。但是袁世凱的那口棺材據說是拼出來的，而不是獨幅的整料，尚未算得圓滿。因為做棺材向來講究用獨幅，意思是棺材面的棺蓋、棺底以及四邊等六幅木料全用一塊木料製作。

民間常說：家有黃金萬兩，不如烏木一方。這個烏木就是指的陰沉木，可見這種木料有多麼名貴。袁世凱集傾國之力也沒睡上獨幅的陰沉木棺材，待遇其實還比不上《鬼吹燈之雲南蟲穀》裡僻處一隅的草頭天子雲南獻王。獻王睡上獨幅的陰沉木棺材可謂是地利之便，四川、雲南一帶本就是陰沉木的出產之地，出土量遠較陰沉木以往的產地青海龍羊峽、三峽奉節一帶居多；後者這兩處因處於人煙密集之地，早已挖掘殆盡；而雲南近些年陰沉木的出土和大宗交易新聞不斷，甚至還有近幾年出土的一塊雲南萬年陰沉木酷似中國地圖的新聞。

落霞棲牛圖

在《鬼吹燈之昆侖神宮》中，港商明叔為了得到胡八一手中的秦代法家神鏡，以鎮取冰川水晶屍，曾經拿出過楊貴妃口中含過的玉魚，還有一幅宋代古畫《落霞棲牛圖》要和胡八一交換。楊貴妃口中含過的玉魚雖然是個稀有物，但不是這篇文章的重點，奇怪的是那幅《落霞棲牛圖》中畫著在樹下吃草的老牛，白天乖乖地在樹下吃草，晚上便會回到牛欄中安然而臥。

據說《落霞棲牛圖》這幅畫最早是南唐後主李煜，為救小周後免遭凌辱，而獻給宋太宗趙光義。

但宋太宗做事極為毒辣，他的皇位就是陷害親哥得來的，此刻更是要美人更要名畫，索性用一帖牽機藥把李煜毒死，這才擁有美人坐觀名畫。不過名畫的變色之祕還是令他百思不得其解，問遍南唐降人也沒有一個知道，文武百官也是不知其究竟而無言以對。

後來有一個名叫贊甯的和尚，他向宋太宗講出了這幅《落霞棲牛圖》的奧祕。此圖是在牛欄內外各畫一頭牛，樹下吃草的那頭牛是沃焦山石磨色畫的，只能白天看見；而牛欄裡安臥的牛是海南珠脂畫的，只能晚上看見。宋太宗覺得言之有理，於是遍尋天下，尋來海南珠脂和沃焦山石磨色，作為宮中祕藥，對外祕而不宣。這種宮廷祕寶中的奧祕，大多已經失傳，對初次見到的外人而言，更是瞠目不知以對。

我去過山西臨汾浮山，當地博物館中有一顆著名的聖中佛珠，據說是慈禧太后當年從北京逃難出來經過此地，當地一官員用心服侍一位老太太，老太太賞賜給他的，原來也是宮中祕寶。

這顆佛珠由赭色琉璃製成，珠上有一小孔，一頭大、一頭小。有一回有人無意從小孔的一端向裡望去，發現裡面有一尊大佛端坐於寬敞明亮的大廳內，項戴佛珠，手提念珠，若對著太陽光凝視佛像，更覺得滿堂生輝，雲霧繚繞，如入仙境。大廳牆上還掛有書法，上書「聖中佛」三個大字。這是此佛珠名字的來歷，但為什麼這顆佛珠會有如此神奇之處，來歷是否真如傳說中所說，就無人知曉了。

第二章

鏡裡乾坤

撫仙湖下的僵屍村

阿計是廣州人，畢業後做了個小報的外派記者，也是業餘作家，專門創作紀實文學，卻始終沒找到什麼太好的題材，賺的稿費只夠糊口，加上年紀輕輕，也沒有什麼名氣，十次有八次會被退稿。

他本人卻很熱愛這個行業，覺得能夠記錄事實真相，有著非比尋常的意義。

那一年阿計到雲南採訪，在撫仙湖附近的山道上，搭了輛載貨的卡車，途中跟司機天南地北地閒聊。

那個司機徐師傅是個熱心的大叔，特別愛管閒事，得知阿計是個作家，就問他怎麼不寫寫撫仙湖，這裡的怪事太多了，講上幾天幾夜也講不完。

阿計說：「我寫的都是紀實文學，不是那種亂編的小說，怎麼可能隨便聽人說說就寫！」好比幾年前有位作家在書裡寫道「某位氣功大師，少年時在深山迷路，看到樹枝上坐著個白鬍子老頭，鬍子好幾尺長，一直垂到地下，那老頭看這孩子骨骼清奇，便授予天書四卷，出山之後就成了大師」，這種很明顯是胡扯！居然也敢標榜為「紀實文學」？不過牢騷歸牢騷，阿計也時常到山區收集素材，聽司機師傅提到撫仙湖，他還是很感興趣，就遞了支煙詢問詳情，想知道這裡都發生過什麼古怪離奇的事情。

司機徐師傅的老家就在撫仙湖邊，便在車上滔滔不絕地講了許多。從地圖上看，撫仙湖的形狀像個葫蘆，南北寬大、中間窄小，北邊水最深，知道很深但卻不知道有多深。據說以前有人把麻繩捆在鐵塊上往下沉，一船的繩索都放完了還沒探到底。老人們常講：「深山有靈，深水有怪」，這撫仙湖深不可測，裡面自然有怪。當地凡是有點年紀的人都知道，解放前在湖裡曾經捉到過僵屍。也有人說那東西是水裡的猴子，但為什麼沒有尾巴？那模樣就跟水鬼一樣，體生白毛、似人非人，有鼻子有眼睛，滿身腥臭，身上有很多肉蟲。用網子撈起來抬到村子裡的時候這東西還活著，整夜哀嚎慘叫，村子裡的狗聽到那聲音，全都嚇得夾著尾巴打顫。村民認為此物不祥，是沉在湖底的僵屍所化，就拿亂棒打死後餵狗了，大家都不清楚牠究竟是個什麼怪物。那年代真是愚昧無知，如今要是能逮到個活的，可就值錢了。

阿計聽得入神，首先覺得十分詭異，其次又深感惋惜，如果司機所言屬實，村民們在撫仙湖裡捉到的水怪，倘若能留下活體，絕對是震動天下的大新聞。這很可能是種早已滅絕的深水動物，似乎比在神農架發現野人更為離奇，水怪被村民打死了實在是個天大的遺憾，但有沒有留下屍骨呢？

阿計思考了一下，這件事畢竟隔了幾十年，留下遺骸的希望非常渺茫，而且從未在報章上看過，想必什麼都沒留下，因此只是隨便問了一句，誰知司機說出的答案卻出乎意料：「那個從湖裡捉到僵屍的村子，當天晚上便整個消失了，現在連地圖上都找不到了。」

阿計覺得非常奇怪：「整個村子都消失了？怎麼可能發生這種事？」

徐師傅說在湖裡捉到水怪的那個村子叫「猛狗村」，因為村中自古多出惡狗，體形比周圍的狗大出許多，性情十分兇猛，最適合當獵犬。據未經考證的說法，這都是當年蒙古大軍打進雲南，從漠北草原上帶過來的犬種，不是本地的土狗。

由此可知，這「猛狗村」是撫仙湖附近存在了好幾百年的古村，村民的迷信思想很深，一直流傳著湖底有僵屍的傳說，所以把那水怪亂棍打死。結果當天晚上發生了地震，整個村子都陷到了湖裡，全村男女老幼幾十個人，沒能逃出一個，只有剛好外出的人倖免於難。等附近的人們聽到消息趕去看怪物的時候，村子早已陷入湖底，現在連地圖上都找不到那個地方了。因此有傳言說村民打死的水怪可能不是僵屍，而是湖裡的神，導致全村遭了天譴。

阿計被徐師傅的講述深深吸引，雖然也懷疑徐師傅是信口開河，但回去之後滿腦子想的都是這件事。當時有很多朋友勸阿計，寫稿子沒什麼前途，養家糊口都難，恐怕連老婆都娶不到，不如趁早回到廣州，湊點錢買輛貨車，擺個攤收入也比現在好。阿計也知道自己前途渺茫，理想抱負畢竟不能當飯吃，不免也起了回家鄉做生意的想法。但他一直放不下在車上聽來的傳聞，決定再寫最後一篇報導，然後就回廣州去擺攤，於是稍作準備，前去撫仙湖調查取材。

阿計先到縣檔案館查閱了縣誌和大量資料，得知撫仙湖屬於斷層溶蝕湖泊，從遠古時代開始就經常發生地震，周邊不斷塌陷被湖水淹沒。相傳湖底有座古城，少說也有兩千年以上的歷史了，至於具體是哪朝、哪代沉入湖中的遺跡，迄今為止還沒有定論。縣誌還記載每當大霧彌漫之際，湖中會出現耀眼的白光，由於縣誌屬於信史，所以這些事還是比較可信的。

阿計查閱資料期間住在縣城招待所裡，無意間打聽到了一些情況。前幾年有空軍某部一架飛機經過撫仙湖，儀錶突然失靈，飛機直接墜入湖中，為了搜索飛機殘骸和飛行員遺體，部隊動用了大型潛水設備。飛機殘骸雖然沒找到，但使用深水潛望設備的時候，發現撫仙湖下一個極深的洞窟中，似乎有房屋建築，裡面有不計其數的死人。那些屍體身上白白的，沒有腐壞，隨著暗流前後晃動，就如同許多人在漆黑陰冷的湖底行走。

這件事聽起來簡直是匪夷所思，也許僅是街頭流傳的小道消息，謠言居多。不過阿計知道，前幾年確實有架空軍飛機失控墜入撫仙湖，至今也沒有找到殘骸，這倒不是憑空捏造。而潛水夫發現湖底有許多僵屍，更是與村民在湖中捉到水怪的情形吻合，雖然未必全部屬實，但會出現這種謠言，其中必定有些蹊蹺。

阿計接連查詢了幾天資料，只找到幾則民國年間猛狗村因地震陷入湖底的記載，但都沒提到村民在湖裡發現僵屍的事。關於地震的情況也皆是語焉不詳，那時畢竟訊息封閉，外面又在打仗，大概是解放軍發動淮海戰役期間。撫仙湖遠在雲南，比起國共兩黨在淮海戰場上千軍萬馬的較量，這幾十戶人家的一個小村子陷入湖底，就當時而言，根本算不上什麼大事，能在縣誌或報紙上提到幾句，已屬難得。眼下找到的這些記錄，根本不夠寫一篇報導，最為難的是還沒有找到直接證據，僅憑一些民間傳聞，是完全站不住腳的。

阿計沒辦法，只好去找那位司機老徐。老徐因賭博輸了很多，正是想找個偏僻的地方放空幾天，一聽阿計想調查猛狗村的事情，就自願充當嚮導，只要阿計肯付些車馬費，他可以帶路，到那個村子陷入湖底的地方走一趟。

阿計說酬勞好商量，但是當年的猛狗村整個陷入了湖底，我們又不會潛水，又沒有任何裝備，即使再去原地調查，也只能看到湖水茫茫。撫仙湖深不可測，空軍飛機掉進去都打撈不到，除了水就是水，能有什麼好看？如今最理想的，是走訪幾位當時的目擊者，親耳聽聽他們的講述。

老徐告訴阿計這就不太可能了，猛狗村陷在撫仙湖裡，距今已有好幾十年，當時只有一個倖存者。

她本人是個神婆，見到村民們打死了僵屍，嚇得屁滾尿流，沒命般地逃出村外，這才把消息帶到外面，夜裡村子附近就發生了地震，其餘的人全是從這個倖存的村民口中聽聞，得知了事情的經過。如今那個村民早就死了，死人又怎能從地下爬出來給你講述？

眼下還活著的人，大多是口耳相傳，和他說的沒什麼分別。

阿計聽完很洩氣，說了這麼多，當年全村只有一個倖存者，那整個村子陷到湖底得是多大的災難？可能這位倖存者遭受的打擊太大，嚇得神志不清，想到什麼說什麼，怎能當真？何況此人本身就是一個神婆，專以從事迷信活動為生，擅長妖言惑眾，從她嘴裡說出來的這些話，就更不可信了。

老徐說那個年代的人們思想雖不開化，卻也不至於如此盲目，大家之所以會相信，是因為的確有真憑實據。一九四九年年底國民黨軍隊潰退，有一支部隊經雲南往緬甸逃竄，當時有位法國的攝影師隨軍報導，他跟部隊經過撫仙湖，無意中拍攝了一張照片。這張照片裡有些不得了的東西，誰都解釋不了。

阿計聽得暈頭轉向，如果從時間上推算，村子因地震陷入撫仙湖的時候，正值淮海戰役期間，時間應該是一九四八年年底至一九四九年年初，而國民黨軍隊潰退至緬甸，則是一九四九年年底的事。地震和拍攝照片的時間幾乎隔了整整一年，這位法國攝影師又能用照相機記錄到什麼不得了的東西？

老徐說：「計先生，你不要以為我是信口開河，也不要亂猜了，不如眼見為憑，我們現在過去瞧瞧，你自己看了就知道了。」

阿計半信半疑，跟老徐來到縣城一戶人家裡。戶主是個中學歷史老師，也是老徐在縣城裡的親戚，喜歡收集各種文獻資料，家中存了不少解放前的舊報紙，檔案館裡也未必能查得到。老徐請親戚翻箱倒櫃找出一份報紙，指著其中一頁，請阿計仔細看看這則新聞。

阿計看那報紙上有張模糊的黑白照片，拍得不怎麼清楚，再用油墨印到報紙上，又隔得許多年了，報紙已呈深黃色，細節幾乎都看不到了。他端詳了許久，勉強看出照片裡是個村子，村口有塊石碑，字跡難以辨認，石碑旁倒著一個身首異處的死人。而在這死屍跟前，有個男子背向站立，手中似乎拎著什麼東西，不遠處有株枯樹，周圍全是一片模糊。

阿計盯著照片看了半天，又看了旁邊的新聞稿，但報紙保存條件不好，很多字都看不清楚。眼看天色不早就先離開，找了個小店吃晚飯，同時請教老徐，報紙上的照片到底是怎麼回事。

老徐一大口啤酒下肚，話匣子打開就停不了了，內容當然大多是聽他那個教師親戚所講。他說這張照片所拍的場景，正是發生地震前一刻的猛狗村，凡是以前去過那個村子的人，一眼就能認出來。

阿計更是茫然：「徐大哥，你莫非是酒後胡言？先前還說法國人拍這張照片的時候，那個村子已因地震陷到撫仙湖底將近一年了，怎麼如今又說是地震發生前的一刻？這不是前後矛盾嗎？」

司機老徐的教育程度有限，加上喝了酒口齒不清，比手畫腳地解釋了足有兩個小時，阿計才逐漸聽出一些頭緒。

原來一九四九年年底，國民黨某部潰退至此，有個隨軍報導戰事新聞的法國記者，跟著軍隊經過撫仙湖。當時湖裡突然湧出大團濃霧，霧中出現了海市蜃樓般的幻象，村舍人家歷歷在目。法國人連忙取出照相機，按下快門拍了一張照片，隨後怪風忽起，濃霧迅速退散，接著就看不到了。當時報導的新聞報紙，也不知道霧中隱現的村子具體是什麼地方，所以報紙上只稱撫仙湖出現了罕見的奇觀，近似於海市蜃樓一般，歷史上曾有多次記載，但被人用照相機直接記錄下來，迄今為止還屬首例。

然而當地人看到這張照片，都認出是猛狗村。那個村子裡不過幾十戶人家，石碑前橫倒的死人，就是從湖裡撈到的僵屍，最初的照片還算清晰，能看到僵屍的樣子。

報紙上的照片模糊不清，原件更是找不到了，但這個發現，仍然讓阿計感到十分震驚。他非常想知道猛狗村陷入湖底之前都發生了什麼事，更想收集更多素材，至此再也抑制不住好奇心，決定跟老徐到撫仙湖走一趟，進行實地取材調查，爭取掌握第一手材料。

隨著地質斷層溶蝕擴大，湖岸不斷向後推移，解放前那個小村子本就偏僻，又被湖水淹沒了很多年，因此老徐也只知道大致位置。

那一帶交通不便，二人不辭艱苦，隨身帶了些乾糧，有車搭車，沒車步行，翻山越嶺來到撫仙湖北端。從岸邊的山上向下一望，只見湖面遼闊，碧波萬頃，水天渾為一色，墨綠色的湖水就像一塊巨大的絨毯，一直鋪到遙遠的天際，遠處山體截面上，還保存著當年地震遺留下來的痕跡。

老徐熟悉地面，在蘆葦叢裡拖出一條被丟棄的木槽船。這種船就是在大木頭上挖出前後兩個槽，極其簡易，可以供兩個人坐在上面，划到湖中捕魚。他說當年陷湖的位置就在這一帶了，可以載阿計到那個村子沉沒的位置看看。

阿計正有此意，拎著背包上了老徐的船。等到船行至湖面，只見撫仙湖水質清澈，能見度可達八十至一百米，探頭俯視水下，可以清晰地看到湖底五彩繽紛的鵝卵石，以及身姿搖曳的深綠色水草，群山環抱的湖水在陽光下閃爍著綠寶石般凝重華美的光澤。他不禁由衷地讚嘆，撫仙湖不愧是滇中高原上一塊異彩紛呈的碧玉，恍惚中又有種錯覺——這不就是海嗎？

小船行至湖中，湖水深得發藍。老徐說：「阿計，咱們今天運氣不錯，老天爺沒颳風，否則湖神就要變臉了。」

阿計說：「此事我也聽過，一遇風暴，這平靜的撫仙湖就變成惡魔了，它會泛起狂瀾，把一波接一波的浪湧推向沙灘，形成驚濤拍岸的壯觀場面，氣勢不遜大海。可見這深湖之下，確實蘊藏著某種恐怖無比的力量，也不知這幾千年以來，神祕的撫仙湖吞噬過多少生命？現在雖是光天化日，但我只要一想到整個村子沉在湖下，那麼多人都做了水下之鬼，身體就不免有些發冷。」

老徐自吹自擂地說：「撫仙湖的地形我是再熟悉不過了，有我給你護航，你儘管放心吧。」

阿計點了點頭，又問：「我們距離村子陷落的位置還有多遠？」

老徐把手往周圍一指，說道：「具體在哪裡可能找不到了，總之就是這一片，也許就在我們的船底下……」

一句話還沒說完，遠處的湖面上忽然升出一團濃霧，有若垂天之雲，天色迅速暗了下來。老徐驚呼道：「變天了，我們趕緊掉頭回去。」

誰知這天氣變得比翻書快，船隻頃刻間就被漫天大霧籠罩，能見度不足數米，只聽見四周水波翻湧。

老徐和阿計心頭怦怦亂跳，大氣也不敢喘上一口，心想：「該不會是沉在湖底的村子浮上來了？」

等二人壯著膽子向周圍望去，出現在他們眼前的東西，卻比預想中的更為可怕。湖裡有無數青魚，翻著白肚皮浮上水面，密密麻麻的多得數都數不完，這還僅僅是眼前所能看到的，看不到的霧中可能還有更多。阿計和老徐趴在起伏的船上看得頭皮發麻，這些青魚大小不等，最小的都有巴掌大，大者長度接近一米五。

老徐從來沒見過體型這麼大的青魚。這種青魚生長緩慢，體型越大所處水域越深，因此很難捕捉。現在這數以萬計的青魚，大概都是從深水裡游出來的。而且一般只有死魚才會翻著白肚皮浮出水面，今天遇上魚群結隊而出，全是魚腹朝上浮出水面，卻個個都是活的，這情形駭人至極，看得老徐目瞪口呆。

阿計來此之前，曾在途中聽老徐說過撫仙湖裡的種種怪事，其中有一件，便是青魚結陣。每年五到八月，湖面上經常會有數萬尾大小不等的青魚，列隊環遊組成魚陣，場面壯觀，神祕誘人。關於這種現象有一個古老的傳說，大致是說千年以前發生過地陷，有古之大城被湖水淹沒，某代滇王隨著城池沉屍湖底，屍身化為了一條大魚，被困在城中找不到出口。每年這撫仙湖裡的魚群，都要成群結隊前來參拜，因為那些青魚也是淹死在湖裡的古滇人的化身。當然如果用科學解釋則更為合理，數萬條魚聚集在一處，從高空俯視，就像有個巨大的水怪在湖中遊動，常言說大魚吃小魚，大規模魚群看來就像一條超級大魚，而魚群這麼做是為了避免自身遭受侵襲。

所以阿計看到這情景，還以為是目睹了魚陣，只是在茫茫霧中，陡然見到這許多大小不等的魚浮出水面，未免有些詭異，讓人心裡發慌，似乎將會有不祥之事發生。

老徐告訴阿計：「這可都是深水魚，牠們突然翻著肚皮浮到湖面，亂糟糟的不像魚陣。此事過於反常，我許多年來從沒見過這種現象，不是什麼好兆頭，恐怕要出什麼大事了。政府一再告誡群眾，人民的生命安全最重要，其他一切都是次要，咱們還是趕快回去比較好。」

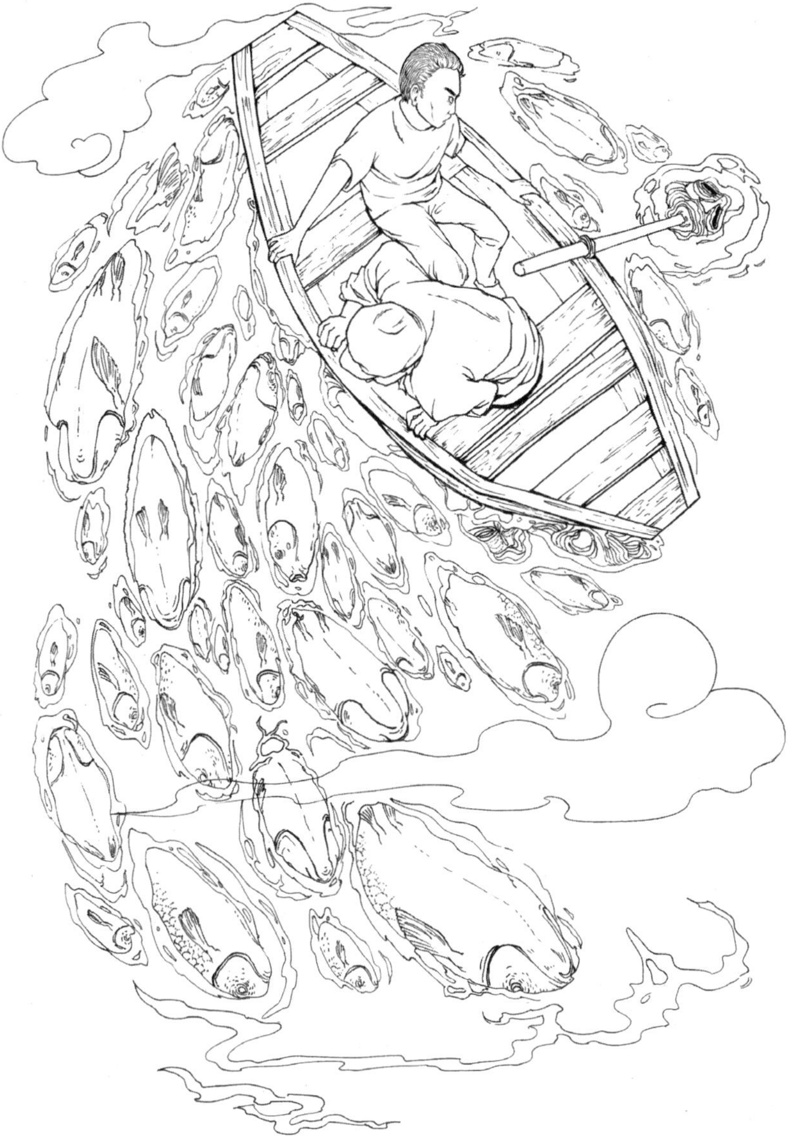

阿計也有隱隱不安之感，當下拿起船槳，跟著老徐一同划水掉轉船頭，可是湖面都被霧氣覆蓋，失去了遠處的參照物，又沒有指南針可以定位，哪裡還辨得清方向？兩人胡亂划了一陣子，累得手臂酸麻，卻似在霧中反覆繞圈圈，始終沒離開原地，也分不出白晝黑夜。而撫仙湖裡的魚群則很快潛入了深水，開闊的湖面一片寂然，眼前除了霧還是霧。

兩人心裡都很害怕，突如其來的大霧和翻著白肚的魚群，都是天地失常之兆，由於不知原因，各種可怕的念頭不免在腦中接踵而至。老徐甚至想到是湖底的村子鬧鬼，並故意把船困住了，那些鬼怪隨時都可能爬上來吃人。阿計對老徐說：「哪有這麼邪的事？我們在霧中迷失方向並不要緊，這種霧來得快去得也快，眼下應該鎮定下來保存體力，等到大霧散掉再繼續划船。」老徐說：「霧急了生風，大霧散開之後一定會出現風浪，到那時處境更加危險，所以不能停下來喘息。」正在商量脫困之策，卻聽迷霧深處，突然傳來一陣尖叫，那聲音慘厲得難以形容，聽得兩人毛骨悚然。

二人相顧失色，聽這慘叫聲離此並不算遠，但迷霧障眼，看不到遠處的情況。阿計下意識地握緊了船槳，做好了應變的準備。這時船隻忽然一震，霧中出現了陸地。

老徐開心地說：「靠岸了！」阿計雖感到情況有些不對，但腳下踏到實地，總比置身於深不可測的開闊湖面上安全，當下就跟老徐棄船登岸。

大霧彌漫，難辨方向，兩人穿過一片茂密的蘆葦叢，一路向前摸索，不久就來到一個土坡上。那裡有株枯死的歪脖樹，毫無生氣的枝幹張牙舞爪，迷霧中看來顯得有幾分猙獰，樹上全是窟窿，軀幹已經空了。

兩人驚魂稍定，都感到有些疲憊，也不敢在霧中亂走，就地坐在枯樹旁休息，抽著煙等待迷霧消散。

阿計吸了幾口煙，低聲問老徐：「你剛才有沒有聽到，是什麼東西在這附近尖叫？」

老徐說：「我有聽到，但是不知道是什麼東西，今天這事真是怪了，湖上先是忽然起了大霧，又有深水魚群出現，我的預感不太好，等這場霧散掉，就得趕快找路離開。」

說話同時，聽到那株枯樹後有腳步聲響起。兩人起身過去察看，卻見是個年輕女子，約有二十來歲，相貌長得還算清秀。

老徐正擔心找不到路，看到有人經過，連忙上前詢問。誰知那女人臉色陰沉，只看了二人一眼就低下頭，加快腳步繼續趕路，嘴裡好像在嘀咕什麼：「受天譴、遭報應」之類的話。

老徐的詢問直接被無視，忍不住罵：「哪來的村姑，居然聽不懂人話？」

阿計望著那女子的身影消失在霧中，發現她經過的地方是條鄉間羊腸小路，地勢崎嶇，坑窪不平。

路旁有塊石碑，上面佈滿了蒼苔，看起來很是古老，石碑上赫然刻著三個大字：猛狗村。

阿計和老徐不看則已，看清石碑上的地名，立時嚇出一身冷汗，感覺心臟都快跳出來。

老徐揉了揉眼睛，確認自己不是看錯了，他吃驚地對阿計說：「這村子在幾十年前就沉到湖底了，我們難道在做噩夢？」

阿計同樣驚嚇，猛狗村在解放前因地震沉到了撫仙湖下，如今這石碑竟然出現在了岸上，難道是湖底的村子受地質變動影響，重新露出了水面？不過轉念一想，又覺得並非如此，他曾在雲南麗江地震時前去採訪，知道地震發生前，都會有反常現象出現，此前突然湧出的大霧，還有數以萬計翻著肚皮上浮的魚群，豈不正是撫仙湖將要發生地震的徵兆？

阿計推測：或許他和老徐兩個人，是走進了地震湖陷之前一刻的猛狗村，已在不知不覺中捲入了幾十年前那場滅頂之災。剛才匆匆離開的那個年輕女子，很可能就是目睹村民們殺死湖神而選擇逃離村子的唯一倖存者。

阿計越看這石碑枯樹，越覺得像那照片裡的場面，先前那聲慘叫，肯定是村民殺死怪物時發出的。

「猛狗村」隨時都會因地震陷入湖底，他好奇心向來很重，自己也知道自己遲早會因此遇上大麻煩，正所謂「深泉之魚，死於芳餌」，但還是忍不住向前走了幾步，只見村舍房屋從霧中浮現出了輪廓，裡面卻看不到半個人影。

老徐看阿計還敢往前走，急忙說：「你不要命了？我們快往外逃，也許從霧裡逃出去就沒事了。」

隨即扯著阿計就撤，走沒幾步，忽見石碑後探出一個血淋淋的狗頭，那不是尋常的土狗，屬於蒙古草原上的獒種，個頭大得出奇，牠吐出猩紅的舌頭，兩眼充血，目露凶光，撲過來朝老徐咬。

老徐嚇得愣住了，忘記要閃躲，腿上先被咬了一口，傷得不輕，一屁股坐倒在地。幸虧阿計有點膽量，他手裡還握著那支木槳，見惡狗撲向老徐，便掄起木槳橫掃過去，狠狠擊在堅硬的狗頭上。聽到「砰」的一聲，震得阿計虎口發麻，手中鵝蛋般粗細的木槳齊柄折斷，那惡狗七竅流血滾到一旁，但牠翻身就起，頭上被重擊竟然沒有感覺，搖頭擺尾齜出滿口獠牙，再次撲了上來。

阿計手疾眼快，把手裡剩下的半截船槳當作木矛，對著那惡狗的血盆大口用力戳去，尖銳的木棍從狗嘴裡穿頭而過，鮮血噴了阿計一臉。誰知那惡狗仍未死絕，嘴裡插著半截船槳，搖搖晃晃地還想起來傷人。

阿計和老徐驚恐的同時，更感到無法相信，村子裡的狗為何如此反常？發狂一般不問青紅皂白地見人就咬，而且那眼神也不對勁。兩人此刻赤手空拳，再也不敢與惡狗糾纏，附近又沒地方可以躲避，加上老徐腿上傷重難以走遠，因此慌不擇路，逃進了猛狗村。

兩人見村子裡到處都是血跡，霧中有幾條大狗正在撕咬一個小孩，肚腸子拖了滿地。二人心裡愈發驚恐，看這情形，應該是村民們從湖裡抓到的那個怪物，村民將牠亂棒打死之後餵給村裡的狗吃，結果那些猛狗吃了死屍，突然變得狂性大發，把整個村子裡的人全給咬死了，這多半與那怪物體內的蟲有關。

阿計見村子裡發狂的惡狗太多，在村頭遇上一條已是應付不了，讓牠們一起撲上來更是無從抵擋，就和老徐撞開一戶人家，趕緊鎖上門閂，又推箱移櫃堵上門窗。老徐見房中牆上除了螺蚌空殼，還掛著打獵的土銃，就摘下來用於防身。阿計則拎了立在屋腳的一根短柄鐵鏟，這時屋外傳出抓撓撞擊門板的聲音。

阿計心知村舍簡陋，無論如何都擋不住那些體大如驢的惡犬，但至此已經無路可退，只得和老徐握緊手中的傢伙，準備殊死一搏。這時腳底突然搖動起來，屋瓦搖顫，兩人面如土色：「地震了！」

地震的時間持續得很短，震級也不高，但村中房舍古舊，許多地方的牆壁都在震中崩裂。阿計和老徐所處的房屋，後面山牆塌了半壁，好在牆體是往後倒，否則就把這兩個人直接埋到屋裡了。

不過碎磚亂瓦和灰塵落下來，還是將他們砸得不輕。

二人在混亂的煙塵中看到後牆崩塌，均想剛才的地震還不至於使村子陷到湖底，毀滅性的地震一定還在後頭，此時不逃，更待何時？當下不顧身上疼痛，掙扎起來忍著刺鼻的灰塵，從斷牆缺口爬到屋外。

兩人面臨絕境，為了活下來只能豁出去了，跌跌撞撞逃到村口石碑附近，茫茫迷霧正在逐漸散開。阿計彷彿看見了一線希望，鼓勵老徐堅持住，離開這個村子就安全了，但並未得到回應。他轉頭看去，卻見老徐兩眼滴血，張開大嘴就朝自己咬了過來。阿計一看老徐變成了活屍，心中驚恐難以形容，連忙伸手將對方推開，但臂上一疼，竟被撕下一塊肉來，鮮血頓時染紅了衣袖。他驚慌失措，不得不轉身逃跑，而那活屍般的老徐跟在後邊緊追不捨。

阿計想到那所謂的「湖神」，不知是撫仙湖裡的什麼怪物，村裡的惡狗吃了它的死屍，就開始攻擊村民；老徐被惡狗咬中，也變成了只會吃人的行屍走肉。想不到變得如此之快，他無可奈何，自己再不下手就要被活屍吃了，一狠心用盡全力掄起鐵鏟。鋒利的鐵鏟揮在老徐腦袋上，切去了半截腦袋，活屍「咕咚」一聲撲倒在地。

這時地動山搖，使整個村子沉到湖底的地震終於發生了。猛狗村下面是個存在了上萬年的溶蝕空洞，地表十分脆弱，遇到強烈地震，村子立時整體陷入空洞。

在村子下沉的一瞬間，周圍的霧中有奇光發出，阿計此時還有逃生的機會，但他手拎鐵鏟，轉身望向村子，心中一片雪亮。那張法國攝影師拍到的照片中，有一個村民的背影，還有橫倒在地的僵屍。

那村民不是別人，而是阿計自己，身首異處的僵屍則是司機老徐。阿計手臂受傷，知道逃出去也會變成行屍走肉，霎時心如死灰，絕望之餘放棄了逃生的念頭，低著頭走向了開始沉入撫仙湖的村子。

這一刻定格在了一九四八年年底。

據說撫仙湖下有一具古滇王的僵屍，南疆多有蓄蠱養蠱之術，相傳滇王體內有蠱蟲，所以才在深湖中沉屍千年而不朽。這種蠱蟲會使人互相咬噬，一傳十、十傳百，變成活屍。另外一種說法是當年日軍侵華，有一架滿載毒氣彈的轟炸機掉進了撫仙湖，很多年後機艙破裂，使湖底出現了變異生物。

總之那湖深有怪，各種流言蜚語都有，加上以前確實發生過地震湖陷村子被淹的事件，這才出現了「撫仙湖下有個僵屍村」的傳說。

妖術

唐朝初年，觀察使王即王大人，受皇帝委派，攜帶官銀前往湖南監督某項工程，半路經過長沙，由於天色已晚，便停留在縣令陳公府中休息。陳公見朝廷官員賞臉住在自己家裡，自然要熱烈歡迎，安排高檔酒宴款待，又命下人收拾好一間大房子，請王即在此休息，並將官銀另行安放，派兵嚴加把守。

王即此次奉皇命出行，一路上押送官銀格外謹慎，耳聞近幾年長沙出現神偷飛賊，此賊行竊手段高明，至今已有十幾戶被盜，官府至今沒有線索破案，丟失金銀足有萬兩之多。因此他婉言謝絕了陳公酒宴，只請地方上提供簡單的工作餐，也不喝酒，四菜一湯能充饑就行了，然後親自在房中守著官銀睡覺。

時值酷暑，天氣格外悶熱，到了晚上，王大人躺在床上只覺氣息不暢，輾轉反側久久不能入眠，直到三更時分，聽到房梁之上像是有什麼東西啄擊木頭，發出吱吱咯咯的響聲，聲音非常細微。王大人在夜深人靜時仔細去聽，才得以洞察，他心知是有賊窺覷官銀，立刻起身喝斥。只聽轟隆一聲，一個東西從房樑上面掉落了下來，頂板裂了個大窟窿，仔細一看原來是隻老鼠。不過此鼠亦有不同，不僅身形碩大，而且可以像人一樣直立而行。

王大人素有膽識，看這情形怪異，立即從床邊摸到一根棍棒打了過去，倉促之際沒有打中。老鼠準備溜之大吉，王大人手疾眼快，拿起枕邊隨身的印匣又向老鼠砸去。那巨鼠行動敏捷，竟閃身避過，結果大印破匣而出，正巧擊中巨鼠的頭部。牠應聲倒地，在地上滾了兩圈，令人想不到的是鼠皮居然掉落一旁，底下竟然是一個赤裸裸的男子。

王大人被這觸目驚心的場面嚇得不輕，大聲呼喚守備在外的官兵。這男子被大印砸昏了，臥地不起，眾官兵蜂擁而上將此賊擒住。陳縣令聞訊也趕到一看究竟，這一看不打緊，令他想不到的是，這名披著鼠皮的飛賊，居然是自己熟識的余某。余某也算是此地的大戶人家，家中財富頗豐，有地有房，妻妾成群，無論是賑災捐款還是修廟鋪路，余某都出手闊綽，不知為何還會做如此勾當。

等上官到齊了，立刻挑燈審訊余某。起初余某還妄圖抵賴狡辯，但王大人有鐵面之稱，最擅長折獄問案，當場下令對賊人施以大刑。這一用刑余某就熬不住了，只得乖乖地交代緣由，哀求上官手下留情。原來這幾年，他所持有的錢財全部都是賊贓，行竊不下數十次，而且數額龐大，之所以不被發現能全身而退，全依仗他會旁門之法，利用鼠皮作案。這鼠皮的來歷，還要從他來長沙之前說起。

余某自幼家貧，父親因身染寒疾亡故，母親在他十二歲那年改嫁，改嫁後他隨母親住到繼父家裡。

繼父以開米鋪為生，雖不是有錢人家，但生活也還算過得去，起初繼父對他還算不錯，自從有了自己的骨肉，便對余某越來越差，竟把他視為眼中釘，最後將他掃地出門。

余某無處投靠，親娘對此也沒有過問，這使得他異常傷心，在市集裡要飯、到處被人欺負。有一天他獨自一人來到河邊，回憶起這些事情，越想越傷心，打算投河一死了之，恰巧被一路過的道人所救。道人隨之詢問余某輕生緣由，余某沒有隱瞞，從頭到尾如實講出。道人一笑說道：「銅臭足乃困人，但此等小事何必輕生，只要你拜在我門下，為師傳你些本事，保你今後錦衣玉食富貴無憂。」

余某以為自己遇到了仙家，急忙叩頭拜師。

道人將余某帶到家中，在櫃子裡取出了一個大口袋，對余某說：「裡面裝的都是本領，你伸手進去摸一個出來，摸出哪樣我便傳你哪樣。」余某伸進手去，感覺裡面放的都是一卷卷類似皮囊之物，層層疊疊放在一起。他隨手取出一件，卻是張老鼠皮。他茫然不解，正想詢問究竟，卻聽道人說：「我傳你幾句咒語，你便可鑽進這鼠皮裡，旁人看到你只會認為是隻大老鼠，此後無論何處，都可隨你出入。」道人隨即傳授余某咒語，以符咒頂皮步罡向北斗叩首，默念咒語二十四遍，向地一滾，身體就會裹入鼠皮當中，還有一個皮囊掛在身邊，可以將偷來的財物藏於此處，再念一遍咒語就可將鼠皮解脫，還回人形。余某遇了異人，得了異術，出山後不到幾年，就用此法行竊致富。

王大人暗暗稱奇，又問賊人在此次敗露之前，可曾有失手之事。余某答道：「此術神異莫測，只是在兩年前碰到一個同門，才被對方視破，其餘均無敗露。」這還是兩年之前，余某見到一名打扮高貴的商人攜帶銀兩頗多，就動了行竊之念，當他披了鼠皮正想動手之時，不知道從哪裡跑過來一隻大貓。余某馬上施法脫開鼠皮逃生，結果那隻貓就地一滾就變成了人形，抬腳將余某踩住。原來對方與他是同門，但法術道行高深很多，他不用任何皮囊就可隨意變換。他念同門之情，就放掉余某，並告誡余某不要再做類似的事，否則會沒有好下場，余某受驚不小，從那時開始一直沒有行竊。

今晚是因為余某打算給兩個兒子要個官位，需要銀子在朝廷中做疏通之用，苦於家中銀兩不足，迫於無只好鋌而走險，沒想到被飛印打到腦袋，以致敗露現形被官府擒獲。

廢園之怪

清朝咸豐年間，爆發了太平天國農民起義，當時被稱為「洪楊之亂」，因為太平天國的主要領袖是洪秀全和楊秀清。戰亂規模空前，波及了很多省份，死的人實在太多了，除了那些打仗陣亡的，還有被亂兵山匪屠殺的、死於疫病饑荒的各種情況。據統計，這段時間非正常死亡的人數以億計，整個大清國少說減少了一半人口。

當時有位姓丁名盛的商人，四十來歲正當壯年。其家原住杭州，祖宅被兵火焚毀，等到亂事平復，他重新在蘇州買了一座廢園，準備攜帶親眷定居下來過日子。

蘇州城的院子最多，全是前朝富戶所留，相傳丁家所買的廢園，也是某巨室的遺宅。早在發匪作亂之前，這處廢園就鬧鬼鬧得很凶，常有怪異之事發生，一直空棄至今，戰亂之時更是死了很多人，加上年久失修，從內到外都甚是破敗荒廢。

丁盛就是貪圖便宜，才買下了這座廢園。推開大門進去一看，只見天井間屍骸縱橫，被砍下來的頭顱數以百計；那假山竹樹之間，到處都是腐骨爛肉，臭得出奇；後園有個小池塘，積滿了腐爛的落葉，池塘裡的水色呈猩紅，黏膩如膏，看一眼會使人噁心得三天吃不下飯。丁家購入此園，為了省錢，沒有雇人來幫忙，全家男女老幼一起動手，逐步清理修整。

鄰家有位老者，也是亂後重歸故里，他見丁盛舉家遷入廢園，便好心勸告，此園絕不能住，園中之人往往無故失蹤，活不見人，死不見屍，亂事之前已被視為凶宅，連殺人不眨眼的土匪也不敢住。

丁盛歷來膽大，所謂「生死有命，富貴在天」，該死的就算沒遇到妖怪也會死，不該死的就算撞見鬼怪也死不了，因此根本不把鄰居的話當回事，等收拾得差不多了，就帶著家人搬進去居住。

丁家搬入廢園，當天沒發生什麼事情，只是夜深人靜之後，池塘裡有怪聲傳出，聽著就像鴨子「嘎嘎」亂叫，聲音淒厲，毛骨悚然。等到天光放亮，這怪聲就沒了，隔天發現家中蓄養的鴨鵝雞禽，意外少了幾隻。

一連三天，每天夜裡都聽到雞吵鵝叫，聲音顯得極其驚恐，聽得人頭皮發麻，到早上必然丟失幾隻鴨鵝，家裡的人無不恐慌，不知這廢園裡藏著什麼鬼怪，紛紛勸說丁盛趕緊搬家。

丁盛搖著頭訓斥道：「大概就是野生狐狸吃了雞，有什麼大驚小怪？」

有個僕人戰戰兢兢地說道：「老爺您沒聽鄰居說嗎?廢園裡常有人無緣無故地失蹤，試想野狸拖得了雞，但拖得了人嗎？」

丁盛聞言大怒，對眾人道：「我們丁家以前是財大氣粗，但因土匪作亂，家財早被劫掠一空，祖宅也遭戰火焚毀，如今只剩下當初逃難時帶的一些錢物。全家這麼多張嘴要吃要喝，加上日常開銷，到處都要花錢。能買下這座廢園，殊為不易，有了住所，我們才能安頓下來，再用餘下的錢做些生意謀求生計，豈可輕易變動？況且凡是世上凶宅鬼屋，往往作怪於一時，人住得久了，陽氣能壓陰氣，這就叫邪不勝正。丁家滿門善男信女，不違法、不作歹，從沒出過男盜女娼的事，我不信鎮不住這座廢園。即使真要轉手變賣，至少也得等到一、兩年之後，咱們現在剛買下來就急著要賣，豈不是明告訴別人此園有鬼嗎？哪個冤大頭會願意重金來買鬼宅？」

當夜烏雲密佈，怪聲又起。丁盛壯著膽子，拿上寶劍，提了燈籠循聲找去，一路繞到後園池塘附近。然而他找到東邊，聲音就從西邊響起；他找到北面，聲音又從南面傳來，就這樣擾攘多時，未見分曉。

三更時分，忽見池塘水面上伸出一隻白森森的大手，露出一尺多長，似乎作勢要拉人下水。

其時夜色深暗，燈燭忽明忽暗，丁盛站得較遠，也看得不太清楚，連忙揉了揉眼睛想要仔細看看，卻見那隻白手伸出一丈有餘，竟往他的方向抓了過來。丁盛雖然膽大，遇上這種情形也嚇得全身發抖，拔腿往回狂奔。他跑到假山背後，再探頭向後瞧，眼前卻是夜霧茫茫，一無所見。

他心驚膽戰，匆匆回到房中，想起池塘裡那隻怪手，不禁又驚又疑，輾轉難眠。

丁盛躺在床上，翻來覆去難以成眠，正忐忑不安之際，只聽那怪聲再次傳來，鴨鵝吵嚷之聲，慘厲動人心魄。所有的人都被驚醒了，好不容易熬到天亮，廢園重新恢復了寂靜。僕人四處察看，發現家中養了多年的一隻大白鵝不見了，池塘上漂著幾根鵝毛，推測白鵝是被水怪攫去吃了。

丁盛想起昨晚經歷，忍不住不寒而慄，不得不決定搬出廢園。但全家好幾十口人，行李器具頗多，也不是說搬立刻就能搬的，只收拾重物品，直忙到天黑還沒結束，大家準備再住一夜，天亮就立刻遷走。

不料早上剛要出門，丁盛發現自己五歲的獨生子不見了。這小孩聰明乖巧，最得老爺寵愛。少爺這一失蹤，使得全家上下亂成一鍋粥，眾人在廢園中四處尋找，喉嚨都喊破了，卻沒有半分回應，最後看到池塘水面上浮出一隻小鞋，正是少爺當日所穿。

丁盛見愛子也遭到不測，不免悲痛欲絕。丁夫人當場要投水自盡，被丫鬟們死命拉住勸阻才沒跳進去。丁盛越想越恨，命人花重金請來蘇州城裡的水龍隊，把池塘裡的水徹底抽空，要看看水下究竟有什麼怪物作祟。

有錢能使鬼推磨，城裡的水龍隊聽到丁老爺的吩咐，當即全夥出動。園中架設水龍不易，便以大桶排水，上百人一起忙著，日頭出到頭頂的時候，廢園池塘裡的水就快要見底了，只見在殘存的淤泥黑水中，有個白色之物，形狀像是人手，卻比人手大得多了。

水龍隊裡有個壯漢，先前跟隨九帥剿過土匪，湘軍炸開城牆打進天京的時候，他是最先衝進去的團勇之一，歷來膽大包天，不信鬼神。此時他有心請賞，便自告奮勇站出來說：「池塘裡的殘水雖已不深，但要徹底排乾抽空，至少還要兩、三個時辰，不如讓我下到塘中，將那水怪擒出，交給丁老爺發落。」

丁盛一聽，連聲讚好：「如果壯士能生擒此怪，丁家願出十金犒賞。」

那漢子謝過老爺，便解開衣服，展現出渾身肌肉，把辮子盤到額頂，口中銜起一柄牛耳鋼刀，赤著身子下到池中。這時池塘裡的淤泥黑水仍然深可沒膝，他剛進水，還沒等站穩立定腳跟，水中那條白森森的怪手就已逐人而至，竟伸出一丈有餘。三尺是一米，一丈大約是十尺，確實長得驚人。那漢子沒想到這怪物如此厲害，自己準備不足，嚇得駭然失色，驚呼了一聲，連忙逃避躲閃，但他陷在泥濘中動彈不得。怪手越追越快，這一百多公斤的精壯漢子，怪手從腰部將他綑住，如果生抓鵝鴨般毫不費力，而且越纏越緊。

幸好池邊有幾個人拿著漁叉，紛紛攢刺下來，怪手被迫縮回水中，眾人乘機將壯漢從池底拽上。那漢子面無人色，好不容易驚魂稍定，說起剛才經過，聲稱那怪手不見身體，但覺其手臂奇長無比，皮膚滑如海帶，腥臭無比，一旦接近，就使人忍不住張嘴作嘔。

如此一來，眾人再也不敢掉以輕心，用大桶繼續排水。隨著塘水逐漸變淺，那隻白糊糊的怪手也漸漸縮短，直到水乾見底，就看有個肉柱生於池底石板縫隙間，狀若人手，堅韌非常，刀斧無法損傷，其身生有稀疏的黑毛，表面血筋縷縷，一遇水就開始活動。池底滿是枯骨，腥穢臭味薰天。

丁老爺傷心愛子慘死，叫家人拿出木炭，準備焚燒這隻怪手，燒到天黑才終於焦枯為灰，臭氣傳至數里外。然而這廢園之怪到底是個什麼東西，始終也沒人能夠解釋清楚。

屍變

浙江省有座城隍山，因山下城隍廟而得名，形勢絕佳，歷來禁止棺葬，不許任何人到山上修墳造墓。因為據風水先生說，城隍山是條龍脈，如果安葬先人，其後代必出真命天子，所以官府禁令極嚴。

清朝雍正年間，欽天監望氣官稟告皇帝，說吳越之間當出真主，不過解釋不出原因。雍正皇帝性喜猜疑，也精通風水形勢，推測此乃城隍山埋屍之故，便下了密旨，命兩江總督酌宜處置。

兩江總督為封疆大吏，總攬江浙兩省軍政大權，每天都是日理萬機，忙得馬不停蹄，但接到雍正皇帝的密旨，絕不敢有絲毫怠慢，趕緊調遣五百兵勇，由他親自指揮，在城隍山連續搜尋了十天，始終沒發現山裡有墳墓的跡象。

其時正值酷暑，總督大人沒完成皇上的密旨，心裡又急又躁，加上連日疲憊，就帶兵在山谷裡稍事休息，恍惚中遇到一位老者。

這老者仙風道骨，不同凡俗，徑直走過來說：「大人心中所想之事，老夫已知。你不必憂愁，要想解決這件大事，要等明日午時，城隍廟前會有一人經過，穿綠衣戴綠帽……」

兩江總督感到奇怪而思考著，因此後面的幾句話便沒有聽到，忽然一陣清風拂面，他猛然驚醒，才知剛是一場夢，不免暗自詫異，這怪夢來得蹊蹺，但仔細想想那老者之言，又甚為荒謬，試想天底下有誰會穿綠衣戴綠帽？

兩江總督雖然不信，但此刻也無計可施，唯有等到隔日，看看這個怪夢是否應驗。於是隔了一天，總督大人身著便服，帶了幾個隨侍，來到山下城隍廟。眼看著時辰到了，果然有個人從廟前經過，就見來者是個乞丐，腦袋上頂著荷葉，身上披著荷衣，他是借此物遮擋似火的驕陽。

總督喜出望外，立刻命令隨從將乞丐邀進廟堂，好言好語詳細地詢問情由。那乞丐不知兩江總督身份，只以為對方是位貴人，便哭訴說家父今年春天病故，奈何貧窮無以為葬，只得在城隍山上找了個土坑，推屍入坑，以淺土掩埋，連塊墓碑都沒豎。

總督稱要做善事，資助乞丐造墳葬父，當即讓此人領路，找到埋屍之處。兵勇們掘地刨出屍骸，只見土下死者僵而不化，屍身已生出鱗片，兩手彎曲有如龍形。總督大人急忙下令將這具發生屍變的屍體燒化，骨灰移至鐵棺封存，遷墳到百里之外，又賞了乞丐兩千銅錢。乞丐領了賞錢，歡天喜地的離去。可能他永遠也想不到，要是自己不說出先父屍體埋在什麼地點，清朝江山早晚就是他的了。

兵家祕訣

相傳戰國時「鬼穀子」，世稱王禪老祖，曾觀天地開闢，知萬物之造化，見陰陽之終始，有通天徹地之能力，兼顧數術學問，古往今來無人能及。

當時諸侯紛爭，天下不安，正值英雄豪傑建功立業之秋，有孫臏、龐涓、蘇秦、張儀四人，先後拜師於鬼穀子門下，求其傳授「兵家祕訣」，以平亂世。

鬼穀子告訴四個徒弟，兵家祕訣分為「權謀、形勢、技巧」三篇，變化無窮，各有所歸，或陰或陽，或柔或剛，或開或閉，或弛或張。然而勢不相容，因此不能兼顧，只需精通其中一篇，武能安邦，文可治國。

四個弟子不知三篇兵家祕訣有何分別，都曾請教師父，願聞其詳。

鬼穀子便說：

形勢者——善知天時、地利、人和，以此權衡天下形勢，度量各方短長，令其或縱或橫，或南或北，或東或西，或反或覆，或聯合，或對抗，使天下形勢握於股掌之中。

權謀者——事生謀，謀生計，計生議，議生說，以此審情定機，圖取制勝之道，擁力而避戰，交言而弭兵，不戰而屈人，陰謀陽謀，方略圓略，揣情摩意，縱橫捭闔，無往而不利。

技巧者——攻殺占守，佈陣行軍，奇門數術，六韜三略，觀象望氣，言談辯論為技巧。學得此篇，當知兵無定策、策無定形，終能窮通變化，鬼神莫測。

四個弟子聽罷，心中各有所想。蘇秦出身農家，自幼刻苦好學，胸懷大志，請鬼穀子傳授「形勢」；張儀乃魏國貴族之後，心機深刻，有為相之才，願學「權謀」；孫臏、龐涓都想拜為上將軍，統兵橫行天下，建立蓋世奇功，因此想學「技巧」。

鬼穀子察其先後，度權量能，根據四人優劣，分別加以傳授。

不過兵家祕訣實為四篇，除了「權謀、技巧、形勢」之外，尚有「陰陽」一篇，相傳其中包含隱形藏體之術、混天移地之法，能呼風喚雨，撒豆為兵，斬草為馬，為鬼神所忌，不能洩露於世。

其實兵家祕訣中的陰陽篇，是利用上古三式，從數學的高度抽象模擬了天地萬物，演測宇宙間陰陽消長、交替變化的過程，並將其最大限度地用於戰爭之中，使之產生巨大威力，如果讓它流傳於世，恐有大亂難定，天下百姓盡受荼毒。

所以鬼穀子將兵家祕訣中的陰陽篇，分別藏匿於「權謀、技巧、形勢」三篇之內，傳與四個弟子，

讓其互為表裡，相輔相成，生克迴圈，使天下不致受制於一人。

從此兵家三大流派出世，彼此在亂世中互為廝殺，表面上看，是權謀克技巧，技巧克

形勢，形勢克權謀。但一旦有人領悟到任意一篇祕訣內的陰陽變化之理，就將生克易位，翦伏群雄，將相持不下的混亂時局歸於一統。

龐涓嫉賢妒能、心胸狹窄，與孫臏二虎相爭，終於慘死在馬陵道；而孫臏則在齊國成就了功名，著書立說，使兵家技巧廣為流傳；蘇秦出山后居趙國相位，提出「合縱抗秦」之說，並兼六國相印，以形勢之利壓制強秦，一時間威風八面；直至張儀做了秦國大夫，推行權謀之術，遠交近攻，使蘇秦的「合縱」蕩然無存，也為秦國最後統一奠定了雄厚基礎。戰國爭霸的歷史，終於落下了帷幕，然而歷史的車輪滾滾向前，三大兵家流派的明爭暗鬥才剛剛開始。

東漢末年，漢室衰微，豪強並起。有官宦世家公子，沛國譙郡人，姓曹名操字孟德，生而穎悟，倜儻不凡，然而年少時遊蕩無度，不修品行學業，眾皆謂之難成大器。

某日，一位蒼髯老叟漫步街前，恰見曹操鮮衣怒馬，騶從如雲，擁簇過市。老叟目送而去，驚呼：「真國器也，安天下者必為此人，吾當教之！」當即登門求見曹操之父曹嵩，當面說明來意，自稱為「通玄真人」，曾於戰國古塚中窺得竹簡天書，此乃兵家不傳之祕，得者翻手成雲、覆手為雨，因於街中視曹操氣宇不凡，故此願傾囊相授。

曹嵩見這老叟容貌奇古、談吐非俗，不敢怠慢，隔日就命曹操拜其為師，並囑之：「自今以往，唯師命是聽。」

從此老叟與曹操獨處一室，並不談經講史，而是循循善誘，如有弓箭，即以技射教之；如有管弦，即以音律教之，隨其所欲，引今證古加以開導。雖然事近嬉戲，而智識漸開，不出數年，已能熟誦群經諸史，又據其稟性授以兵法權謀，曹操盡測其蘊。

後值世事動盪，天下將亂，各方招募披甲持戈之士。曹操素有野心，自知精熟兵家權謀，足以帶兵百萬，與天下群雄爭鋒，急於到軍前建功，又恐恩師再將「兵家祕訣」轉授他人，成己之敵，便打算學得陰陽奧妙之後下毒加害。老叟看出曹操用心不善，自恨養虎為患，當即翩然離去，從此不知去向。

曹操悔不當初，但木已成舟，也只好出仕為官，並在鎮壓黃巾軍的過程中嶄露頭角，迅速從群雄逐鹿的亂世中脫穎而出，逐次殲滅北方各個割據勢力，平定了中原，挾天子以令諸侯。建安十三年，曹操佔據江陵，統率八十三萬人馬水陸並進，欲圖統一南北，與孫劉聯軍對峙於赤壁，大戰一觸即發。

赤壁之戰，雙方實力懸殊，以孫劉數萬聯軍，難擋百萬曹軍雷霆之鋒。深謀遠慮的曹操卻感到處境極其不利，在營中晝夜難安：一來北兵不服南方水土，軍中爆發疫情，士卒多有死者；二來馬超、韓遂尚在關西，有後患未除；三是剛剛佔據的荊州士民聽命於曹軍，也只是暫時受兵勢所迫，而非誠心歸服。此數者皆為用兵之大忌，而孫劉聯軍雖然僅有數萬之眾，卻憑藉天險地勢扼守，諸葛亮、周瑜之輩，尤為精通兵家形勢技巧，尚能以寡敵眾，如果曹軍不能一戰成功，恐怕將會陷入腹背受敵之絕境。

所謂「一著棋錯，滿盤皆輸」。曹操雖然多謀善斷，當此局面也不禁束手無策，遲遲不敢揮師南下，眼看隆冬已近，軍中糧草接濟不上，兵士已無廝殺之心，形勢對曹軍更為不利。

且說曹操置身危局，心中焦躁煩惱，食不知味，一日親自率眾前往江邊勘察敵情，忽然大雨驟至，波濤洶湧，水流猶如滾湯一般緊急，江中沉沉浮浮似有兩條蛟龍相爭，不時有血水湧出。曹操見狀甚覺古怪，指示手下探查究竟。

曹操部下立刻找來知情的當地人，稟告道：「此非江中之蛟，而是兩隻巨黿（亞洲巨鱉）。江黿生來性獨，只因窺此處江底洞穴淵深，欲據此為巢，故而時時相爭，數十年來難分上下，每次都是兩敗俱傷。」

曹操聞言默然不語，他麾下猛將如雲，個個帶著誅龍斬虎之威，皆有力敵萬夫之勇。眾將見曹操面有愁容，就紛紛上前請命道：「丞相勿慮，容我等下水斬此妖孽！」隨即搭一艘戰船入水，亂箭齊射。江黿見有敵來襲，竟然不再爭鬥，同時掉頭撞擊戰船。

曹操窺覷江面良久，驀地生出一計。兵家權謀之道，講求審情定機，揣情摩意，不難看出這二黿為爭一穴互相纏鬥，不死不休，遇著外敵時又能結陣以求自保，正同孫劉聯軍一般，古人言：「鷸蚌相爭，漁人得利。」如今赤壁之戰難操必勝之券，荊州定而未穩，不如暫且收兵，留下荊州為餌，使孫劉兩家反目成仇，令其自相殘殺消耗實力，待到我軍踏平西北，再來掃蕩江南，豈不如踏平地一般？

曹操當即決定，要捨去一時之浮名，建立不世之奇功，於是主動露出敗象，自行焚燒大營平息疫情，同時收兵北退。

孫劉聯軍趁勢追擊，但曹軍有虎豹騎精銳斷後，實力未受重創，天下由此形成了三足鼎立的局面。

蜀吳兩方沒能識破曹操的詭計，果然因為爭奪荊州失和。曹操利用這一時機，西征擊潰了以馬超為首的關中諸軍，又消滅了漢中張魯，對西蜀和東吳構成了戰略壓制，構築了整個魏國基礎。

孫權用計奪取荊州，害死了關羽。劉備興兵討伐東吳為關羽報仇，結果被火燒連營兵敗虧輸，病死於白帝城。東吳也元氣大傷，一蹶不振，不得不向曹操稱臣。

曹操利用兵家權謀之術，徹底駕馭了天下形勢，眼看大局已定，不免目空海內，但他還不想廢獻帝自立，聲稱：「縱然天命在我，我也只願意做周文王。」只是沒想到螳螂捕蟬，黃雀在後，當年的老叟已另覓傳人司馬懿，並授以陰陽權謀之道。此人擅長韜光養晦，在曹操死後屢次進獻巨謀奇策，滅蜀平吳，成為全盤掌控魏國朝政的權臣。曹魏江山終於落入了司馬氏囊中，從此三分歸晉，「兵家祕訣」也暫時在歷史大輪回中銷聲匿跡。

元朝末年，官府統治黑暗腐敗，終於大局糜爛，不可收拾。各地百姓不堪殘暴壓榨，紛紛揭竿而起，群雄相爭，尚不知鹿死誰手。

當時有名士施耐庵，生而好學，博古通今，他痛恨元帝殘暴，常年遊走四方，聯絡各地義軍，謀劃抗元大業。

某日，施耐庵被元兵追捕，獨自逃入深山，結果迷失道路，環視四周，所見盡是危石奇峰，絕無人跡，心裡甚是惶恐，莽莽撞撞地走了半天，途中見有一個少年乞丐餓倒於路邊，眼看就要餓死了。

施耐庵心地仁厚，便將身邊僅有的半塊乾糧給他。那乞丐跪地感謝救命之恩，然後與施耐庵二人結伴尋找出山的路徑。走到深夜裡，發現山林中有座破廟，兩人又餓又冷，悽惶之際，只好棲身在破廟中過夜。

施耐庵剛剛睡著，忽聽廟裡窸窸窣窣有腳步聲響起。他以為是元兵追至此地，大氣也不敢出，從泥塑神像中的縫隙偷瞧，就見兩位赤瞳黃衫客，正在燈燭下對弈，身後各有侍童數人，執禮甚恭。

施耐庵擔心惹禍上身，不敢露面，繼續藏身在泥塑神像中窺探，卻聽那兩位黃衫客縱論古今得失成敗，言辭古意昂然，高談闊論，無不盡中機宜，再看棋局間往來縱橫，似乎暗合兵法，神妙無方，常人難測其奧。

施耐庵大為嘆服，知道是遇到了世外高人，連忙從神像中爬出來，拜見那二位黃衫客，懇請收納為徒，傳授兵法古術，用以匡扶天下。

那兩個黃衫客見狀並不驚訝，當即請施耐庵落座。他們自稱其祖輩乃是春秋戰國時鬼谷子門下，歷代隱居於此山，有許多年不見外人了，而今有人誤入山中，也是機緣難得，看來天下大變在即，合該兵家出世定亂。於是取出一捆竹簡，告之施耐庵：「此乃兵家祕訣，分為形勢、技巧、權謀三篇，內合陰陽術數，蘊涵天地形勢變化，暗藏扭轉乾坤之機，如能領悟其中一篇奧妙，當有九五之尊。」

施耐庵忙說：「我一介布衣，不敢有非分之想，只求能夠輔佐賢明聖主，推翻元人暴政，以解天下蒼生倒懸之苦。」

那兩個黃衫客聞言怪笑了幾聲，當場將竹簡盡數相授。施耐庵再次拜倒叩謝，隨後在燈下翻閱「兵家祕訣」，越看越是入迷，渾然忘卻了身外之事。

驀地裡一陣山風將廟門推開，頓時寒意襲人。施耐庵打了個寒顫，等他抬起頭來，卻不見了那些人的蹤影。此時天色破曉，晨霧中只見有一群長臂蒼猿，正自穿林越澗而去，為首兩頭巨猿都是赤瞳黃背，空山沉寂，猿聲轉瞬間已在數裡之外了。

施耐庵心中驚疑不定，站在破廟中茫然若失，還沒回過神來，忽然腦後被人狠狠打了一記悶棍，當即昏倒在地，等醒來之後，發現腦袋上滿是鮮血，「兵家祕訣」不翼而飛，而那個躲在神像中的少年乞丐，也早已不知去向。

施耐庵心知是那乞丐恩將仇報，趁己不備，盜走了竹簡兵書，沒想到世間竟有如此狼心狗吠之輩，不由得後悔莫及，卻也無可奈何。好在施耐庵已將「兵家祕訣」盡數記在腦中，當下匆匆忙忙離了荒山野嶺，後來他懷抱宏願，投奔到農民起義軍張士誠麾下，充為軍中幕僚，謀劃了許多攻城奪地的奇計妙策。卻因張士誠居功自傲，獨斷專行，親信佞臣，疏遠忠良，施耐庵幾次諫勸，張士誠都不予採納，於是憤然離開平江，此後心灰意冷，浪跡江湖。許多年後他才知道，當初自己在深山裡搭救的少年乞丐，正是大明朝的開國皇帝朱元璋。

原來濠州有個出身貧苦的朱元璋，幼時名為朱重八，靠給大戶人家放豬放牛為生。元順帝四年淮北蝗災，赤地千里，百姓易子而食。十六歲的朱元璋孤苦無依，成了一個流落鄉野的乞丐。

有一次朱元璋餓倒於深山，被救後不思報答，反而恩將仇報盜走了「兵家祕訣」，以為從此就能當上皇帝。但是竹簡上面字跡古樸，難以辨識，就揣在懷中，回到市上請人解讀，不過文意深奧，朱元璋大字認不了幾個，哪裡看得懂？留下來既不能吃也不能穿，還不如換幾個錢飽餐一頓，但他想到如今天下動盪，正值英雄豪傑建功立業之秋，大丈夫豈可不動一念，這「兵家祕訣」遲早會有用武之地，於是藏帶在身，祕不示人。

此後朱元璋到黃覺寺出家當了和尚，每日帶上木魚、瓦缽，到處化緣，終於找機會投奔義軍，並以戰功連續升遷，逐漸形成了自己的勢力。他聽聞劉伯溫有文經武緯之才，就想請其出山，共謀大業，為了表示誠意，不惜以部分「兵家祕訣」相授。

劉伯溫深感其德，從此充為軍師，追隨左右，屢次獻出奇謀良策，使義軍取襄陽，

收滁州，平蕪湖，克太平，以摧枯拉朽之勢，橫掃長江兩岸，誅滅張士誠、陳友諒，然後揮師北上，直取大都，將元順帝逐回漠北，終於建立了不世之功。

朱元璋出身草莽，以徒手奪取天下，從一介放牛童當上了開國的太祖皇帝，自然對那些用兵如神、精通謀略的開國元勳深為忌憚，唯恐朝中有人起兵造反，所以劉伯溫雖立大功，只封伯爵。但最使朱元璋感到不安的，還是當年救他的那位恩公，他十分後悔當初行兇時做賊心虛，下手時有些心軟，以致留下了隱患。

朱元璋擔心竹簡兵書落入別人手中，早已將竹簡付之一炬，但一想到世間還有某個人掌握著「兵家祕訣」，便寢食難安。但他並不知道施耐庵的身份姓名，時隔多年，也無法再依照當年的形貌緝拿此人，於是暗中頒下密旨，命各地嚴加搜捕「兵家祕訣」的傳人。

卻說施耐庵浪跡天涯，多年隱居不出，因感時政衰敗，作《江湖豪客傳》寄託心意。不料此書被洪武皇帝看到，惹得龍顏大怒，認定是宣講謀逆做亂之道，就勒令地方官員，將施耐庵問罪下獄。

施耐庵的門生羅貫中，早年間有志圖王，也曾投奔張士誠及劉福通參加起義軍，但未遇明主，都沒能得到重用，只得遁隱江南，以撰寫戲曲平話為生。在施耐庵入獄後，羅貫中求到劉伯溫府上，望他念在舊日相識的份上設法相救。劉伯溫當即上書請命，又勸施耐庵在獄中將《江湖豪客傳》改為《忠義水滸傳》，在八十回之後另加四十回，專講以宋江為首的草莽豪傑受了招安，報效朝廷，為國盡忠，才使得施耐庵免於一死。

施耐庵此時已經知道了朱元璋的身份，料想那洪武皇帝為人陰狠，又慣於猜忌，不願像唐太宗一般與功臣同始同終，就算那些開國元勳想要急流勇退，恐怕也難得善終，今後朝廷中必然還有一場血腥浩劫。但大局已定，他身為一介草民，終無回天之力，只把「兵家祕訣」轉授給羅貫中，囑咐他妥善收藏，萬勿失落，時移則事易，事易則備變，隨後鬱鬱而終。

不出施耐庵所料，洪武皇帝果然開始大肆殺戮功臣，前後有四萬多文臣武將遇害，軍中為之一空，更不允許「兵家祕訣」留在世間。羅貫中暗恨朱元璋殘暴狠毒，立誓讓「兵家祕訣」流傳後世，但朝廷上法度森嚴，明寫兵書無異於自尋死路，況且也沒有書商膽敢出版印製。

羅貫中心生一計，窮其畢生精力，將神妙無比的「兵家祕訣」分解開來，以明朝開國戰例為素材，全部寫入《三國志通俗演義》，全書借用三國時期複雜的政治軍事鬥爭為背景，起自黃巾起義，終於西晉統一，書中褒劉貶曹，寄託了羅貫中師徒對仁君的嚮往，以及對奸雄的切齒痛恨。

這部暗藏「兵家祕訣」的《三國志通俗演義》，終於在嘉靖元年刊印出版，自此膾炙人口，廣為傳播，改編成評書戲曲的段落不計其數，卻一直沒有任何人察覺到被羅貫中隱匿在書中的「軍事密碼」。也正是由於這篇密碼的存在，徹底顛覆了大明王朝的江山社稷。

轉眼間物換時移，到了明朝末年，已是朝綱敗壞，各地流寇蜂起，勢如席捲，內憂外患接踵而來。

清太祖努爾哈赤起兵攻明，八旗鐵甲橫掃遼東，消息傳到北京，舉國憤慨。大廈將傾的危難關頭，天啟皇帝授袁崇煥山海監軍之職，築寧遠城，憑藉壁壘堅固和紅夷大炮，重挫八旗精銳。

袁崇煥認為八旗彪悍，來去如風，十分善於野戰，但攻城戰術有限，北騎尤懼大炮轟擊，一遇堅城重炮便無可奈何，所以明軍應當憑藉火器，守而後戰，堅壁固壘，避銳擊惰，相機堵剿，可為取勝之道。他採用這一戰術，先後取得了兩次甯遠大捷，預計數年之內即可收復遼東。

但這時候袁崇煥受到朝中奸黨彈劾，不得不稱病請辭，他回到北京叩見皇帝謝恩，心中不免感慨萬千。返鄉前無意獲悉了一個驚天動地的大祕密，相傳古時有「兵家祕訣」，神鬼不測其機，幽冥難窮其幻，羅貫中臨終前留下一部手書原稿，比坊間刊印書籍，多出了一個關於漢代「傳國玉璽」的古怪謎語，原來真正的「兵家祕訣」，都被他用暗語寫在《三國演義》的字裡行間。

後漢三國時期，各路諸侯討伐董卓時，率先攻入洛陽城的孫堅，在井中得一宮女之屍身上有一紅色盒子，匣中之物正是傳國玉璽。之後孫堅之子孫策將玉璽獻與袁術以借兵馬。孫策用此璽從袁術處換來三千兵將，進而奠定了孫吳霸業之基。袁術稱帝失敗後，玉璽歸屬曹操。羅貫中所著《三國演義》中，凡是涉及傳國玉璽的段落，都與他生前留下的謎語有關，謎語的答案即解讀「兵家祕訣」的方法。此時關外女真與李自成都在暗中尋找這份手稿。

袁崇煥急忙寫表上疏，稟告皇帝，女真八旗雖然狡猾悍勇，卻不懂兵法中的詭變之道，所以明軍揚長避短，憑堅城大炮可以穩中求勝，倒也不足為患。但坊間流傳「話本三分」，詳細描寫了三國前後一百多年間的戰爭，這些具體的戰役和戰鬥——「或是陳師百萬，正面決戰；或是小股設伏，暗中偷襲；或披堅執銳，衝鋒陷陣；或運籌帷幄，決勝千里；或堅壁清野，以逸待勞；或一鼓作氣，連續作戰；或水淹、或火燒；或寡不敵眾，或以少勝多；或先勝後敗、或反敗為勝；有將計就計，於中取事；有詐降投順，內外夾擊；有嫉斬謀士，也有七擒七縱、恩威並施；有空城退敵，有氣殺統帥」。

其中所藏之兵機權謀，何止千變萬化，其手稿中更可能暗埋春秋戰國時傳下的「兵家祕訣」，若為關外女真所竊，實乃與虎添翼，恐怕終將成為我大明心腹之患，懇請聖上明察嚴防。

此時朝政紊亂，奸黨橫行，袁崇煥的奏摺並未受到重視。幾番明爭暗奪之後，羅貫中的手稿終於落入盛京，隨即被範文程破解了其中的祕密。皇太極正愁統兵的旗主貝勒們不懂漢學兵法，他知道昔日太祖皇帝在大明總兵李成梁府中為奴之時，就常讀「三分」，後來在行軍佈陣中獲益匪淺，但也僅得皮毛而已，今得體用之道，何愁大明不滅？當即命範文程將《三國演義》譯成滿文，更作詳細分解，用做兵書。皇太極終於得其所助，使用反間計，讓崇禎自毀長城，除掉遼東督師袁崇煥，掃平了八旗入關的最大阻礙。

此後清軍鐵騎入關，定鼎北京，八旗席捲南北，削藩平叛，出兵西北，收復臺灣，抗擊沙俄，功業澤被後世。歷史潮流浩浩蕩蕩，轉眼間又是風雲變幻，世事幾度起落浮沉，然而關於「兵家祕訣」的傳奇，卻連清宮最機密的檔案裡都沒有留下任何記載，它仍舊默默無聲地沉睡在《三國演義》之中。

深山驚魂

康熙年間，吳三桂興兵造反，雲南與外省連接的幾條道路，都因戰亂而被封鎖，許多外地人受困無法返鄉。當時有潮州客商張氏兄弟三人，為了逃出雲南，決定穿過猛樂山，奈何不識路徑，在深山裡步行了十餘天，一直沒找到路，饑寒交迫之際，只好採草根充饑，飲露水解渴。

這天兄弟三人一大早動身探路，沿途披荊斬棘，中午累得走不動了，就坐下來歇腳，忽然有狂風從西邊襲來，遠處的風聲猶如海潮江濤，轟轟作響。三人大驚，起身跑到一處地勢較高的地方觀望。

只見遠處有一頭野牛，全身黝黑，頂著三顆牛頭，體形大得出奇，正朝這邊狂奔過來，所經之處的植物均被踏為平地。兄弟三人見狀不妙，急忙向後逃跑。

拼命逃竄了許久，眼看天色將黑，在那人跡罕至的深山老林越走越迷。弟兄三個正在沮喪之時，老大忽然指著前方樹下，對身旁兩個兄弟說：「前方大樹下好像有戶人家，咱們今晚不用露宿荒野了。」

兄弟三個精神大振，忘記了疲勞飛奔而去。

老大來到屋前輕輕敲門，從屋裡出來一男子。說來也奇怪，這男子真是高大，身材比常人高出半截，而且脖子上居然長了三顆頭顱，面目黝黑，說話時三口齊開，鄉音濃重，能聽出來是中州人士。

兄弟三人暗覺驚駭，但既然敲開了屋門，也只有向對方說明來意。三頭人聽罷來者遭遇，甚為同情，就將他們請進屋來，那兄弟三個連連道謝。

三頭人進屋後，呼喚他的妹妹為客人燒菜煮飯。其妹聞聲從裡屋走了出來，居然也是三頭女子。

她看了看張氏三兄弟，惋惜地對她兄長說道：「這三位客人只有大哥可以長壽，其餘兩位兄弟不免會遇難啊。」三兄弟不解為何出此言語，但也沒敢作聲。吃過了晚飯，一夜無話。隔天三頭人折了一根樹枝給了他們，說：「用此樹枝應對太陽的影子而行，可當指南針辨別方位。你們往山外走，途中肯定會經過一座荒廢的寺廟，那座廟可以宿人，但廟中有一口銅鐘，切記不可撞擊使它發出鳴響。」

張氏兄弟三人千恩萬謝，告辭了那對兄妹繼續趕路，幾天後果然在途中遇到一座古廟，看牌匾是「般若寺」。三人進到廟中準備過夜，腳步聲驚起寺內的大群烏鴉，牠們飛起來四處盤旋鼓噪。

老二覺得鴉鳴不祥，就拿起石子向天上的烏鴉投去。烏鴉沒打到，石子落下來卻意外擊響了銅鐘，鐘聲「嗡嗡」迴響，震徹了山野。這時不知從哪裡躥出兩隻夜叉，抓住老

二、老三活生生地撕成點心吃了，隨後又要來捉老大，此時忽聽海潮江濤之聲洶湧而至。老大本來已閉目等死，聽到聲音不對睜眼一看，原來是先前所遇的那頭碩大黑牛，從外面衝進來與夜叉搏鬥。夜叉不敵倉皇逃走，黑牛也跑進深山不知去向了。老大這才得以脫身，心想那黑牛應該是山神之類的。他含淚埋了兩個兄弟的屍體，獨自一人輾轉多日，終於返回了故里。

義犬救主

京城中有位常公子，雖是男兒身，卻長相清秀不遜於美女。他皮膚白淨細滑，講話也是輕聲細語，倘若不看穿著打扮，與女子真是別無兩樣。這位常公子平時酷愛養狗，身邊有條愛犬取名「花兒」，終日與他出入相隨，同桌吃飯，同床睡覺。

這一年春天，萬物復甦，正是賞花的最好時節。某日天氣晴朗，常公子帶著愛犬出門賞花，一時貪看春色，竟然忘了回程的時間，直到日暮西山，沿途行人逐漸稀少，一人一犬才趕忙往回走。

回來的路上，遇到三個男子坐在路旁飲酒，一看便知不是什麼善男信女。常公子攜犬經過，三人上前攔截，起初他們以為常公子是女扮男裝，就加以調戲，最初只是拉扯衣服，一看常公子並沒怎麼反抗，就變本加厲上前親吻。常公子又急又羞，拼命遮擋，但他這斯文公子，哪裡有力氣反抗，只好大喊道：「我是男子，並非女人。」三個惡人起初一愣，隨後大笑：「就是有如此美貌的公子，兄弟們更要快活快活，與你唱一齣《後庭花》。」花兒見狀對其三人嗷嗷直叫，撲上前來撕咬。那三人勃然大怒，舉起一塊大石頭朝花兒砸去，大石頭擊中了狗的頭部，當場腦漿迸裂，慘死於樹下。

三個惡棍更加肆無忌憚，將衣帶解下捆住常公子的手腳，隨後剝去下衣，兩個人踩住他的後背壓倒在地，另一人褪下自己的褲子準備進行雞奸。這時忽從樹下躥出一條癩皮狗，由背後一口咬在那惡棍的褲襠處，立刻血流滿地。那人疼不可忍，慘叫著滿地打滾，其餘兩人看情況不對，趕忙抬起同伴倉皇逃跑。

隨後有行人路過此地，發現常公子倒地不起，就幫他穿好衣服送回家中。常公子回家後大病了一場，心裡悲痛萬分，一來身為男子遇上這種倒楣事，礙於面子無法報官，再者愛犬花兒也因忠於主人慘遭非命。他感動花兒的有情有義，隔天回到樹下將屍骨收回，立塚安碑供奉。晚上夢到花兒前來探望，跪在床前，花兒說：「狗奴多年來蒙受主人寵愛，始終無以為報，遇到惡徒行兇時挺身救助，卻死於非命，只好附魂在豆腐店的癩皮狗身上，終於咬死為首的惡徒，雖死也可瞑目。」說完牠悲鳴兩聲，緩緩離去。

常公子醒來後到了賣豆腐的店裡，店中果然趴著一條癩皮狗，聽店主說：「此狗已奄奄一息，又病又老，從來不咬人，昨日從外面回來，卻是滿口鮮血，也不知道什麼原因。」常公子又找人去打探那惡徒的消息，得知那人還沒被同夥抬回家，就因傷重而一命嗚呼了。

槐樹廟

以前在京城廣安門外，通向盧溝橋的大道邊，長著一棵碩大的古槐樹。據說此樹在金元時代就有，大樹枝繁葉茂，樹幹則需要兩個人才能環抱住。不過樹老心空，離地一人高的地方有個窟窿，裡面居然有一座小廟。

此廟旗杆、山門、大殿、經樓樣樣俱全，全用天然木頭建造，故此人們都叫它槐樹廟。此廟來歷出自清朝末年，當時有位老漢在城外開了家餅舖，貨真價實，生意還算不錯。他膝下僅有一女，取名秀蘭，年紀為十八歲。由於老伴很早去世，老漢獨自將女兒養大，雖然不是大戶人家，但秀蘭十分聰慧美麗，很早就被許配到一戶好人家，只待擇日過門成親。

有一天恰是白雲觀廟會，秀蘭發願要給亡母做些功德，也想燒炷平安香，以佑全家平安健康。父親雇了頭毛驢讓秀蘭騎在上面，自己牽著驢子直奔白雲觀。出門不遠就遇上了一群兇神惡煞的官軍，帶頭的騎著匹高頭大馬，跟隨其左右的牽狗架鷹，這群人便是鎮壓農民起義軍的劊子手勝保。他曾在河南延津將太平天國的英王陳玉成凌遲處死，這時剛好要到永定河邊射兔子。

大家遇見這夥人都嚇得倉皇而逃，人群擁擠之時驚嚇到秀蘭騎的毛驢，小毛驢一下子撞到了勝保的馬。勝保頓時大怒，但仔細一看原來是個貌美的姑娘，滿腔火氣頓時煙消雲散。他盯著秀蘭「嘿嘿」淫笑，老父親知道不妙，趕緊牽住毛驢掉頭就往家跑。

勝保見這秀蘭模樣標緻，立刻帶著手下跟去餅舖提親，要納秀蘭為妾。老漢自然不肯答應，但勝保身為統兵的大將，弄死個草民簡直比捏死螞蟻還省事，他要脅恐嚇如果不嫁女兒便燒了店舖綁人，扔下數十兩銀子當聘禮，隨即轉身離去。

勝保走後父女二人抱頭痛哭，老人心一橫，便讓鄰居匆忙請來親家，將女兒匆忙嫁出。老人也打算收拾東西去投親，怎料還沒出門，勝保的花轎就到了。嚇得老漢從窗後跳出去逃命，正巧被官兵看到。老漢在前面跑，他們在後面追，黑夜裡看不清方向，只顧往前跑。老漢年老體衰，跑了一陣子就跑不動了，他看見路邊一棵大槐樹，樹幹裡有個窟窿可以藏身，他求生心切，不知從哪兒來的力氣，竟爬到樹上鑽了進去。他躲在裡面暗自祈禱，希望樹神可保佑父女兩個躲過此劫，如能躲過此劫，一定會來給槐樹修廟謝恩。

這時候勝保的手下已經追到了附近，見那樹洞有些可疑，正想攀上去搜查，忽然烏雲密佈，狂風閃電一齊襲來，一道道雷光震得他們心驚膽跳，只得草草收兵回去覆命。

隔一天老漢安然離去，勝保也因得罪了朝廷，被賜自盡而死。事後老漢回到家裡，一直沒忘記許願修廟之事，只是工程浩大無力而為。後來他終於想到個方法，找來能工巧匠在樹洞中修了一座精美的木制小廟，稱為「槐樹廟」。

蛇胎

在山東有一名門望族蔡氏，兄弟四人家大業大，但四人已納入妻室數年均生不出子嗣。不僅如此，沒過幾年老大、老二和老四相繼病逝，這後繼香火的重任就落在了老三的身上，但老三媳婦許久也沒有懷孕的跡象，這可急壞了老三。

老三求子心切四處尋訪，什麼方式和藥方都嘗試過，錢沒少花但也不見起色。恰巧有一日，老三在市集得買到一本古書，書上記載著各種問題的偏方，也有生子的偏方。書中道：「不孕之婦身佩三年大蛇皮方可開枝散葉，但蛇皮須片鱗不傷才有其效。」他便出重金令人四下尋找，不久便有人獻上六尺大蛇皮，蛇皮映日通明，首尾完好且片鱗無傷。老三得此完好蛇皮，喜笑顏開，馬上叫人以紅色緞布做成了個套袋，要妻子纏繞於腰腹之間。

起初沒有什麼特別的變化，就是覺得纏繞之處微微瘙癢，沒過多久肚子的隆起逐日劇增，其妻也覺得如身負五石。些許時日便產下一個如笆斗大小的胎胞，胎胞紫紅色外皮極軟，而且有一股很難聞的腥臭之味。產婆剖開胎胞並沒有見到小孩，只見有形色像紫葡萄一樣的物體，疊加粘連於其中，剖開每一個葡萄狀物體，都能看到裡面有條小蛇，黃紋斑斕像是蟒背的顏色。家人見後都很害怕，老三命人將胎胞帶到山中丟棄，產婦卻全然不知。

過了一年其妻又懷有身孕，沒想到這次產出的和去年並無兩樣，依然是斑紋如蟒的小蛇，只是這次產下的紫葡萄狀物體少了些許。其妻自己看了一眼，便嚇得暈了過去。就這樣第四年又有了身孕，家人都覺得會和前幾次一樣，大家對於產出胎胞小蛇厭惡到了極點，沒想到這次產出的卻是一個胖小子，眾人轉恐為喜。因為屢產怪胎，老三經常到普門觀去祈福，故此給這個孩子取了個名字叫「普佑」。

普佑出生後毒瘡甚多，眼、耳、鼻、口以及四肢，無時無刻長滿毒瘡，孩子身受其痛且父母非常傷心。普佑慢慢地長大，他天資聰慧絕倫，讀書過目不忘，記性和悟性均異於同齡孩童。很可惜普佑十二歲終因毒瘡嚴重而身亡，老三也已過不惑之年，喪子之痛無以言表，大病了一場，從此蔡氏便斷了子嗣。

如果老三不給其妻使用這種旁門之術，也未必沒有兒孫，只是求子心切，妄信野書招來蠱毒糾纏。

韓舍龍

有一山西汾陽人士，其名韓舍龍，家裡窮得連自己所住的房屋都沒有，只得在城中一破廟樓上做傭工維持生計。韓舍龍身強體健，幹苦力沒話說，而且心腸也很好。

有一天他去城中辦事，回來的時候天色已晚，遇見寺門外躺著一個老道士。那老道士年歲已高，雙眼微閉，奄奄一息，只剩下一口氣似的。韓舍龍走上前詢問，原來老道士是到前面城鎮探望女兒，途經於此，身染疾病不能前行。他二話不說將老道士背上樓去，對老道士細心照顧，就像是對待自己父親一樣，每日三餐無論再忙也不曾忘記照顧他。大概三個月過去了，老道士的身體已無大礙，他被韓舍龍的仁義所感動，把他叫至面前說：「你連一個素昧平生的人都可如此厚待，可見你為人善良，為了感謝你這些日子的照顧，我求道多年，一身皆空，平生僅有一顆寶丹，吃了它就能變得力大無窮，榮華富貴唾手可得，現在我將它送給你，但七十年後終得歸還於我。切記，待你富貴之後不可從官，否則會折掉一半陽壽。」說完老人從口中吐出一隻如拳頭般大的小羊，送到韓舍龍面前。韓舍龍見此羊除了身材比平常的羊要小，其餘均無兩樣，也看不出是何等珍貴。他推辭不過，應老道士之命正要納入口中吞食，小羊便一躍入口，自己順喉而下。老道士趁他不注意，以掌擊其後腦。韓舍龍眼前一黑，當即暈倒在地。

待他醒來之後，發現老道士已經不見了蹤影，小羊下肚後只覺渾身氣血旺盛，好像有使不完的力氣。

而後韓舍龍工作時更加有力，鋤頭在他手中輕如稻草，更沒想到好運隨之而來，不久雇主召見他，任命他為工頭。為了能使自己的工具發揮更大效力，韓舍龍自己買來鐵料另鑄器具用來耕地，所鑄器具非一般人能拿得動，而他用起來異常順手。他一口所耕地的數量，要比其他人耕種的十倍還要多，但每日必食米三斗，食量大得驚人。雇主見他身材魁武力大無窮，而且非常勤快老實，更是喜愛有佳，委以重任。

有一日，雇主要他出外買煤碳五十公斤，在返回的途中，車子經過一個陡峭的土坡，騾馬失足，整個車子馬上就要傾倒。韓舍龍見狀在後面將車子一把壓住，牽住車子緩緩而下，且面不改色。雇主得知此事，連連稱讚他神勇過人，並說，韓大個從此以後不必再做農活，隨著鏢行去工作吧。

韓舍龍押的第一趟鏢，是運送一批布料至都中，怎知第一次押鏢就碰到山賊。兩位保鏢拼死抵抗而慘遭殺害，韓舍龍手中並沒有利刃，只能到路邊使出渾身力氣，將一棵棗樹連根拔起來揮動亂打，竟以此將山賊擊退。事後更加博得雇主的賞識，進而升職為鏢頭，手下管著幾個跟班聽其差遣。

苦於沒有順手兵刃，韓舍龍又找來生鐵，自己鑄了一根鐵棍。他使用鐵棍毫無章法套路，也沒人教授他武功，只懂得用蠻力亂揮，別看沒有招式，但他力大無窮，加上那根鐵棍沉重無比，真正是沾上就死挨著就亡，所以江湖上幫他取了一個綽號「韓鐵棍」，打遍全省沒有對手，這就叫「一力降十會」。

綠林盜賊們知道是韓鐵棍所押的鏢，就絕對不敢攔截，據說韓舍龍習慣將鐵棍放在鏢車後面，普通的人根本拿不起來，而他單手拎棍，猶如無物。

某次韓鐵棍押鏢至京師，到地方找了客棧住下，腳跟還沒站穩，就聽得外面有人要找他，出來一看，原來也是一位習武之人。此人長身玉立，氣質不凡，可是韓鐵棍並不認識他。來訪之人自稱白二，乃是山東人氏。白二不等韓鐵棍開口，便自己報明來意，他行了一禮說道：「聽聞韓鏢頭擅用重棍，今日白某不請自來，正是想見識見識韓鏢頭這根重棍。」韓鐵棍抱拳還禮，一指車後說道：「鐵棍在車後，白兄可以隨意瞧瞧。」

白二來到車後，不費吹灰之力，輕而易舉地拿起鐵棍，對韓舍龍說道：「不知道閣下用此重棍傷了多少人命，我慕名而來，也是希望韓鏢頭用這鐵棍與我較量一下，如果真能傷我分毫，我甘拜下風。」

韓鐵棍搖搖頭道：「我與你並未結怨，又素不相識，為何非要以兵刃相見。兄台只是為了試探我的力量，不如我彎曲一指，如果兄台能將此指扳直，我就此洗手歸田，今後不再押鏢。」韓鐵棍說罷彎曲手指，白二自然也不示弱，二人當場將手鉤住較力。

韓舍龍趁白二力竭之際，乘勢提力將對方摔倒在地。白二輸得心服口服，起身拜道：

「我山東山賊之首，所到之處從未遇過敵手，沒想到今日敗在韓鏢頭手下，以後山東境內有我挺你。」言畢轉身離去。此後韓鐵棍經過山東，如在自家後院行走，名聲越來越響，得到的酬金也越來越多。還有人請他做武官帶兵，但他思念故土，辭掉了鏢局的差事回到老家。

韓鐵棍在家鄉購置了田地，將鐵棍放在家中擺放，後來膝下有兩個孩子，務農至七十歲時，氣力依然不減壯年。有一天他在田中看著麥子，忽然有一隻山羊不知從何而來，韓鐵棍得知此處常有胡羊出沒，便起身追趕。山羊到一枯井縱身躍下，他也隨之而下，正想抓住山羊向上拋出井外，忽然半空一道白氣將山羊吸入雲中。韓舍龍一屁股坐在地上，但是並無大礙，只是突然感到自己手無縛雞之力，豁然明白原來是仙人將寶丹收了回去。而後他又活了二十年，至九十歲壽終，鐵棍依然供在韓家祠堂。

長蛇顯身

緬甸山區自古便有崇信蛇神之風，當地土人大多親眼目睹過「長蛇顯身」的靈異現象，說起來無不繪聲繪色，神乎其神。

據說每當有大的災難來臨之前，懸崖絕壁上就會出現數十米長的一條黑蛇，蛇身如煙似霧，朦朧模糊。最奇怪的是，那條黑蛇竟然釘在筆直的峭壁上一動不動，仿佛是一幅古老而又神祕的岩畫，平時是完全看不到的，這是長蛇顯出靈異告訴人們應該趕快逃走躲避災禍。

那峭壁上出現的黑色蛇形，既不是描繪怪蟒圖騰的壁畫，也並非一件沒有生命的死物。如果不知其中緣故，誰都難以想像得到，留存於緬甸古老傳說中的「長蛇顯身」，竟會是一幅具有生命的神祕圖像，離奇得令人難以置信。

其實岩壁上的蛇形黑影，根本就不是長蛇，而是在叢林裡成群遷移的「紅蟻」。緬甸北部地勢環合，四周綿延起伏的山脈，大多為太古時期「喜馬拉雅造山運動」的產物，氣候終年恆定不變，通常的熱帶風暴難以波及影響此地，除非有來自印度洋的大規模熱帶風團。在惡劣的氣候來臨之際，緬北山區也將受到狂風暴雨的侵襲，驟雨會使平靜低窪的河道變為湍急迅猛的洪流。

反常悶熱的氣候，會使深山老林裡的生物提前有所察覺，因此有數以千萬計的紅蟻，將巢穴遷移到高處，以避免蟻巢遭受滅頂之災。原始叢林中的紅蟻數量多得驚人，雖然名為紅蟻，但全身烏黑，僅尾部帶有一點朱紅，體形最大的接近人指，小者也如米粒一般，密密麻麻地聚為佇列爬壁而上。

深山密林中生存的「紅蟻」，又稱「信蟻」，牠們可以在覓食或行軍的區域留下「資訊素」，每次遠距離遷移都有固定路線，等到天氣好轉，便要原路返回崖底，重新修造被暴雨沖毀的巢穴。

人們站在遠處望去，自然會將其視作「長蛇」。也許早在幾百年前，就曾經有人目睹過這一神祕的自然現象，所以才會留下這些令人難以琢磨的離奇傳說。在自然界不僅是小小的螞蟻，很多生物的感知能力都遠比人類甚至科學儀器還要敏銳，比如地震前常有家犬夜吠，或是魚躍水面，都屬於此類現象。

人熊

東北深山老林裡流傳最多，也最為人們津津樂道的傳說，可以分為三類：一是黑瞎子，二是黃鼠狼，三是放山挖人蔘。

這回先說黑瞎子，黑瞎子就是黑熊。熊的種類很多，最可怕的是人熊。實際上，人熊的學名稱作「羆」，毛澤東的詩詞中也有名句：「獨有英雄驅虎豹，更無豪傑怕熊羆。」與熊最大的不同之處，是「羆」的遍體毛色呈現黃白，牠不僅脖子長，後肢也比普通的黑瞎子高，力大無窮，一人粗細的老樹也能輕易拔起來，遇到人便人立而起窮追猛撲，而且姿態五官似人，性猛力強，可以掠取牛馬而食，所以叫作「人熊」。

經驗豐富的老獵人也不敢輕易招惹人熊，更別說打主意去狩獵人熊了。但人熊並非捉不得，只是要冒的風險極大，一個環節出了錯就會把命賠上。因為這種猛獸膘肥體壯、皮糙肉厚，即使被子彈洞胸穿腹，血流腸出，牠也能掘出泥土松脂塞住傷口，繼而奮力傷人致命，所以即使獵手槍法精湛，火器犀利，也絕難以力取之。

有言道：「逢強智取，遇弱活擒。」自古以來，有許多獵人獵殺人熊的傳說，大多是以智取勝。

其中流傳最廣的一則，約略是說那人熊喜歡以千年大樹的樹洞為穴，空樹洞裡氣熱薰蒸，冰雪消融，人熊吃飽了就坐在其中。獵人們找到熊洞，就從樹洞處投入木塊，人熊性蠢，見有木塊落下，就會伸手接住，墊坐在屁股底下。隨著木塊越投越多，人熊便隨撿隨墊，越坐越高，待到人熊坐的位置與樹洞口平行的時候，獵人們看准機會，以開山大斧猛斬其頭，或從古樹的縫隙中以矛攢刺斃之。

據說以前曾有個經驗豐富的獵手，他有一次進山打獵，無意間在山中遇到人熊渡河，便潛伏起來窺視。過河的是一隻巨大的母人熊，帶著兩隻小人熊，母人熊先把一隻崽子頂在頭上赴水渡河，遊上岸後牠怕小人熊亂跑，就用大石頭把熊崽子壓住，然後掉頭回去接另外一隻熊崽子。潛伏著的獵人趁此機會把被石頭壓住的小人熊捉走了，母人熊暴怒如雷，在河對岸把另一隻小熊拉住兩條腿一撕兩半，卻忘了追趕，其生性既猛且蠢，由此可見一斑。

鬼屋算命

「金點」一般在舊社會歸屬江相派，江代表江湖，相代表文。「綠林為將，金點為相」，這句話就是從這裡來的。

這次要說的是金點算命的真實故事。

話說當年在保定府，有個鬼屋凶宅，裡面鬧得厲害，一直沒人敢住。至於究竟怎麼鬧鬼，也沒人親眼見過，反正街上都這麼流傳。

某天有個外地來的金點先生，道號玄機子，帶著三妻四妾和十幾個徒弟，很高調地舉家搬到鬼屋裡居住，還在門前掛上一塊木牌，上寫「玄機子在此候教」七個大字。那意思就是要在此地擺攤算命，並聲稱前知八百年、後知五百載，專能談人禍福，觀形貌知吉凶，聞履聲知進退，卦金收一個至一千個大洋不等，因人而異，如果不準則分文不取。

但他惹惱了城裡的一個人物，這位是督軍的大公子，平日裡鮮衣怒馬、從者如雲，專好管些閒事。此人從來不信江湖伎倆，聽手下說了玄機子在鬼屋算命，不由得怒從心頭起、惡向膽邊生，立即拍案大罵：「不知哪裡來的妖道，敢在保定府妖言惑眾？」

大公子一心要拆玄機子的台，於是就找了夥狐朋狗友，事先編排了身份和說辭，又讓手下人冒充成他的表兄弟，成群結隊地找到玄機子門上算命。只要這江湖騙子說錯了一句，立刻砸了他的招牌，揍一頓趕出城外。

有道是「強龍壓不過地頭蛇」，玄機子不知輕重，也沒按規矩拜碼頭，得罪了城裡的一霸，還能有好果子吃嗎？但誰也沒想到這位玄機子真能未卜先知，他不言則可，言則必中，別說大公子這夥狐朋狗友編造的身份了，連大公子屁股上有顆痣都給算了出來，隨後獅子大開口，索要卦金一千大洋。

大公子知道是遇著活神仙了，哪敢造次，老老實實地付了錢。這件事轟動全城，達官貴人爭相前來請卦問卜，不到半個月，玄機子就收了數萬光洋，發了一大筆橫財，從此遠走高飛，再不來了。

其實這無非是「金點」行當裡的一門騙術，不知情的覺得神乎其神，但把窗戶紙捅破了也很簡單。原來大公子身邊的狐朋狗友裡，就有一個人是玄機子的徒弟，提前設好了局讓他往裡跳，所以會算不出來的嗎？

逆水行屍

再說個金點先生聚財的故事。

三十年代軍閥混戰，民不聊生，黃河更是連年氾濫。老百姓都快活不下去了，就有當地鄉紳聚集起來商議，打算在黃河邊上修座龍王廟，保佑風調雨順。

這時不知從哪兒來了位跑江湖的算命老者，告訴眾人說：「爾等真乃愚昧無知，黃河兩岸不知造過多少廟宇，供奉著五湖四海的行雨龍王，可該旱的旱，該澇的澇，黎民百姓還不是年年跟著遭殃，這是什麼緣故？只因那廟裡擺的都是泥胎，任你燒香上供，祂又怎能顯出靈驗？如今聽我一言，明天正午時分，這黃河裡就有仙家路過，機緣難得，可遇而不可求，到時請各位都來觀看。」

眾人半信半疑，不知黃河裡會有什麼仙家，或許是有大魚出沒。多數人都認為這算命老者是信口雌黃，不想理會。但好事之徒從來不缺，很快就將這個消息傳遍了十里八鄉，上至達官顯貴，下至販夫走卒，全都特意趕來觀看。岸邊圍觀的是人山人海，摩肩接踵，城牆也似砌攏起來，擠得水泄不通。

大夥從早晨開始就一直等著，黃河裡濁流滾滾，卻不見半點動靜，眼看日頭到了正

午，人們不禁議論紛紛，都以為上了江湖騙子的當。這時眼尖的人就看到下游出現了兩個小黑點，當時那人群就炸了鍋，都往前擠想看個究竟。就見兩具童男童女的屍首，從頭到腳穿著古時衣冠，在黃河中逆著水流漂了過來。當時目睹這逆水行屍的民眾，也不知有幾千幾萬人，紛紛跪地膜拜。

此時那算命先生站出來，用鉤竿子把浮屍拖到岸邊，當眾焚化，然後混入泥中，塑了兩尊「和合二仙」的泥胎，就地起廟供奉。老百姓都說這回遇著了真仙，唯恐落於人後，有錢的出錢，有力的出力。那些善男信女當場就捐出金銀首飾，請那算命老者主持修造廟宇。

其實這件事也是金點行當裡的騙術，就是所謂的「障眼法」。黃河裡漂下來的兩具浮屍，是那算命先生從外地拐帶來的乞丐，餵養得肥胖了就給害死，再拿戲班子裡的行頭裝扮上，以蠟封存，並在河底藏了纜繩，上游有人用絞盤倒拖，才顯出「逆水行屍」的奇觀。這夥人利用了民間的迷信心理，趁機大肆斂財，一舉暴富。

注水碗

「障眼法」在古時候也被稱為幻術，這裡面的名堂可不淺，向來都是金點行當裡傳內不傳外的祕密，只有遇到大買賣的時候，才會拿出來使用。

舊中國的大上海是燈紅酒綠，花花世界。上海市區中有個富商，憑藉跟洋人跑船販貨起家，一輩子起早貪黑辛苦經營，創下偌大家業，臨死前囑咐兒子：「你從小養尊處優，不知世情險惡，我走之後，就把錢都存到銀行裡生利息，今生今世當可衣食無憂，千萬別想做什麼生意。你四體不勤，五穀不分，根本不是那塊料。」

以現在的話來說，有錢人家的子弟是「富二代」，當時則叫「二世祖」。聽了他爹的遺言，反正有的是錢，也不考慮什麼營生，但他染上了賭癮，輸了不少錢，手頭吃緊，就想動銀行裡的存款，把先父臨終前的話忘了個一乾二淨。奈何他不懂生意經，不知道做什麼來錢快，聽朋友說有個算命的陳半仙，凡是得過他老人家指點之人，沒有不發達的。

二世祖開始也是輕信，只是抱著姑且一試的態度找到陳半仙，想問問做什麼生意能夠發財。那陳半仙掐指一算：「看公子確有富貴之姿，但眼下將有一場大災，眼看著家底都要保不住了，還想發財？」說罷取出一個空碗來，擺在桌上讓二世祖往裡看。

二世祖兩眼一眨不眨，只看那碗中空空如也，很是不以為然，不料陳半仙又提起一個水壺，緩緩向那碗中注水，這時水碗中出現了異象。二世祖看到自己的身影就在碗中，身後有座金山，兩個面目猙獰的惡鬼正在門外向裡窺探，隨著水面越升越高，碗中的影像很快化為烏有。

二世祖大驚，哪裡還有半點疑惑，忙請陳半仙相救，把全部財產都從銀行裡提出來，放在陳半仙指定的地方藏起來，準備等劫數過了再取回。但隔一天就被陳半仙偷走了，二世祖這才明白自己中了圈套，可再後悔也已經來不及了。

這就是「障眼法」了，只要碗底裝個琉璃鏡，壓住提前繪好的透明影畫，往裡面注水到一定高度，自然能看到光學折射的虛影，水面過了這個高度就看不到了。此類利用化學和光學現象的伎倆，就是金點行當裡的祕密手段之一。除此之外還有不少稀奇古怪的東西，今後有機會再分享。

鹿哨

清朝以騎射得天下，所以清朝中前期的皇帝都喜歡打獵。後期那幾位由於朝綱敗壞，大局糜爛不可收拾，多半沒這份心思了。康熙、乾隆在位之際，幾乎每年都得到木蘭打秋圍。

據說乾隆皇帝御前有個隨從，曾是白山黑水間的獵戶，除了箭射得準，更有一身吹「鹿哨」的絕技。所謂的「鹿哨」，是一種模仿野獸發聲的特殊技巧，相傳早年間是由採藥人所發明。在深山老林裡採藥的人，大多善識藥草物性，能夠攀爬峭壁危崖，但這只是末等手藝，要想找到罕見的珍貴草藥，除了膽大不要命，還得有足夠的運氣。運氣這東西最是不可捉摸，採到千年靈芝、萬年山蔘的概率，可能比現在中彩票特等獎的概率還低，而上等採藥人皆有獨門秘術，「鹿哨」便是其中一項幾近失傳的神祕技藝。

如果採藥人會吹「鹿哨」，他就不用冒險攀爬懸崖峭壁，也不必指望那份不靠譜的運氣了。因為原始森林中生存著成群結隊的麋鹿，那為首的「鹿王」體形比牯牛還要壯碩，生有骨釘般的鹿角，枝杈縱橫，鋒利堅硬，山裡的大獸見了牠也得避讓三分。而且生性奇淫，每逢春末夏初，牠都要在一天之內，先後同百余頭母鹿交配，最後精盡垂死，臥倒在地呦呦長鳴。這種鹿鳴相當於一個求救信號，深山裡的母鹿聽到之後，便會立刻銜著靈芝趕來。別看採藥的人苦苦尋覓不到千年靈芝，深山老林裡的鹿群卻總能找著，等那鹿王吞下靈芝，用不了多少時間，牠就又能騰奔躥躍恢復如初了。由此可見千年靈芝神異奇妙之處，誰能找到這麼一株，就能換來一世富貴。

那些善吹「鹿哨」的獵戶，便掐算著時日，比鹿王交配早那麼一兩天進山，事先做好偽裝，要在頭上戴頂鹿角帽，身上則穿一件鹿皮襖，懷中裹根鐵棒，躲到原始森林中模仿鹿鳴，引得母鹿銜來靈芝，然後打悶棍放倒母鹿，剝皮刮肉再取走靈芝草。不過學這種聲音得有天賦，一萬個人裡未必有一個人能夠模仿得像。

倘若不走運，撞上兇猛無比的鹿王，拿弓箭土銃也未必對付得了，就得憑經驗拼命逃向林木茂密之處。因為鹿最怕密林，倘若被藤蘿枝杈纏住鹿角，動彈不得，牠就只有任人宰割的份了。

放山

關東有三寶；人蔘、貂皮、烏拉草。人蔘是百草之王、中藥之首，歷來在關東三寶裡屬第一位。

山區將人蔘俗稱為「棒槌」，而稱採挖野山蔘的行當稱為「放山」。一般春、夏、秋三季都可以放山，直到下枯霜為止。

放山人在近千年採挖山蔘的過程中，逐漸形成了一套獨特的民間習俗，包括「暗語、技術、禁忌、工具」等。人蔘根據生長年代劃分為「三花兒、巴掌、二角子、燈檯子、四匹葉、五匹葉、六匹葉」，最大的是八匹葉。八匹葉人蔘主莖長兩層葉子，稱兩層樓；每層四個杈的是四匹葉，兩層四匹葉相加成為「兩層樓八匹葉」，極其罕見。五匹葉以上即為「大棒槌」。

想去挖大棒槌，首先要拉幫，也就是進山之前組織幫夥，這事都由「把頭」負責。把頭是一夥放山人的首領。能當把頭的人，必須具有豐富的經驗，懂山規，講仁義，有挖參技術，會觀山景，能夠看出哪座山會生長人蔘，進山后不會迷路。

有了隊伍就能進山了，不過進山也要選黃道吉日，一般為初三、初六、初九或初八、

十八、二十八。進山後的第一件重要的事是祭拜山神爺——老把頭孫良。用三塊石頭搭成老爺府，在老爺府前禱告，祈求保佑。然後選擇背風向陽的山坡搭地熗子，也就是簡易的窩棚，再用木杆支架搭樹皮防雨，裡面鋪上草和樹皮，作為在山裡過夜住宿的地方。晚間在窩棚前點起火堆，驅趕蚊蟲，防範野獸，去潮氣和暖身，以及為迷路的人指示方向。燒的柴火要順著擺放，一般由把頭點火。放山人每天從這裡出發去不同的山林挖蔘。

到山裡尋找人蔘的過程在行話裡叫「壓山」，又稱開山、巡山、壓趟子、撒目草，名稱很多。壓山之前先由把頭「觀山景」，選定去哪片山林，這需要對山形山勢和樹木植被進行仔細觀察，判斷哪裡會生長人蔘。有時候把頭會根據晚上做的夢決定壓山的地點，此時眾人只能跟隨，不能點破。

壓山時幫夥人員要分工「排棍」，把頭為頭棍，中間的人稱腰棍，排在最外邊的稱邊棍，邊棍兒也要有豐富的放山經驗。放山人拿索寶棍，按照排棍順序橫排，兩人間距丈余，索寶棍尖可搭在一起，不放過一塊磚的距離，撥草緩行，尋找人蔘。講究「寧落一座山，不落一塊磚」。

壓山時不准亂喊話，看見東西喊出來就得拿著，即使看見蛇也不例外，怕分心和迷路。壓山時頭棍和邊棍邊走邊「打拐子」，將細樹枝折斷成九十度作為記號，以避免重複搜尋。

照把頭和邊棍所指的方向拐彎是「打拐子」，遇到林子太密了，幾步之外可能彼此看不見，又不許亂喊，因此要用索寶棍敲擊樹幹的辦法彼此聯繫，稱為「叫棍」，敲一下樹幹，每人依次回敲一聲，既示意自己的位置，又示意繼續壓山。

休息抽煙時索寶棍要摟在懷裡立著，防止人蔘跑了；絕對不准坐樹墩，傳說樹墩是山神爺老把頭的座位；煙口袋沒煙了，不能說「沒有」，怕不吉利，拍拍煙口袋，別人會送煙；不准打瞌睡，打瞌睡容易「麻達山」，也就是迷路。另外壓山時還有個大忌諱，不准拉屎撒尿，是怕衝撞了山神老把頭。

如果途中遇到了蛇可是個好兆頭，因為蛇是「錢串子」，預示著即將開眼；遇到老虎也主大吉大利，放山人也稱老虎為山神爺；走過的地方沒發現人蔘，如果把頭認為這個地方能有人蔘，就返回再找，叫「翻趟子」。見到不吉利，預示著白忙活。放山人抽煙稱「拿火」，休息稱「拿蹲」，吃飯稱「拿飯」，睡覺稱「拿覺」，改變住處稱「拿房子」，意思都是為了拿到人蔘。挖到人蔘稱「抓住了米口袋」，「沒開眼」也稱「沒抓住米口袋」，做飯的稱「端鍋的」。

發現人蔘叫「開眼」，要大喊：「棒槌！」這叫喊山。把頭要問：「什麼貨？」這叫接山。發現人蔘者得如實回答幾匹葉。當發現人蔘者回答五匹葉或六匹葉時，大夥會一齊喊：「快當！快當！」

這在東北話中的意思是順利，也有祝賀的意思。

發現人蔘者立即敲兩下樹幹，把索寶棍插在人蔘旁邊。因其有功，此時可休息抽煙。

把頭也要抽煙歇氣定神，準備「抬棒槌」。如果看花了眼，喊了山卻發現不是大棒槌，叫「詐山」。喊詐山要嘛回熗子，要嘛給山神爺老把頭磕頭謝罪，繼續壓山。有時幾天沒開眼，為振奮精神，故意對山大喊，叫「喊空山」。放山人對二角子情有獨鍾。二角子是開山的鑰匙，預示能拿到大棒槌。發現二角子要燒香磕頭致謝。壓山第一次開眼如果是四匹葉，發現人蔘者接山時只能答「棒槌」，因為「四」不好聽。

壓山找到人蔘之後，接下來還要挖參，俗稱「抬棒槌」。首先用棒槌鎖鎖住棒槌——兩頭拴著大錢的紅線繩，大錢上的年號越吉利越好，紅繩中間繞在人蔘的主莖上，兩頭大錢分別搭在插在地上的索寶棍和樹枝上，以防止棒槌跑掉，因為地形複雜，參草難辨，轉眼不見，有時再找很難。然後大夥跪在人蔘前，或搭建老爺府，以草代香，磕頭拜謝山神爺老把頭，再打火堆驅趕蚊蟲，由把頭開始挖蔘。

挖棒槌是很複雜且細膩的工作，用手扒去棒槌周圍的亂草樹葉，開出盤子，用「快當鋸」鋸斷棒槌周邊的樹根，不能用斧子砍，樹根有彈性，會震壞棒槌。細樹根用剪子剪斷。用「快當簽」仔細撥除棒槌周圍的泥土，直到棒槌全部根鬚露出，任何細小的根鬚都不能挖斷。清理出每根鬚子都要隨時用原來的土掩埋，以防失去水分。抬棒槌所用的時間與棒槌生長的大小和環境有關，有時抬一苗棒槌需要幾天的時間。

人蔘挖出後，要「打蔘包子」。揭一塊新鮮的苔蘚鋪好，放上一些原來的土，把人蔘裹住，包上樹皮，用樹皮捆好。苔蘚柔軟、潮濕、不易乾燥，用來包裹人蔘，利於保鮮。

抬出棒槌後，要「砍兆頭」，繼續壓山發現五匹葉為首的成片人蔘，或是六匹葉為首的成片人蔘也要砍兆頭，在人蔘附近紅松樹上用刀、斧距地面一棍高的位置面向人蔘方向削去一塊樹皮，在光滑的樹幹左側按人數刻橫杠，右側按抬出人蔘的匹數刻橫杠。然後給兆頭「洗臉」，所謂洗臉就是用火燒去兆頭四周的松油，為了保護兆頭幾十年後也能看清，因此放山人往往能在許多年前的老兆頭前找到人蔘。

放山人自覺遵守一條重要的行規：「抬大留小」。小棒槌不挖，即使是遇到成堆成片的棒槌，小的也要留下，待其長大留給後人。放山人更講究互助，放山挖到人蔘，賣的錢成員不分老幼一律平分。抬棒槌時遇到別的，就要見面有份。如果兩幫都是單人，那就見面分一半。幫夥之間不爭山場，講究先來後到。發現已經有人在這座山了，就趕緊轉移到另外的山場。

放山人的經歷大多充滿了此類傳奇色彩，而且從採蔘專用的器具、放山場地的勘測、森林中方向的辨別，到環境保護意識，不少方面都表現了科學原理。

字王

測字也稱拆字，最早的時候叫相字，與相面算卦一樣，跑江湖的先生擺個攤子，若有客人來了，就隨便說個字，先生將這個字寫到紙上，據此決斷吉凶。凡是以此技糊口的江湖人，都有口訣，不同的字對應不同的口訣，高明與否在於能否隨機應變，有此則神，離此則庸。

以前杭州有位姓蘇的老先生，每天在街上擺攤測字，測一個字收一百文銅錢，等賺夠六百文，能維持一天的吃喝開銷，就立刻收攤，來晚的人給的錢再多，他也一概不算，頗有周文王演卦之古風。

某天有個當兵的，一大早就來攤上測字，想問問終生，他寫了一個「棋」字。老先生看罷，當場就給他斷了幾句，棋字有象棋、圍棋，凡是圍棋之子，是越下越多；而象棋之子，則是越下越少，多則吉，少則危。

當兵的問：「您說我這個棋是圍棋還是象棋？」

老先生說：「棋字是個木字旁，從木不從石，應該是象棋，所以你家人口恐怕日益凋零。」

當兵的點頭稱是，但所答非所問，他是想問問自己今後的命運如何。

老先生說：「看閣下裝束，乃行伍中人，是象棋中所謂的『卒』。卒在本界只能行一步，渡河之後則是縱橫皆可行，照此理言之，外出方可得志，你應當到外地闖蕩闖蕩。」

當兵的問道：「先生是說我離家出去，就能發達顯赫？」

老先生說：「卒子渡河之後，也僅能一步一挪，縱然外出得志，亦是難得大志。」

有一次，有一個商人寫了個「茆」字，問婚姻之事。

老先生說：「這個字不好，你瞧茆字，是花字的上半截，又是柳字的右半邊，花也不全柳也不全，這叫殘花敗柳。看來你要娶的這個女子，多半來自風月場所。」

商人說：「您真是神算，我原配夫人前些年亡故，一直沒有續弦。這兩年跟一個青樓女子好上了，我倒不嫌棄她的出身，打算替她贖身出來娶為正室，先生您看看這個女子能不能娶？」

老先生說：「茆字也有春來生機復蘇之兆，這女子從良後應該可以旺夫。」

據說凡是蘇老先生測字，事後十個裡有九個應驗，真是令人心服口服，所以名聲遠播南北，民間尊其為「字王」。但他測字的方法與江湖上各派相法口訣截然不同，都是他自己琢磨出來的，平生也不收徒弟，等他死後這路測字之術很快就失傳了。

照妖鏡

「照妖鏡」的傳說由來已久，根據《西遊記》裡的說法，不管是什麼妖怪化成人形，拿此鏡一照便會原形畢露，唯獨照不出「六耳獼猴」。因為周天之內有五仙，乃天、地、神、人、鬼；又有五蟲，乃羸、鱗、毛、羽、昆；又有四猴混世，不入十類，非天、非地、非神、非人、非鬼，亦非羸、非鱗、非毛、非羽、非昆。那「六耳獼猴」即其中之一。

這類古鏡照妖的傳說，主要源於古人認為銅鏡具有神明妙用，首先在於它能「觀照妖魁原形」。

如葛洪《抱樸子》所說，世上萬物久煉成精者，都有本事假冒人形以迷惑人，「唯不能易鏡中真形」，它們一看見銅鏡，也就暴露了自己的本來面目，於是會趕快溜走。基於這一原理，凡巫師在從事捉鬼妖等活動時，照例都要先用一面鏡子當識破妖怪的法寶，其時鏡子乍現，妖怪就逃之夭夭了，

其中最著名的傳說大概就是「照妖鏡」了。

因此「照妖鏡」又有了更廣的應用範圍，比如古代武將甲冑的後背或前胸部位，多嵌有一塊「護心鏡」，一方面是鏡材的銅質本身，具有抵禦劍矢之類武器侵害的作用；另一

方面，它們又可以發揮鎮嚇諸多鬼怪妖物的功能。再比如，把一塊小圓鏡鑲在大門頂端中間部位的民居建築習俗，在中國許多地區盛行，甚至直到今天，這類具有鎮邪驅怪意義的古鏡，還常常出現在現代風格的建築物上，只不過鏡子的材料已由熟銅變成了玻璃。

此外在傳統的婚禮風俗中，銅鏡是使用場合和次數最多的去邪工具。新娘穿著有銅鏡的新衣上轎去婆家；在花轎進入婆家大門前，還要由專職人員用銅鏡在轎廂內上、下、左、右仔細地「搜尋」一遍；用作圓房的洞房裡，一面大銅鏡是絕對不可缺少的器物。此外，銅鏡也被使用在民間喪葬活動中，人們將其置於墓穴頂部，或棺床的四角，這些安排均出於辟邪的需要。

舊時宅居因朝向不吉，如兩屋大門相對、門對煙囪等，便在門楣間或窗戶上方懸掛一面鏡子避邪，期待妖魔鬼怪見此鏡躲避，使住戶逢凶化吉，俗稱此鏡為「照妖鏡」。

解放前的商人，大多特別迷信風水靈學，他們在風水先生指出的「死門」方向，即陰氣最重之處的對面，一般要立一個奇妙的寶塔狀建築物，其頂焊有八面八方照妖鏡，名曰「昭日塔」，此舉是為聚集八方陽氣鎮壓陰惡凶靈，只要能鎮住邪氣，往往不惜成本，這可能也是一種自我心理暗示。

皇姑墳

說起這皇姑墳，在北京、瀋陽、天津、陝西、石家莊等地，都有此類地名。而天津這座皇姑墳有別於其他幾座，它位於西郊一個叫小稍口的地方，墳裡埋的是一名「草根皇姑」。

清朝乾隆年間，皇帝經常南巡，多次下江南微服私訪體恤民生。有一年乾隆南巡返京，坐船行至天津西郊，坐船久了覺得悶得慌，想下船看看這一帶的風景，又覺得大隊人馬不便，就決定換上便衣，找了大臣劉墉陪同，二人打扮成商人模樣離船上岸。

正是初秋時節，天高氣爽，藍天白雲，穀物豐足，聲聲鳥鳴劃過晴空，乾隆皇帝看得如癡如醉，久居深宮哪知鄉農田間的美啊！不知不覺走了許久，肚子開始咕嚕叫，嗓子也開始乾咳，二人又累又餓，想找家客棧吃些東西。荒郊之處什麼也沒有，正巧迎面走來一位姑娘，胳膊上挎著一個籃子，上面罩著布，正從裡面冒著熱氣，二人直咽口水。只見姑娘走到地頭一棵大樹下拿出一個棗餑餑給一位花甲老人食用。老人轉過頭，見有兩個人的眼睛死盯盯地看著餑餑，笑了笑說：「想必二位先生餓了，如果不嫌棄也過來吃一口吧！」

二人謝過老人便吃起來，也許是餓極了，覺得棗餑餑和綠豆湯實在美味。

為了答謝老人的恩情，乾隆將自己隨身用的扇子送給了老人，並允諾如果遇到困難，就到北京找他，他一定竭力相助。

轉眼間老人的女兒到了婚嫁之齡，與青梅竹馬有婚約，但此書生就在那時金榜題名中了狀元，之後就開始嫌貧愛富想要悔婚。姑娘終日茶不思飯不想且日漸消瘦，最後老人無奈只得上京尋求萍水相逢的商人相助。

老人到京之後，無處尋覓當年留下扇子的商人，只得拿著扇子在京城裡遊走，已近絕望之時，沒想到被出宮辦事的太監看見他手中之物，向前詢問才知一二，便把他帶進皇宮面見乾隆。老人受寵若驚，將女兒婚事的來龍去脈告訴了乾隆。結果乾隆一旨詔告天下，將老人的女兒認作了乾妹妹，並賜婚於書生。書生得知消息後，竟受不了如此大福，一激動便一命嗚呼了。姑娘得知書生死去的消息後悲痛欲絕，也自盡身亡。本欲成美事，沒想到竟釀其禍，最後乾隆皇帝把此女以皇姑身份安葬於天津小稍口處。後人提起此事都覺得甚是悲慘且淒美。

偷人頭

鴉片戰爭期間，英軍攻入中國浙江，到了次年突然撤退。駐守南方的清軍統帥虛報戰功，向清廷報捷稱「收復失地」，於是將軍、參將都被加官晉爵、論功行賞，但當地人口耳相傳的事實，另有隱情。

據聞當時地方上有個姓舒的縣令，某日在軍中巡視，忽聽圍場外有人正在吵鬧，動靜極大，他便走出去想看個究竟。剛出大門，見幾個士兵帶著一個男子，一邊咒罵一邊拳腳相加著往荒地裡走。那人被繩索五花大綁，披頭散髮，一副邋遢模樣。

舒大人立刻叫住士兵，走上前去詢問事情端倪。士兵稱剛在軍中巡視，見此人鬼鬼祟祟，形跡可疑，於是上前盤查。那人果然不敢應對，轉過身翻牆就跑，矯捷如同猿猴，誰知他跑出沒多遠，竟癲癇發作抖成一團，這才被士兵抓住。經過搜尋，發現此人懷中有兩袋軍糧白米，所以斷定此人是個竊賊，盜竊軍糧是要就地正法的罪過，便不由分說要拉到荒地砍頭。

舒大人定睛一看這男子，有些面熟，原來正是寧波一個屢犯竊案的飛賊。此人往來無形，飛簷走壁如履平地，要不是突然發病，憑幾個當兵的別想將其拿住。舒大人愛惜人才，與其將這飛賊砍了，不如讓他將功贖罪，便說道：「你為偷受死，不如為偷而生。本官將你放回去，給你份差事，如何？」那飛賊茫然不解。舒大人繼續言道：「你回去使出渾身解數，偷來一顆『黑頭』（印度卒首級），賞錢百文，偷一個『白頭』（英國軍官首級）來，加賞一倍，你看如何？」那飛賊當即叩頭應允。

後來此人越偷越多，技法也越來越神。據說街上有兩、三個巡邏的洋兵，他從後面跟上去，輕而易舉把洋兵的頭顱全部割下，拿去領了賞銀。英軍人人自危，四處風聲鶴唳。相傳當時英軍指揮官接到的每日死亡人數通知，有時幾人，有時甚至是十幾人。洋兵洋將嚇破了膽，隨即率領其屬下，登舟遠去了。

後來聽說，原來當時清軍駐紮在紹興，不敢與英軍正面接戰，正在束手無策之際，遇到了這個有見識的縣官，想出了「以賊制寇」之策。迄今為止，第二次鴉片戰爭中，英軍為什麼突然從浙江撤兵，史料上的記錄全是含糊其詞。而這個「飛賊」的事蹟究竟是真是假，也就無法得知了。

算命老師的秘本

算命看相屬於封建迷信，大部分人不會相信，可有些人則認為這裡面真有靈驗的，未必都是江湖騙子。就我個人而言，我對算命這種事完全不信。我覺得舊中國社會沒有心理醫生，但任何人的生活都不是一帆風順的，命運中每時每刻都要面臨著重要選擇，以及「家庭、學業、仕途、前程、生意」各個方面的壓力，很多時候會陷入糾結與徬徨，不知道下一步該怎麼辦。嚴重的時候會導致茶不思飯不想、睡不安穩，現在可以找心理醫生進行開導，以前就只能找算命老師指點迷津了。那為什麼有些算命老師能夠料事如神？難道真有未卜先知的方法？

解放前江湖上有個很有名的「大師兄」，專以擺攤算命為業，日進斗金。據說看得很準，十個客人進來，出去的時候有九個半心服口服，當年北洋軍閥吳佩孚就特意請他看過相。解放後破除迷信，這行沒辦法做了，但家承師傳的秘本仍然得以保留。

這個所謂的「秘本」不是冊子，而是一套口傳心授的要訣，從頭到尾不過幾百個字，卻把「封建社會人與人之間的利害關係、各色人等的意圖欲望」全都分析透了，還告訴你怎麼透過人們的言談舉止、衣著神色，去觀察他們的內心世界，以及如何使對方吐露自己的身世家底。凡此種種，都是經過了幾百年甚至上千年多少代算命先生的經驗積累，在「祕本」中以高度概括的方式加以總結，裡面還使用了大量江湖黑話，如果沒有師傅親自指點，外行人即使偷聽到了也根本搞不明白。

金點行裡的算命老師掌握了這套「祕本」，基本上就有半仙的水準了。就像魔術師都有職業操守，不會向觀眾透露魔術究竟是怎麼變的，因為觀眾知道了祕密就沒人願意花錢看表演了。算命老師也將「祕本」視作飯碗，知道一旦洩露出去，就等於砸了飯碗，所以傳承方式極其嚴格。「祕本」雖然重要，卻只是理論，現實中如何運用，則另有一套「軍馬」，意指「有組織、有層次地發言和發問」，也是施展「祕本」內容的關鍵。

魚陣

在洞庭湖邊居住的漁民家中，幾乎每家每戶都蓄養鸕鷀，民間俗稱其「烏鬼」。其中嘴彎曲似鉤子的為最好品種，以往這樣的一隻烏鬼甚至可以賣到五十兩黃金。那時，漁民們都用烏鬼下湖捕魚，一隻烏鬼嘴中可銜數斤重的小魚，若是四、五隻烏鬼一同下水，便可銜得數十乃至數百斤的小魚，然後輕輕鬆鬆地帶回水面，工作效率頗高。

烏鬼下水捕魚之前，漁民們都會把繩子捆在牠們的脖子上，然後放入水中，等待片刻再拽出水面，從烏鬼嘴中倒出所捕之魚。若非事先將其脖子捆住，烏鬼就會把捕到的魚全都吞入腹中，吃飽後牠就不肯下水了。

相傳年末歲暮之時，正是漁民們大量捕魚的時候，他們紛紛放烏鬼下湖，但是接連幾日，竟然半條魚都沒有捕到，漁民都感到很奇怪。其中有水性比較好的漁民親自下水探查，才得知原來湖中魚群已結為一座魚城。

所謂魚城，又稱魚陣，就是大魚相互咬銜著尾巴，一層層地游在周邊，眾多的小魚群游在其中，然後又有體形頗大的魚群，相互銜尾遊在牠們上面，就好像一個鍋蓋一樣，把小魚群蓋住。牠們眾志成城，沒有一條魚偏離自己的位置，看上去這座魚城就好似牢不可破、堅固無比的樣子。漁民們得知此事後，紛紛商議對策，但都無計可施。

最後有人提議，在宜昌有位老漁翁，他家養有一隻烏鬼，矯捷伶俐，而且非常聰明，被稱為「鬼帥」，要是能把牠請來，破此魚城易如反掌。眾漁民聽後，即刻派人帶著重金前往，找老漁翁借「鬼帥」一用，並且約定，如若破了魚城，還有重謝。老漁翁得知此事後，滿口應允了下來，沒過幾天便帶著鬼帥來到湖邊。漁民們紛紛上來觀看這隻鬼帥。只見其梟目鷹喙、雕翎鶴爪，真乃神物一般，隨即宰殺家畜，設壇祭拜湖神。一番儀式過後，老漁翁便放這鬼帥入湖，漁民們隨之前往，觀其戰技。

這鬼帥游到魚城後，先是在周圍游了兩、三圈，觀察巡視，忽見大魚銜尾之處有一空隙可乘，於是猛衝過去，以嘴破開魚群，然後搖身直下衝入小魚群中，四下橫亂啄食。小魚慌駭，全都向外遊走奔逃，鬼帥來勢兇猛，大魚也難以堅持下去，隨即散了開來，魚城頃刻之間便被瓦解。漁民們看鬼帥得勝後，立刻游回岸上，放各家烏鬼入湖，一鼓作氣捕了個滿載而歸。

石贊青計擒飛毛腿

清末曾經有個綠林大盜，名為「林五」。此人姦淫擄掠無惡不作。這盜賊生來腳心處就長有一寸多長的黑毛，可以日行五百里，都快趕上寶馬良駒了，所以人稱匪號「飛毛腿」。

林五憑著與生俱來的獨到天賦，能夠一躍數丈高，翻越高樓廣廈如履平地。雖然此賊禍害百姓、案積如山，但因本領出眾，官府也無計可施。據說林五雖然不識水性，但是渡河從不用船，徒步就可抵達對岸，見過之人都說他似燕子戲水般行水面之上，所以又稱呼他為「燕尾子」。在諸多的雜記野史中，都曾提到過他的事蹟，唯獨此賊在天津衛被官府拿獲之事，未曾被人知曉。

當時在天津的鄰郊靜海縣有一縣令，名叫丁朝貴。丁縣令家中有個女兒，年方二八，生得國色天香、美貌無比。在一次出門觀看迎神賽會的時候，不巧被這林五撞見。林五驚豔此女美貌，不免心生歹念，當晚潛入縣衙，欲行非禮。哪知這女子性情剛烈，誓死不從，以頭撞牆而死。林五見美事不成，便竊得一些珠寶之後揚長而去。丁縣令因愛女心切，撒下天羅地網圍捕林五。林五知道案子搞大了，本處不宜久留，於是便逃離了靜海縣來到了天津。

那時在天津府有個官員叫石贊青，此人才高智廣，手下也都是能人異士，善斷奇案冤獄。有一次，石贊青前往一個叫謁龍亭的地方調查一起偷盜案件，被偷之物乃是進貢朝廷的一顆寶珠。他即刻派出捕役調查，尋訪之後得知是那大盜林五所為，但因其行蹤詭異而不易拿獲。石贊青與手下商議之後，決定暫緩圍捕。林五知道捕役們都已撤去，便在天津侯家後落腳，那時在一個叫枇杷門巷的地方，經常會看到他的蹤跡。

到了林五三十多歲的時候，已經體態發福，衣飾華麗，儼然一副富家公子的模樣，每日生活奢華，揮金如土。有次他遇到一個南方商人，此人雖來自南方，但一口京腔京韻。兩人見面後一見如故，隨即拜為兄弟，終日沉浸於花天酒地之中。一天晚上，林五喝得大醉，被南方商人留宿於家中。到了深夜時分，那商人忽喚隨從進入屋中，將林五五花大綁起來，剪掉了他腳心黑毛，用條麻袋裝了。後來林五酒醒，才知道那些隨從乃是官府的捕役，而那南方商人正是石贊青的師爺，自己正是中了官府的計謀。林五落網被擒，有司翻閱其所犯案件，竟達數百件之多，當即奏明朝廷，石贊青官升一級，林五則被押赴靜海縣處決。

活佛升天

當年有個富家公子，喜歡到處拈花惹草，又懂些文墨，因此常以風流儒生自居。有一年陽春三月，風和日麗，公子到山中一座廟中上香，以祈求自己登科高中。行完禮走出殿外，信步漫遊，忽然看見兩名美婦從身邊經過。公子看得兩眼發亮，心中動火，不由自主地尾隨在後。那兩名美婦也發現有人在後跟隨，一邊以袖掩面，一邊腳步加快地往殿後走去，三轉兩繞走進了寺後僧眾所居的禪房。

這公子跟到禪房前心生疑慮，暗想：「一定是這寺院中的和尚不守清規戒律，從山下找了這些婦女上山來做些污穢之事。我乃聖賢子弟，對此有傷風化的事情怎能聽之任之。」於是他憤然推開大門。

卻沒想到禪房中不僅看到那兩名女子，而且還看有一群和尚，個個手持凶刃，面目猙獰，正在做著分贓聚義的勾當。那公子嚇得呆了，頓時癱坐在地上。

原來那些和尚都是漏網的山匪，為躲避官府通緝，剃了頭髮化作僧人模樣，在這寺廟中藏匿蹤跡，先前兩個美婦也是匪首的妻子。他們見被外人撞破，當即一擁而上把那公子捆綁起來，抬進屋來商議怎麼處置。有人說，要把這公子殺了扔到山澗裡餵狼。假扮住持的匪首卻說：「暫且留他活命，好生養在香積廚下，今後我自有用處。」眾匪齊聲應諾，將公子幽禁在寺內。

從此以後，山匪每天都給公子吃好喝好的，但是飯菜之中不放鹽，而且都是些油膩食物。日子一久，這位公子便被餵得肥白異常，但身體近乎廢人，話都不會說了。

匪首見時機成熟，就把公子抬到了寺外，聲稱此乃寺中活佛，今日大徹大悟，要坐焚升天。前來拜佛的善男信女聞聽此言，無不信以為真，紛紛頂禮膜拜，捐助的香火銀兩不計其數。

誰知新上任的按察使劉大人恰巧經過，在人群中看出了某些可疑之處。按察使大人暗自琢磨：「若是活佛升天，該是何等喜樂？怎麼這肥白僧人面容悲戚，臉上還掛著淚水？看來此事必有蹊蹺。」

當下命人先把活佛從柴堆上抬下，連同一旁的僧眾，一併帶到堂上盤問。那公子口不能言，就用手指蘸墨，將事情的來龍去脈寫在地上。按察使得知始末，立刻派人前往寺廟之中，抓住了為首的山匪，並且告知：「活佛傳下法旨，今日要住持替他升天。」隨後不由分說，便把那匪首綁在柴堆上活活燒死了。

魯班廟蜈蚣吐丹

以前有一個村莊，所居者多為木工匠人，所以也有人稱這個村子為「木匠村」。村外山上建有一座魯班廟。平日裡，村中老幼都會前去拜祭，而且每家每戶都會放上一些供品，以示虔誠，這個習俗一直持續了很多年。

有一年的盛夏時節，接連幾天，廟裡頻頻發生供品不翼而飛的奇怪事情，只要是當天放上的糕餅魚肉，隔天早上便會消失得無影無蹤。起初村民議論，都認為是深夜時分有乞丐或野獸進入廟堂之中，偷偷地把供品吃掉了，所以商定以後每晚都安排一個人前去當值，守護供奉之物不被偷食。但連續兩天，村民早上到廟堂觀看，不僅供品照樣消失不見，就連安排當值的人，也像人間蒸發一樣不知去向。村裡一時間人心惶惶，都以為是祖師爺發怒了，收了東西不夠還要收人，多半是大凶之兆。於是宰殺牛羊，祭拜神明。

到了第三天夜裡，輪到村裡一個年輕木匠前去當值夜班。木匠的妻子怕他也像其他人一樣隔天不見蹤影，所以極力反對，不讓他前往。但這年輕木匠素有膽識，自己想了個對策，讓妻子不必掛懷。

當晚他從家中拉出一口大木箱，孤身一人前往廟堂，事先把木箱的外皮處鑽了兩個小孔，然後把木箱安置在了廟堂正中，自己躲藏到箱子裡，再合上箱蓋，從小孔中往外窺看廟內動靜。

木匠等了許久，就在箱中不知不覺地睡著了。大約到了三更時分，外面忽然起了一陣狂風，大雨傾盆而下，聲勢十分駭人。木匠被聲音驚醒，急忙從箱蓋裡向外張望，這時一道閃電，映得廟堂間亮如白晝，就見有條碩大的蜈蚣，自樑上蜿蜒而下。那蜈蚣身形有常人大小，背上生有六翅，張牙舞爪，極是猙獰可怕。

木匠暗中觀察，發現那蜈蚣爬到龕台前，將供奉之物一掃而空，隨即對著魯班祖師的畫像，慢慢抬起前身，張口吐出一顆閃閃發光的紅丹，然後又吸入腹中，如此反覆不停。

木匠心知此丹為蜈蚣體內精氣凝結，便瞄準時機，趁其不備，從木箱中一躍而出，劈手奪過紅丹，轉身逃回來，把箱蓋從內側緊緊鎖死。那蜈蚣旋即追來，圍在木箱之外抓撓敲打。木匠縱然膽大，此刻也嚇得心驚肉跳，躲在箱子裡蜷縮身體，兩手堵住耳朵不敢出聲。一直堅持到破曉時分，木匠聽箱外動靜越來越小，到後來一片寂然，才壯著膽子打開箱蓋，發現那條幾乎成精的大蜈蚣，兀自纏繞著木箱不放，但一動也不動，早已斃命多時。

犬量床

古時候，民間曾經流傳著這樣一句話，叫作「犬無八年，雞不六載」。意思是普通百姓家中所養的家犬，過了八年便須放歸荒山野嶺，任其自生自滅；所飼養的家雞，過了六年就要宰殺吃掉。否則日子一久，家畜便會熟知人的行為習性而模仿，心中必有所感，難免會有妖異之事發生。以前這樣的傳說層出不窮，《鬼吹燈之怒晴湘西》裡提到了「雞不六載」的故事。而「犬無八年」之事，可以在清代筆記志怪中找到出處。

話說昔時有位木匠，因其技藝高超、手工精湛，頗有口碑，遠近之人都來找他為家中打造床櫃器具。有一天來了一個雇主，請這個木匠為自己的女兒打造一套傢俱，作為嫁妝陪嫁。雙方談攏了價錢，木匠便隨雇主來到了家中，他看主家庭院深廣，知道吃住條件會相對不錯，心裡暗自竊喜。

這主家院子裡養著一條大黑狗，此狗體形奇大，雙目深沉銳利，渾身黑毛柔順亮麗。木匠見此犬高壯，心裡有些吃驚，就多看了幾眼。雇主見木匠怕狗，就說：「此乃我看家之犬，在這裡已有八、九年，向來馴服，並不傷人，師傅不必擔心。」說完就命令下人，打掃出一間大屋給木匠作為住處。

木匠住進大屋之後，每天起早貪黑，精心打造傢俱。雇主見木匠兢兢業業、一絲不苟，而且因其聲名遠播，技藝頗佳，所以每日三餐，都會囑咐廚房，為木匠多做肉食，以補體力。

按農村裡的習慣，每天把飯菜準備完畢，都會把飯菜放於竹籃當中，然後用繩子懸在木樑上，以防被耗子偷吃了，等到木匠忙完了，進屋來解開繩索放下竹籃就能吃了。這樣持續了幾天，好景不長，一天傍晚，木匠收工回來，發現籃中碗碟還在，卻都是空的。估計是那雇主捨不得，每日三餐好飯好菜讓他心疼了，所以故意不放飯食，為的是減免些銀兩的開銷。

木匠越想越是生氣，最後憤然前往，想要討個公道。但是他找下人和雇主詢問了一番，結果都說沒有這回事，怠慢了誰也不能怠慢手藝人，飯食起初都已放好，絕沒有減免之事。木匠只得忍了口氣回到屋中，但接下來的幾天，晚上收工回來，竹籃中仍然沒有飯菜。木匠暗中打定主意，要躲起來看看主家到底有沒有按時送飯。

木匠疑心雇主因氣量狹小而免去了他的飲食，就在一天晚飯之前，藏在屋外樹叢後偷眼觀瞧。果然看見有個女僕把飯菜端來，放到竹籃裡吊在樑上關門離開。木匠打消了疑慮，正打算從樹後出來進屋吃飯，忽然發現那條大黑狗悄無聲息地走了過來，牠像人一般立起，用爪子推開房門後走進屋中。

木匠心知事有蹊蹺，沒有驚動它，繼續留在原地偷看，只見那隻黑狗進屋後，先環視一周，確定沒人後，牠把桌子旁邊的一個木凳推到了竹籃下方，然後起身跳到了木凳上面，前腿抬起，好像人一樣站了起來。牠用前爪抓住竹籃，把頭伸到籃中，頃刻間就把飯菜吃乾淨。吃飽後牠跳回到地上，把木凳輕輕推回原處，然後悠哉地出屋子，掩上房門離去。

木匠見此情景才恍然大悟，於是氣憤不已，立刻跑到了雇主那裡把事情原原本本地講了一遍。雇主聽了之後還不太相信，認為這木匠說謊，是想藉故加菜。木匠見雇主不信，為證明自己所言不虛，便讓雇主跟自己一同去找那黑狗。兩人一前一後來到那黑狗窩邊，就見那隻黑狗正臥在窩中酣睡，嘴邊還殘有其偷吃時遺留的殘羹剩飯。主人頓時火冒三丈，隨即命人把那黑狗打出家門，此事才算平息。

原以為從此平安無事了，眼看工期即將結束，木匠忙碌了一天很是疲憊，晚上倒在床上熟睡，半夢半醒間就感到身邊有物體觸碰自己。他還以為是不是有老鼠，悄悄睜開眼睛觀看，沒想到只見那條黑狗口中拖著一根竹竿，正在自己身邊來回比畫，行跡十分鬼祟。

木匠不知這黑狗意欲何為，又恐其暴起傷人，驚恐之餘也不敢吭聲，只好繼續裝睡。過了一會兒，那黑狗擺弄完畢又溜出房門。木匠好奇心起，悄悄起身從後跟去，想要看個究竟，他尋著蹤跡來到一片荒野，只見那黑狗把竹竿丟到了一個大坑之中，作出一番比對長短的詭異舉動，好像覺得坑的尺寸不夠，就用爪子繼續刨挖。

木匠看到這番情景，心想這狗挖坑要埋什麼東西。忽然想到黑狗用竹竿丈量自己身體之事，頓時嚇得一身冷汗，險些癱坐在地。完全沒想到這畜生竟有如此心機，只因自己把牠偷吃飯菜的事情告訴了雇主，使其被打出宅門，無家可歸，所以懷恨在心，想趁夜深人靜的時候咬死自己，事先挖好了坑掩埋屍體。木匠趕緊一溜煙地跑了回去，將此事全盤說出。雇主聽完也同樣駭異，忙吩咐幾個下人帶上棍棒刀槍，隨著木匠趕到荒郊，將那仍在挖坑的黑狗亂棍打死。

王恭廠大爆炸

北方一到冬天空氣就乾燥得很，穿衣服不留神都會被靜電打到，有時候還挺疼的。家裡小貓突然炸了毛，這也是靜電的作用。靜電這東西可大可小，明朝天啟年間太監魏忠賢當權的年代，北京城裡曾經發過一場大災，死傷近兩萬人，毀房上萬間，就是靜電、地震、火藥和氣體爆炸幾方合力而成之效，史稱「王恭廠大爆炸」。

據說當時這場大爆炸可真把魏忠賢給驚呆了，兩個小太監在他眼前被殿角掉下來的蹲獸給砸死了。

那位愛好做木工的天啟皇帝從殿裡跑出來的時候，腿都軟了，身邊也沒什麼人，就一個侍衛扶著他趕緊往其他地方躲，這位侍衛的腦袋也被宮殿頂上掉下來的東西砸破了頭。紫禁城內修宮殿的幾千木匠，被一股腦地從腳手架上給震了下來，摔成了肉餅。

更奇的事情還在城外，有大木頭直接飛到空中，東城石駙馬大街幾千斤重的石獅子被甩到南城宣武門外。長安街一帶，掉下來無數的半顆腦袋，有的還有半截額頭，有的帶著一截鼻子，內城北門德勝門外掉下來的則胳膊、腿居多。北郊昌平、南苑附近掉下來的則是銀錢衣物等輕巧物件，西山上也掛了許多衣服。與此對應的是，城內有許多屍體或是倖免於難的人身上赤身裸體。離北京城有一百八十里之遙的天津薊縣，居然從地下挖出兩個還活著的人，一問和做夢似的，言說來自京城。

爆炸中心的王恭廠是當時儲存火藥的地方，更是慘不忍睹。照書上的說法，十幾里範圍內皆粉身碎骨。不過以當時黑火藥的威力，估計還比不上現代的爆竹作坊，爆炸中心這樣不足為奇，稍遠一些的地方那些奇怪的現象怎麼解釋呢？

王恭廠大爆炸和印度摩亨佐達羅死丘事件、俄羅斯通古斯大爆炸一起並稱為三大自然之謎。死丘事件雖然能檢測出超高的核當量，畢竟發生於三五　年前，通古斯大爆炸發生地方人跡罕至，更是難以得出結論。王恭廠大爆炸則發生於明末京師之地，諸多彙集於此的文人墨客，以各種形式報導並記載了種種爆炸發生前後的異常現象，有些雖然荒誕不經，有些更是顧左右而言他，但仍為現代學者研究留下了諸多蛛絲馬跡。

雖然當時的記載以王恭廠大爆炸後的奇聞奇事為主，但是爆炸之前也還是有記錄的。在爆炸的前幾天，前門樓子上莫名其妙地多了好多螢火蟲一樣的亮點，在爆炸發生之前突然彙集為車輪狀，向西南而去。最奇怪的莫過於東城的火神廟，半夜裡突然響起了音樂聲，一番鼓鈸之類的響器，又一番絲竹之聲的細樂，循環反覆地放了三遍。看守廟宇的人嚇壞了，趕緊開門出去看，門剛開一個大火球就搖搖晃晃地沖了出來，在眾人眼前騰空而上，直奔西南而去。沒有多久，就天搖地動，轟然炸響。或許是因為有火神示警的緣故，所以後來天啟皇帝雖然將主管火藥庫的工部尚書、在這次大爆炸中失去了兩條手臂的倒楣蛋撤了職，但也不得不下「罪己詔」承認這是天災。

有地震學者力證這些火球、火輪都是靜電所形成的球狀閃電，都是地震來臨前大氣靜電場氣流碰撞引起的。甚至當時出現的音樂聲也不是管廟的人為了推脫責任而憑空捏造，地聲、地光和靜電一樣都是地震前的異樣先兆，聲音肯定是有的，描述得那麼細緻估計是當時文人的加油添醋。

地震學者們還大膽揣測，當時的地殼活動已經使得宣武門附近的王恭廠地區地下可燃性氣體溢出，地震來臨時地殼斷裂引發靜電現象，這就是人們所看到的火球、火輪從東城直向西南而去，點燃了那些已經聚集在地面之上的可燃性氣體，既而引發火藥庫爆炸。當時地中仍然屢有霹靂震聲不絕，煙塵扶搖而上，可見在大爆炸的過程中，還從地下爆出來相當多的氣體。強大的氣體衝擊波形成的巨大沖擊力，既造成了幾千斤的石獅子飛到城外，大木頭飛到百里開外的密雲，又造成了爆炸中心區以外的城市部分民眾衣物盡失、全身赤裸這種非常奇特的現象。

此次北京城有史以來的特大災難，是由地震、火藥、可燃氣體、靜電爆炸合力形成的曠古靜電奇災，怪在它規模之大，怪在幾種平時都難得一見的因素合在一起。平時只是打打手的小小靜電，發作起來竟有如此威力，恐怕沒有人能夠想得到吧？

海中採珠

珍珠產自深海之中的蚌類身上，國內眾多的海域之中，唯獨廣東新安縣一個叫作「九龍洋」的地方，所產珍珠最多。某客商曾經詢問當地人：「為何此地多產珍珠？」當地人說九龍洋中海螺最多，珍珠都是從捕到的海螺中剖取。海螺品種可分為珍珠螺、馬甲螺、青口螺等，其實它們都屬於蚌類。

清代嘉慶年間，九龍洋有一位姓余的商戶，他在海邊弄了艘採集珍珠的大船。出海前夕，餘老板招募了一批在當地以採珠為生的「蛋人」，詢問他們採集之法。採珠人回答道：「珍珠都產於外洋海水的最深之處，海裡生長許多鐵樹，有的高一、二尺，有的則高七、八尺，每一棵鐵樹的葉子都好像瓜子一樣尖而細長，樹的枝幹粗糙稠密，鐵樹離開海水即死，只要將它拖出水面，用不了幾天的工夫，那樹葉就會自行脫落。在海底鐵樹的周圍，一般都有很多奇形怪狀的石頭，很多鐵樹都是依附著那些石頭生長。而成形的老蚌，基本上全長在那些鐵樹上面。我們採珠人下水，或拔出整棵鐵樹，或從鐵樹上拾取老蚌，出水後再把蚌殼剖開取出珍珠。但是蚌內有沒有珍珠，或是珍珠品質的好壞，是無法預

知的。」

余老闆聽罷不住地點頭，又問採珠的過程。採珠人告訴他，雖然採集過程看似簡單，但是也有風險存在。在有珠的海域，往往會有一些大魚潛伏遊弋，若是不將其殺死，入水者必定會被其吞噬。

余老闆大為奇怪，急忙討教殺魚的辦法。採珠人說：「我們入水之前，先要準備一個大西瓜，用鍋灶把其蒸煮熟透，然後把瓜頂切去一片，取出瓜瓤，再趁熱放入大塊的生石灰，把西瓜內部填滿。

填完了生石灰，還要將切去的那片瓜皮，重新扣在原處，用竹釘釘緊。等遊到產珠的那片海域，把西瓜丟進水中。那些巨魚看見西瓜，必然會爭先恐後地吞入腹中，過不了多長時間，大魚就會被殺死而浮出水面。因為瓜皮雖然被水浸泡變冷，但是瓜內溫度還極高，加上石灰遇水就會發熱膨脹，所以魚類吞下不久，便會死亡。用這種方法殺魚的效率很高，海面很快就浮滿了死魚。什麼時候將瓜投入海裡，卻不再有魚浮出水面了，那就是將鐵樹附近的大魚都殺乾淨了，這才可以入水採珠。但在真正下海之前，還要先用冷水把全身浸泡一遍，為的是不讓身體散發熱氣，否則入水後，別的地方的巨魚聞到活人氣味，也會追尋著游來。」

余老闆聽罷，連聲感歎：「好兇險！」

白蝙蝠

據傳民國年間，雁蕩山一帶經常有小孩失蹤。老百姓以為是拐賣小孩，都不敢輕易讓孩子們出門玩耍，誰知附近的小孩仍然是接二連三地失蹤，使得家家關門緊閉，人心惶惶。

後來村裡來了個腰繫白繩的老者，他說小孩都被「藥叉餓鬼」吃了。那餓鬼吃了許多小孩，就要化成人形投胎了，方圓百里內的大肚子孕婦都有可能懷了「鬼胎」，如今沒辦法了，只能吃藥墮胎，死胎都要扔到山裡。

常說「心懷鬼胎」，而孕婦肚子裡懷的是什麼鬼胎呢？原來舊時沒出嫁的女子受邪魔外祟侵擾，未婚而孕，或是丈夫早已亡故，寡婦卻忽然有了身孕，那就是懷上鬼胎了。這鬼胎要是不治，等牠長成了形，生下來不知會是個什麼東西，其實無非是種遮羞的說法。

解放前的人們都迷信思想嚴重，不免對此事信以為真，愚民愚眾從者無數，到處逼著孕婦喝藥墮胎，又把打掉的死胎全部扔進一處山溝，害死了許多無辜性命。

後來有個獵人，平時以砍柴射獵度日。某天他在山裡追趕一隻白兔，迷路鑽進了一處山洞，發現洞中白骨森森。正驚慌失措之際，見洞穴深處白影閃動，他立即以手中獵叉擊刺，如中敗革，上前察看，才知道居然刺死了一隻灰白色的老蝙蝠，從那以後附近再沒丟過小孩。

有人說這隻老蝙蝠是混沌初分時，天地間一股惡氣所化，專門吃人，又化為老者在市上妖言惑眾，騙老百姓用藥墮胎，扔進山裡供養牠，若再修煉百年，軀體由白轉為赤金，那金剛羅漢也降伏不住牠了。肯定是大慈大悲的觀世音菩薩顯靈，讓兔子引著獵戶進洞，為黎民百姓除了此害。

可見佛天甚近，真是救苦救難，否則若無佛法周全，憑他一個山裡的獵人，怎麼有本事殺得了那洞中的千年老妖？

這位獵人得了白蝙蝠屍體，其事蹟被廣為傳播，便有幾個洋人用錢買了回去，製成標本放在了自然博物館中，一直保存到了今天。

這種傳說八成都是虛構的，可能獵戶捕到基因發生突變的白化蝙蝠，轉賣到外國人手中製成標本是真，其餘的皆不可考證了，多半是傳來傳去的小道消息。

落洞

湘西三大古謎，分別是「趕屍、巫蠱、落洞」。其中以「趕屍」和「巫蠱」流傳最廣，誰都聽說過幾段，唯有「落洞」知道的人就少了。

單從字面上理解，「落洞」似乎是指人掉進山洞了，其實並非如此，不是人掉進山洞了，確切地說應該是魂掉進山洞，而且只有女子才能「落洞」。苗語的一種說法是「抓頂帕略」，另一種是「了滾巴」。「抓頂帕略」意思是「天崩地裂」，它包含兩層含義，一是從地平面陷下去，與周圍隔開；二是指心靈與外界隔絕，進入另一個世界。

湘西地區洞多林深，所以土人對洞穴有種很原始的崇拜，認為萬物有靈，任何自然物背後都有一個超自然的靈的存在，所謂「山有山神、樹有樹神、水有水神、河有河神」，而幽暗神祕的洞，一定有著「洞神」存在。

當地有種「探洞找金脈」的行業，比挖墳竊寶還要神祕，千百年來演繹出了無數驚心動魄的傳奇故事。湘西山區以溶洞為多，溶洞屬於喀斯特地貌，地下洞穴都是被水流切割侵蝕而成，結構比微血管還要複雜，跟迷宮一樣幽深難測。凡是到洞中探尋金脈，都要在開啟洞穴前祭祀山神，此事必須由金洞的洞主來主持，最關鍵的環節是念「開山啟動咒」。這種古咒代代相傳，但只能單傳，不能讓金客們都知道，一夥金客只有一個頭兒，只有這個頭兒才知道開啟山洞的咒語，如果同一夥人中有兩人知道咒語，那必定會拆夥。咒語大致是：「東南西北眾硍神，指點弟子造金硍；海裡龍王送仙水，西天佛祖賜硍柱；梅山兄弟抬岩來，魯班師傅分墨斗；山有山神、洞有洞神，山神洞神七十二路神仙，關照弟子洞煞不犯、山煞不犯，七十二煞天煞、地煞、水煞、火煞、土煞，煞煞不犯……」

女子是不敢進山找金脈的，因為在偏遠的湘西地區，有無數大大小小的神祕洞穴，進而形成無數的溶洞和天坑。山洞因其慣有的黑暗、幽深、潮濕而顯得更為詭怪，每當山風掠過，彷彿能聽到冥冥中傳來洞神的呼喚。如果一個年輕女孩進山後突然進入癡迷狀態，那多半是被洞神的幻象所迷，也就是丟了魂。

落洞的女孩子十之八九必死無疑，偶爾也有能活著回來的，但也會變得癡癲，活不了多久就會死去，她的魂魄彷彿已被洞神勾去了。這女孩子的父母遇上此事也無可奈何，只能將其喜愛之物作為陪葬，放在洞口焚燒，算是為女兒辦了個體面的葬禮。

誘人殉葬

用活人給死人殉葬，是中國古代一項殘忍野蠻的制度，秦漢以前有所收斂，往往代之以木俑、陶俑。秦漢以後就很少有人殉葬了。

不過根據有關野史記載，人殉之風直到明代還沒有徹底消除。明太祖首開先例，明英宗結束了殉葬制度。之後清代皇太極、順治時期都存在殉葬，直到康熙時期才結束了殉葬制度。朱元璋死後曾有很多妃嬪殉葬，葬在哪裡卻是未解之謎。不過明代的殉葬制度比秦漢以前的多了一層欺騙色彩。對於被殉葬的妃嬪宮女，朝廷從精神物質上給予褒獎。明孝陵的殉葬妃嬪，都得到了在孝陵殿內設置的一個「龕」，供後人祭祀。

最早誘人殉葬之事，可追溯到戰國時期的吳王闔閭。闔閭有個女兒，他溺愛無比，只差摘下星星和月亮給女兒，寵得不得了。

某天有民眾獻上一條罕見的白鯉，闔閭大喜，吩咐烹為魚羹，自己先吃了一半，然後就把剩下的拿給女兒。

誰知女兒見吳王這樣對待自己，居然立刻大發脾氣：「父王把剩下的一半魚給我吃，這是侮辱我，這樣活在世間真沒意思。」隨即在房裡上吊自盡了。

吳王聞訊十分悲痛，便在國都城門外，修建了一個巨大的陵寢，用於厚葬女兒之用。當時吳王命人在墓中開挖池塘，大舉修建地宮，而且用上好的石料雕刻上花紋，作為女兒的棺槨，又在墓中放了很多金鼎玉器、珍珠瑪瑙、綾羅綢緞作為女兒的陪葬之物。

舉行葬禮的當天，吳王請了很多舞者走在大街上，並且還叫人抓來數隻白鶴放在其中。舞者與白鶴在街上相映成趣，翩翩起舞，引來很多百姓駐足觀看。殊不知，吳王陰謀詭計剛剛開始。

過了一陣子，圍觀的百姓越來越多，吳王悄悄叫人在舞者隊伍前面領路，將隊伍及百姓引向女兒的陵寢。沿途觀看舞鶴的百姓不知道自己已經中計，一邊與舞鶴隊伍高興地手舞足蹈，一邊沿路跟隨行進，不知不覺走進了吳王女兒的地宮。

隊伍末尾剛剛進入墓道，吳王突然叫人啟動機關，放下了萬斤石門，把隊伍裡的人以及百姓通通掩埋在了墓道裡面，任憑他們怎樣哭喊哀求，一律置之不理。無數活人連同白鶴一起悶死在了墓中，做了他女兒的殉葬品。後來此事被人知曉，舉國上下無不切齒痛恨。

地窖

民國初年，傳聞山西平遙一帶發現了一片墓葬群，而且大多數是王公貴族的墓穴。各路賊人聞風而至，都準備在此地大幹一票。其中有兩個外來的土賊也混在其中，想趁這大好時機，撈上一筆。

這兩個土賊來到當地後，就立刻找了一個偏僻的村子落腳，隨即便與村裡人聊天搭訕，打聽附近有沒有大型墓穴可盜。村裡人說：「離村不遠處好像有一處墓穴，不過不知道葬的是何人。只知道來過幾批盜墓賊，進去後就全都沒再出來過。人們都說他們是被那墓裡所葬之人的鬼魂捉住了，所以沒有人再敢靠近半步。」兩個土賊聽罷，當即決定去看看。

某天傍晚，兩個土賊來到了村裡人所說的墓塚位置，找了沒一會工夫，便在一個小坡後面發現了一個盜洞。兩人大喜過望，立刻鑽了進去。沒爬多遠，就摸到有磚擋住了去路，其中一個人用手撫摸磚面，感覺到上面凹凸不平，乃是刻著花紋的古磚，他立刻明白了，這是一座古代大墓，裡面肯定有數不盡的金銀財寶。兩個土賊爬出盜洞，隨即又擔心起來。因為他們想用炸藥炸開石壁，又不知道炸藥的分量比重，害怕炸塌了洞穴而前功盡棄。因此兩人決定等到白天，再找別的途徑入墓。

隔天一早，兩個土賊來到附近察看，見墓穴不遠處有戶人家正在做飯，就走了過去。其中一人走到門口，見屋外有一個存放甘薯的地窖極深，而且方向正是指著墓穴所在，便把這個情況告訴了同夥。兩人商量了一番，便決定買下這戶房屋，用以掩飾盜墓行徑之用。雙方談妥了價錢，屋主搬離住處後，當天晚上，兩個賊人便從地窖進入，開始向古墓的位置挖掘盜洞。

他們爬進去後，越挖越黑，不但找不到先前摸到的石壁，反而感覺呼吸越來越困難。就在兩人想倒退回去時，卻怎麼爬也爬不到出口，最後兩人都活生生地悶死在洞穴裡面。知道此事的人都說，這兩個土賊也是被墓中鬼魂奪了性命。

其實人們有所不知，地窖裡貯存的甘薯和我們人類一樣，全是由很小的細胞組成。甘薯被貯存時細胞還活著，它們也會呼吸，而且它們吸進的是氧氣，呼出的也是二氧化碳。在封閉的地窖中，氧氣很快就會被甘薯吸盡，而它們所釋放的二氧化碳也會越來越多。人如果突然進去，由於裡面氧氣逐漸減少，時間長了，就會被悶死在地窖中。但是之前提到的幾批盜墓賊，是不是也因為這種原因而死在了墓中，那就不得而知了。

隱人蛇

當年雁蕩山裡有個樵夫，常到深山老林中砍柴採藥，遇到了不少稀奇古怪的事情。這樵夫年輕的時候初次進山，覺得周邊的樹木多是初長新成，即便砍回去也賣不了幾個錢，因此帶上乾糧，獨自一人走進山林深處，尋找一些高大蒼健的老樹砍伐。

不知不覺走到了一個洞穴前面，洞口處佈滿了各種動物的屍體及枯骨。樵夫見狀，暗覺頭皮發麻，滿身冒出冷汗，心想：「這搞不好是山中猛獸的巢穴。不可逗留，必須儘快離開，否則可能會喪命於此。」他想到這剛要轉頭，聽到洞穴裡發出一陣「沙沙」的聲響，一條大蛇從裡面爬了出來。

只見此蛇足有兩米多長，蛇身有如粗壯的樹幹一般，雙目赤紅，全身鱗片泛著青銅色，一眼看去，就好似銅鑄的一般。樵夫驟然看見大蛇，頓時嚇得坐在地上，全身不停地發抖。大蛇也雙目注視著他，吐著舌頭慢慢向他靠近。樵夫一邊後退，一邊暗自琢磨：「此時與其坐以待斃，被牠吃了，不如捨命一搏，也許還能拼出一條生路。」於是他握緊手中利斧，鼓足勇氣撲了上去，與那條大蛇纏鬥一起。

樵夫抓住蛇頭、緊閉雙眼，揮舞著斧頭亂揮亂砍，經過一番惡鬥，樵夫竟僥倖將大蛇劈成了兩段，而他自己也受了傷。樵夫走到旁邊靠著石頭坐下，看著長蛇的屍體，無意中發現此蛇竟然長著腳足，從前到後共有四隻腳，樣子頗為奇怪。他心念一動，打算把這怪蛇帶出山裡，給村裡人看看，說不定還能換些米麵。他隨即起身砍斷了一棵樹木，把兩段蛇身纏繞在樹枝上捆好，扛在肩上踉踉蹌蹌地走出了山林。

正走在半路上，迎面撞見一幫巡山的官差，樵夫急忙跑上前去說道：「我在山中殺死了這條大蛇，蛇身竟有四足！」

然而那些差官臉色驚異，好像聽到了樵夫的聲音，面對面卻看不到他在哪裡，紛紛喊道：「你在哪裡？出來讓我們看看。」

樵夫一驚，說道：「我就在你們面前，怎麼你們看不見我？」隨即把蛇丟在地上。這時，樵夫的身形才在眾人面前顯露出來。

後來樵夫跟著巡山的差役們一起回到了村中，眾人聽他們訴說事情經過，皆是大為吃驚。其中有一位上了年紀的老者說道：「此蛇生時不能自隱其形，死後乃能隱人之形，並且身上長有四足，一定是這山中的妖物，不能存留。」於是樵夫就與村裡人一起，把這條大蛇拖出村子，一把火燒的乾乾淨淨。

安土鬼城

在中國古代的木工行業內，有一種叫魯班鎖的技藝，俗稱榫卯。那時建造亭臺樓閣，會此技藝的木工，會把建築用的木材兩端以及中間挖出凹槽，或者打出凸緣，再把這些木料一塊塊按照圖紙上各個部位的需要，錯落有致地拼接組裝起來，就好像搭積木一樣層層累加，把建築搭建而成。整幢建築不用一枚鐵釘固定，依然可以堅固無比，屹立不倒。只可惜如今這種絕技早就已經失傳，代替它的是鋼筋水泥、石塊磚瓦。

那時，鄰國日本的木工也同樣用此法搭造建築，只不過名稱不一樣。用此技藝搭建而成的建築，首屈一指的當屬日本戰國時期，一代梟雄織田信長的住所——「安土城」。

這座安土城位於日本滋賀縣的安土，整座城修建在一個海拔一百多米的山頂之上，從上到下一共七層，總共六十五米高。城下修建了一條寬闊大道，道路兩旁建有民居、寺廟和武將的住所。由於織田信長生平十分喜歡西洋的天主教，所以在城樓頂端建造了一處閣樓，織田信長親自為其取名為「天主台」。整座城多為木質結構，而且是以榫鑿形式搭建而成，不曾用一釘一鉚。

據說當時，織田信長曾在全國選拔築城的建築師，各地優秀的工匠都前來競選，最後，織田信長選用了一個名不見經傳的鄉下工匠建築安土城。本來預先計算，建築此城需要花費五年的時間，但織田信長硬是要把時間縮短，改為三年建成。在這三年中，為建造安土城共花費了一千多億兩黃金，動用了一百多萬名工匠，用掉了四萬多棵木材，主樑木材樹齡高達兩千五百年之久。建成後，織田信長只在裡邊居住了短短不到三年時間，就遭遇了本能寺之變，死在了他鄉，安土城也遭大火焚毀，日本歷史上第一名城從此煙消雲散。

對於安土城的消失，日本民間還存在著另一種截然不同的說法。相傳織田信長攻打毛利、武田、上杉等各路豪傑時，肆意殺戮，積怨甚多，被其殺死的冤魂不計其數。所以在其建成安土城後，所有的冤魂集結於此，詛咒織田信長本人及這座豪華壯麗的名城，最終不僅帶走了織田信長，也把這座安土城在一夜之間變得蹤影全無。以至於直到今天，還有人把這座消失不見的日本古代名城視為「鬼城」。

乾坤袋

算卦的都是江湖手段，歷來偽多真少，但必須透過一些方法，讓人們覺得神妙無比，才會心甘情願地掏錢上當。

據說舊時有一位算命先生，人稱「馮半仙」，每天在大街上擺一張桌子，上面放著紙筆、銅錢、竹籤等物品用以占卜。他有時候是真按照生辰八字、周易八卦來推算你的運程，但一般不準。神驗的則必然是用了某些手段，這位馮半仙主要透過「乾坤袋」來算命。

用這種方法行騙的人，會在攤子旁邊擺上一個麻布袋，裡面鼓鼓的也不知裝了什麼，如有人前來問卦，他會先聽其口音，推斷此人來自何處，然後觀察外貌特徵、籍貫年齡、穿著舉止，推斷來者家境貧富，是念書或是行商。如果是衣衫襤褸沒什麼油水，馮半仙就會找藉口將其打發走。

如果遇到有錢的主顧，馮半仙就會故弄玄虛地說：「人皆有命，造化窮通，冥冥之中全是定數。閣下的命早在我這乾坤袋裡裝下了，如若不信，我們可以當場驗證。」

怎麼驗呢？就是讓來者把自己的生辰八字、住處、行業都寫在一張紙上，寫完後交給馮半仙，他拿起來從頭到尾念一遍，其間還會說一些大夥聽得懂或聽不懂的話。待其念誦完畢，隨手把布袋打開，從裡面摸出一張紙籤請來者觀看。

紙籤上寫的內容，諸如生辰八字、家裡幾口男女、有無子嗣之類的，都與那人先前所寫完全一致，要看紙籤反面的運勢，則要收卦金了，卦金因人而異，從無定數，貴有貴價，賤有賤價。馮半仙道：「您是貴人，至少十個大洋。」

那人不懂其中名堂，以為真是遇上活神仙了，任憑索要多少銀兩，都會不吝照付，請馮半仙往下批卦。

其實馮半仙的「乾坤袋」，乃是用了一個非常簡單的障眼法。在那麻布袋當中，往往裝著一個侏儒童子。馮半仙在念誦主顧所寫的生辰八字之時，袋子中的侏儒會以速記的方法抄錄在其紙上，其間算命人會說一些行業內的黑話，暗中告知袋子中的侏儒，他就會按照馮半仙所說，胡亂編寫一些運程災禍等。

等到馮半仙那張紙讀完，袋子中的侏儒也按照他的意思把所謂的「命紙」寫好了。馮半仙把手伸入布袋裡，拿出這張臨時記錄好的「命紙」讓顧客比對，如果有絲毫不一樣的，那才奇怪。

其實此種手段也不容易，首先要找一個既要能速記，又要字寫得好看，而且識字還要多的侏儒童子做徒弟。倘若找位不識幾個字的半文盲，那算命先生念到一半，乾坤袋中突然出聲叫道：「師傅先別念了，前面說的我還沒記住呢，另外……某某字怎麼寫？」這算命先生的攤子非讓人砸了不可。

破爛王

廢品回收站的大垃圾堆，可是處名副其實的「寶山」，經常有成群結夥的人，拿著棍子在上面亂翻。但這些人大多沒有眼光，揀出來的東西多屬於「回收再利用」的範疇，其實中華人民共和國成立後，從廢品堆裡翻出來的東西，還真有那驚天動地的國寶，其中不乏商周時期的青銅重器。當然現在是沒有了，這些事都集中在六十年代到八十年代之間，以「文革」和大煉鋼鐵時期最多。

當初隨著北京奧運城建規劃的實施，很多政府機構、文化事業單位也開始搬遷，大批早期的名人手稿、畫稿、書信、日記被當作垃圾處理掉，其實這些東西也都很值錢，但一般人怎能鑒別出來？那時有位姓趙的破爛王，是京城最大的舊貨買主之一，文化底子很深，很幸運地趕上了這一時期。經他親手淘出來的東西，就有周恩來的親筆國書、杜聿明在戰犯管理所寫的申請信、日本七三一部隊的細菌實驗報告、被茅以升親手炸掉的錢塘江大橋的藍圖、明代大書畫家董其昌的手稿、北洋政府大總統徐世昌寫的對聯……等等。

記得以前在北京潘家園舊貨市場，有個叫「邋遢喬二」的老爺子，當年常在潘家園混的人，多半聽過他的名號。喬二爺是靠收破爛發財，四九城裡收廢品的沒人不知道他。據說他是南方人，生下來的時候趕上打仗，家裡帶著他在一個被盜空的墳墓洞穴裡，躲了足有十多天，從那以後他那雙眼睛就跟夜貓子一樣，一到黑暗的地方就會發光，變成了無寶不識的賊眼。

他早年生活窘困，就憑這雙賊眼在成噸的廢品破爛中，一樣樣地揀出不少寶貝。這些寶貝都是文物，大多是「文革」時期失散在民間的，或是收藏者去世後，沒來得及對後人有所交代。當時普通老百姓在觀念上還不重視舊貨，大夥都喜歡日本原裝和美國進口，好多價格不菲的古董，都跟破報紙、舊書本和瓶瓶罐罐的破爛一起處理掉了。

喬二爺憑著家傳長眼的本事，從回收來的破雜誌中，發現了一幅乾隆御筆的扇面，從那以後他算是摸著門道了，專到充滿老宅院的老城區閒晃，收回了不少值錢的玩意，就到潘家園、琉璃廠之類的地方出售。那些古物販子見他屢屢出手不凡，都以為喬二爺是「盜墓」的專家，不禁對他刮目相看。因為冒牌貨滿街都是，真正的珍品，除了某些瞎貓碰死耗子的人有，就只有「摸金校尉」（盜墓者）手裡才有。古玩販子們後來才知道，這位喬二爺平時就是一位收破爛的，等到大夥都明白了其中的貓膩，從廢品裡淘金的日子也就算是到頭了。

瞎眼巨賊

清咸豐年間，京城有巨賊出沒，此人偷盜之術近乎通神，專竊富貴大戶，積下無數重案。那些富貴之家，無一不是堅壁高牆、重門疊戶，可是一旦被賊人盯上，宅中所藏的金銀珠寶就會不翼而飛。

官府緝拿雖嚴，竊賊依然猖獗，毫無收斂。衙門裡派出大批差役辦案，但是到處探訪無果，始終找不到可以破案的蛛絲馬跡。

捕盜衙門裡有個姓范的辦差官，是專司探訪賊蹤的捕頭，由於竊案接連發生，某天范捕頭又為此事受到上司責罰，估計年底的獎金徹底泡湯了，工作能不能保住都不好說。他悶悶不樂，就到兵馬司胡同旁的一個小店內飲酒。

其時彤雲密佈，大雪紛飛，范捕頭點了兩個小菜，燙上一壺老酒，坐在店中看著雪景自斟自飲。那天色猶如鉛灰一般肅殺，他酒入愁腸，心生感慨，不由得哼唱了幾句戲文：「彤雲低鎖山河暗，疏林冷落盡凋殘，往事縈懷難排遣，荒村沽酒慰愁煩……」

這時就看有個盲目老者，手持一條很長的木杖探路，步履蹣跚地從街前走過。范捕頭見這盲叟要走進一條巷子，那是條沒有門戶的死巷，他也是好心，在店中叫道：「老頭走錯路了，這巷子是條死胡同。」盲叟聞言點了點頭，應聲從別的道路離開了。

范捕頭沒把這事放在心上，飲盡了杯中殘酒，正想回家，卻見那盲叟又繞了回來，看樣子還打算走進那條死巷。范捕頭再次出言告誡，盲叟應諾如前，仍從舊路離去。范捕頭向來精明謹慎，他覺得這盲叟行跡有些可疑，就繼續留在店中想看個究竟，但守了一整天，也沒見此人露面。

若是糊塗人，這事過去也就過去了。偏巧范捕頭是位明白人，隔天他仍在原地蹲守，果然發現那盲叟又在街上現身，持杖走進死巷。范捕頭這回沒有聲張，而是悄悄尾隨其後，要瞧瞧這老人到底想幹什麼。

那巷子盡頭是某富商宅邸的後牆，只見那盲叟走到牆下，先是伸手摸索牆壁，然後用木杖測量牆簷高度，待到摸清了地形，就把木杖放到旁邊，解開褲帶在牆角撒尿。

范捕頭看見了這盲叟的舉動，斷定此人是個翻牆躍脊的飛賊，說不定京師最近發生的竊案皆是其所為。他暗中計算著可以先竊其杖，次擊其人，獨自拿住這個老賊，於是趁那老頭撒尿的時候，躡手躡腳走過去想把木杖偷走，誰知他兩手一抓那根木杖，竟嚇出了一身冷汗。

原來盲叟所持之杖，以生鐵鑄成，重達百餘斤，只是外層塗了漆皮，看著像是木製，任憑范捕頭使出吃奶的力氣，也移不動它分毫。

那盲叟聽到響動，發覺到情況有變，立即尋到鐵杖握在手裡，返身奔走而出。范捕頭呆在當場，等到回過神來追出去，早已不見那盲叟的蹤影。他明白此賊必有異術在身，恐怕難以力制，所以沒敢稟報官府，免得自找麻煩。

次日，有富商到衙門投狀報案，自稱夜間門戶不開，家中財寶已失，范捕頭確認地點，知道必定是盲叟所為，於是暗中查訪。後在騾馬市見到那盲叟持杖而行，范捕頭跟蹤到一個偏僻之處，看看左右無人，當下上前叫道：「先生的所作所為已被人發覺，還想裝作若無其事嗎？」

那盲叟冷笑道：「既被發覺，且聽其發落。」隨即伸出手來將范捕頭拽住，帶到一個酒肆中對飲，問其姓氏居址，以及管轄的地段。

范捕頭對這老賊心存忌憚，無不如實相告，坦言說自己和捕盜衙門裡的眾兄弟，也無非是混口飯吃，奈何凡事都受上官指派，處處身不由己，如今京師竊案頻發，這天子腳下，首善之地，不是外省可比，因此朝廷下了大限破案，實在是逼得太緊。先生如此手段，天下都能吃遍，何不先到江南蘇杭之地走上一遭，給京城裡的兄弟們留條活路。

盲叟聽罷，對范捕頭說道：「既蒙閣下相告，非厚贈無以為報，但此地不是談心之所。明天你到陶然亭下等我，我還有些緊要之事說給你聽，萬勿爽約。」雙方約定清楚，就此拱手作別。

「陶然亭」是北京南城的一個地名，就在現在的火車南站附近，發展到如今也都是高樓廣廈、人煙稠密了，以前卻荒涼無比，盡是一望無際的蘆葦蕩子，最為偏僻不過。

范捕頭隔天起了個大早，來到陶然亭等候盲叟，至夜也不見此人前來赴約，這才明白是被對方耍了。范捕頭暗恨起來：「我這好心好意全被那老賊當驢肝肺了，你說你涮羊肉片還能蘸著芝麻醬吃，涮我一個當差的有什麼用？」

真所謂「冤家路窄」，過了三、五天，范捕頭又在街上遇到了盲叟，他上前責問對方，那天為何爽約？

盲叟卻說：「我當天等你不來，只好自己找上門去，聽得你夫妻二人酣眠熟睡，因此未敢驚動，所有要言以及酬謝之物，皆已放在你家床榻之下。你要是不相信，回家一看便知。」

范捕頭愕然心驚，匆匆回到家裡，果然見床下插著一柄利刃，旁邊放著一個袋子，裡面有十根金條，還有一封密函。他揭函誦讀信中內容，但覺冷氣侵肌、透膽生寒。

盲叟在信中寫道：「老夫行徑既被汝窺破，本該殺汝滅口，但念及尚無深仇大恨，不想多造殺業，所以留下金條十根，酬報未宣之惠。今後休問此事，彼此互不相侵，你若心生歹念妄想，當以此利刃為鑒。」

范捕頭又懼又恨，從此對這些事守口如瓶，不敢洩露隻言片語。可是京城裡被盜的人家越來越多，官府怪罪捕盜衙門辦案不利，杖斃了許多差役。

此時有江南兩省的餉銀運抵戶部，那銀子都被做成元寶，十二個裝成一鞘，這即古時所稱的「皇杠」。當晚還沒來得及清點入庫，都堆積在戶部大堂上，四周派人守禦。早上開門一看少了兩鞘，上官為之震怒，密招五城練勇和九門差役捕賊，兵勇還沒調來就又丟了兩鞘餉銀。

差役們稟告上官，綠林之中歷來有兩等賊人，分別是「鑽天」和「入地」。「鑽天」的能夠翻牆過壁，穿天窗爬煙囪，專竊富室大戶；「入地」的則是挖地掏洞，做些穴墓盜寶之事。如今庫銀失竊，與京師今年發生的竊案相同，必是飛簷走壁之人所為，須於高處節制，倘若只把住前後門戶，根本防不住賊人偷盜。

眾官差和兵勇當即分成數隊，房前屋後到處埋伏，四周布下了天羅地網。范捕頭也在其中，跟著一夥人各持器械，守在附近屋頂上等待賊人現身。當晚月黑風高，忽見一盲叟胯下騎著鐵杖，左右兩臂各夾一鞘庫銀，形如鬼魅般從月下飛過牆頭。

眾差役見之無不大驚，一恍神的工夫，老叟已從伏兵身邊飛過。屋頂有個差役擅使銅鞭，當即掄鞭擊去。銅鞭打在鐵杖上立時折成兩截，那差役也被震碎了五臟，口中鮮血狂噴，從屋頂栽下。另有一名差役手持雙鐧，也在旁奮力阻截，一鐧打在對方手臂上，使那盲叟遭鐧傷墜地，差役自己則被掉落的鐵杖壓斷了兩腿。

范捕頭自從上次遇到盲叟，推測此賊會使妖術邪法，就每天都把妻子的天葵布帶在身上以防不測。天葵即女人的月經，與黑狗血同為穢物，據說能破妖法。此時他見盲叟跌落在地，放手丟掉銀鞘，拾起鐵杖欲遁，心想：「再不出手更待何時？」於是投出天葵布，正罩在盲叟頭上。那盲叟倉皇不知所措，被從四面八方圍上來的兵勇一舉擒獲。

經過嚴刑審訊，盲叟對京中大案悉認不諱，但被問及同黨下落，則至死不招，官府又問其兩眼何以致盲？這老賊聲稱：「因欲為盜，故自剜雙目，使見者不疑，否則早就被辦差官捉住了。」不久，後這盲叟就被押赴菜市口處以極刑，至今也沒人知道他的身份來歷。

山蠍子

湘黔交界之地山勢險阻、人跡罕至，覆蓋著大面積的原始森林，各種神祕離奇的傳說最多。據聞深山老林中最能要人性命的是妖精鬼怪，都是些活了百年的老狐狸，千年的蠍子、長蟲，諸如什麼古鶴、怪鹿也有。

這些傳說雖然近乎荒誕，但也確實有很多罕見罕聞的東西。曾聽一些當年參加過剿匪戰亂的老人說過，那時解放軍追土匪追到深山處，只見森林中濃蔭蔽日，老樹猙獰的枝幹橫空斜出，雜草叢中那一座座古老的石人、石獸、墓碑，還有不知是人是獸的森森白骨都在其間若隱若現，雖是光天化日，走到山裡也會覺得不寒而慄。

深山裡最致命的便是山蠍子，有不少解放軍戰士因此中毒犧牲。後來透過當地採藥人的指點，部隊才掌握了山蠍子的習性，有效避免了傷亡。

原來蠍子喜歡棲息於山坡石礫中、落葉下、坡地縫隙、樹皮內、牆縫、土穴以及荒地陰暗處，而山裡的蠍子不比尋常。牠們的外形更接近「黑琵琶」，山蠍子的繁殖期都是陰月陰日，這時候它們尤其喜歡往棺材裡鑽，棺中死屍中的屍毒氣息能使牠發狂，那時候山蠍子是最危險、最兇殘的。在湘黔交界看守義莊的人都知道這一規律，所以趕上陰年

陰月，都會在屋中所有的角落縫隙處撒上大量花椒。花椒能克蠍子毒，是它天生的剋星，只要有花椒，蠍子就不敢往裡面鑽了。

據說以前山谷裡有塊光滑平整的大青石，生滿了綠苔，趕路的人路過此地，都樂得坐在上面歇腳，圖個涼爽。但任何人坐完回家後就會暴斃，屍體全身烏青，一直查不出原因，久而久之，誰都不敢再坐在那裡了。某年有個販貨的年輕人，背著一大袋子花椒穿山而行，他是外地人不知利害，途中走累了就臥在青石上打個盹，醒來後發現麻袋旁全是死蠍子，都有巴掌大小。他出去將此事說給山民們聽，眾人才知道那塊巨石下藏了無數山蠍子，以前死的那些人都是隔著石板中了蠍毒，若非這年輕人背了一袋子花椒，此刻肯定也成了莫名冤死的鬼魂了。

山裡還流傳著一句諺語：「蠍子從小沒有娘。」是說山蠍子一輩子，只下一窩小蠍子，由後背爆開兩層，小蠍子都從老蠍子背裡爬出來，而且小蠍子的數量剛好是三十六隻，絕不會多出一隻，或少掉一隻。在民間另有一種說法，說山蠍子是屬骨牌的，因此骨牌恰好是三十六張，蠍子與骨牌一樣是上應天數，剛巧對應三十六天罡星宿。

另外也有說「山蠍子逢單見單，逢雙必見一雙」。日子是按陰曆算的，雙日子必定是成雙結對地出沒。其實這都是對蠍子習性認知有誤，就不足為信了。

褪殼龜

褪殼龜顧名思義，就是沒了殼的烏龜，關於此物也有不少民間怪談。只說在揚州有戶人家，家中所養的雞、鴨、犬、豬等家畜，經常會無緣無故地死掉，人們無不稱怪，卻沒理會過。某天有個乞丐，路過這家門前，就站在那兒看著這戶宅院，看了許久後問那家主人：「家中是否有家畜經常莫名其妙地死掉？」主人如實回答，並請教究竟。乞丐說：「此妖物作祟，我有術可破之。如果能僥倖成功，也不要其餘的酬勞，給我打一葫蘆酒喝便可。」主人欣然允諾。

乞丐隨即跟著主人，到宅中各處察看，走到廚房的時候，看見有一口大水缸。乞丐似有所悟，他瞪視了良久，告訴主人，宅中古怪都與這水缸有關。

主人聽其所言，買來豬肉一方，清湯煮到半熟，拿鐵鉤子從中穿過，繫了長繩繞到柱子上，將熟肉放到水甕旁邊，退到隔壁悄悄窺探。沒過多久，就看見水缸底下爬出一個東西，那物聞到肉香，便探首而出，張開血口去咬，結果被鉤子鉤穿了嘴，痛不可忍，急忙縮首欲逃，但繩子拴在柱上綁得牢固，一時間不能掙脫。

乞丐立刻進去，將水缸下的怪物捉住給主人看。那活物遍體深綠，長得像隻大壁虎似的，竟有一尺半長。觀者無不大驚，誰都認不出這是什麼東西。

乞丐說：「此物俗名褪殼龜，也叫日蜥，多虧被我遇見，此物化尚未久，還能輕易制伏；倘若再過一年半載，牠就能變化吃人了，那時已非人力可治，您家中滿門男女都得被吃掉。」

主人大驚失色，記起以前確實養過一隻大龜，已死去多年，尋思此物也許與之有關，就提起來詢問乞丐。

乞丐點頭稱是，接下來便按照主人所說去尋覓遺殼，果然在雞窩裡找到了。據推測是那龜無意中爬進雞窩，被卡在了其中，龜猛力向前，竟脫殼而出。

乞丐又告訴主人：「此殼為化骨妙藥，能去死肌腐骨，當妥善收藏。」隨即要來菜刀，將日蜥剁為肉泥，凡是地上血跡，一律鏟刮清除，盛在瓦罐裡，拿到荒山深埋。因為褪殼龜的血是劇毒，碰到誰的皮膚，那人就會化為清水，發作得很快，子不見午，午不見子。

主人一一遵循，事畢之後，擺出酒飯款待乞丐，又酬謝了十貫銅錢。從此家門安寧，恢復了往日的平靜。

聽地

古代王公貴族最怕的事，便是死後被人從墓中掘出形骸，再被盜墓賊摳腸撬嘴掠取珠玉。大概沒有比這更倒楣的了，所以古墓常以其詭祕才得以保存。據說元代流行的做法，是墓室故意偏離古墓的正規佈局，使盜墓者難以用傳統的「天鵝下蛋」之法，直接揭頂入內取寶，除非是運氣好，否則把整座山挖空，也未必能穴出墓室所在。

歷代盜墓之術，其實不單有辨別山形地脈，還可觀泥痕、觀土質、觀水流、觀草色，更有嗅土、聽地、問天打甲之術，若用此法，百不失一。

原來自漢唐以來，盜墓之風愈演愈烈，有世代相傳的盜墓賊，將盜墓掘塚的經驗逐漸積累完善，總結歸納出不少法門。例如觀泥痕、草色之術，如果見莊稼地裡，有某片莊稼與周圍的農作物相比格外有異，或較周遭莊稼茂密或稀疏、或高或矮，則必有古塚藏於地下，茂盛稠密者為漢唐之墓，稀疏低矮者為宋明之墓。蓋漢唐多用膏泥，而宋代之後多用墓磚之原因。這就是一個祕訣，有些盜墓賊便以這類方法找出過許多巨塚，掘出古代祕器，進而一夜暴富。

不過元朝古墓不合常理，就如同元代貴族古屍口中多半含有劇毒之物「駐顏散」，這在其餘的各朝各代中都不得見。元墓葬俗也是獨樹一幟，一律深埋不樹，觀泥痕草色之術在這裡是派不上用場了，而且沒有多年積累的經驗，便有可觀之處也觀之不出。

有經驗的盜墓老手，遇到這種情況，就不用眼睛和鼻子了，而是用耳朵去聽。他們往往能聽出古墓在地下的具體位置，但使用這個方法，必須要趁風雨大作、雷聲如炸之時，其餘的時候都不靈驗。

外人不知其中底細，以為凡是古墓必有異象，故將此術傳得神乎其神。實際上無論是聽雨還是聽雷，都是對於自然環境變化加以延伸的一種利用。比如，想找的元代古墓十之八九是在腳下，可盜墓賊根本不知其規模佈局，想要穴地而入，勢比登天。如果得了天時，這時候來場大雷雨，那麼以竹筒聽地，雷聲從地下傳導，聽其迴響之輕重緩急、沉悶頓挫、遠近高低，便可將地下情形聽得一清二楚。倘若候了多日，既無風雨也無雷，再有經驗的土賊，也只能獨自著急。

毒樹

武俠小說裡，常會講到各種毒藥，塗抹在兵刃暗器上，毒性厲害的可以見血封喉，沾上就死碰著就亡，尤以「鶴頂紅」為百毒之王。其實還有許多稀奇古怪的毒藥，也都是毒性猛惡，一旦中了毒就無可解救。

比如東北興安嶺山區有種野蜂，牠們一旦受到驚動便會傾巢而出，群蜂洶湧飛舞之際，望去猶如雲霧飄動，蔚為壯觀。大群野蜂振翅之聲在林間鳴動鼓噪，即使是山裡熊獅虎豹一類的猛獸，聽到這動靜也要遠遠避開。

此類野蜂會產「蜂溺」。「蜂溺」一詞是方術家所言，實則並非「溺」，也許是野蜂的一種分泌物，透明而無臭。一隻野蜂最多可分泌出一滴眼淚大小的「蜂溺」，而且只有在蜂巢起火之時，野蜂才會有「蜂溺」產生。

「蜂溺」本來無毒，但如果用野胡蔥汁與之混合，就能制為「巫毒」。塗於箭鏃，以之刺狸子，狸子走一步而死；以後用此箭射熊，熊中箭後同樣也走一步即死，倘若狸子走兩步而死，熊也同樣走兩步而死。其中原理外人難窺奧妙，現在這些土人巫毒已經失傳很久了。

另外還有一種古怪的毒液產自廣西，這種毒藥是用毒蛇的毒液調製，並且還要混合一種毒樹的汁液才能煉成，一滴就足以令人全身潰爛而死。煉製這種毒藥主要原料的樹汁，是一種名為「撒樹」的樹汁，「撒」在苗語裡是「漢人」的意思，這種樹是出產在廣西邊境深山中。苗人所用的毒箭，箭鏃上所敷的「見血封喉」的毒藥，就是用撒樹汁熬成的。苗山並沒有撒樹，他們要用重金向漢人購入，但漢人始終不懂撒樹的毒性。

直到雍正年間，廣西巡撫才深入苗山，探明了這種劇毒的製作方法。原來廣西諸苗之中，以獞苗之弩最毒，弩箭上塗的毒藥有兩種，一種是草藥，另一種是蛇藥。草藥雖然毒性猛烈，但熬成兩個月之後，就會失去藥效不再靈驗。而熬成了蛇藥，可以使用數十年之久。

不過單用蛇汁，其藥只能使人潰爛，中毒後仍有治蛇之藥可以救治。更有一種毒藥，其名為「撒」，以此配入蛇汁熬箭，射中人獸身體，劇毒會隨血液迅速流遍全身，華佗再世也難解救。聞此「撒」藥，是毒樹之汁，滴在石上凝結而成，其色微紅。此樹產於廣西泗城土府，自古罕見稀有，極為難得，苗山裡的獵人暗中買回去製成蛇藥，其價貴如黃金，一向被苗民視為至寶。

鬼廟

從前，在河北與山東交界的地方有一個村莊，因為是兩省交界，所以過往的人特別多。村頭有一座破廟，因為這個村子沒有客棧，凡是經過此地的外地人，幾乎都會借宿在此休息。有一次，一個外地商人借宿於此，來的時候還好好的，隔天早上人們卻發現他倒在地上，渾身抽搐，嘴裡還不停地說：「有鬼、有鬼！」沒多久就一命嗚呼了。消息很快傳開，鬧得村子裡沸沸揚揚。此後這座廟就沒有人來住了，鬧鬼的事情就這麼傳了出去。

某日，一個秀才從這裡經過，見天色已晚，他便想在此地過夜，四下尋找都沒有找到客棧，於是他來到了村頭的這座破廟，剛要邁進廟門就被一位過路的老大爺叫住了。老大爺擺擺手對秀才說：「年輕人，這裡可不能住啊！」秀才一臉疑惑：「此廟一無損壞二無人家，為何不可住？」老大爺說：「前兩年出了命案，然後此廟終日有鬼纏繞，進去住宿的人必死啊！」秀才搖了搖頭，對老大爺說：「感謝您相勸，我乃讀書之人，不信鬼神之說，我儘管住於此地，也好一探究竟。」

秀才不顧老大爺的勸告，毅然住在了破廟裡。天漸漸地黑了下來，他點上一支蠟燭拿起書，窗外不時吹進風來，燭光搖曳，秀才雖然不信鬼神，但不免還是有些害怕。就在這時，供台上突然傳來了「嘰哩咕嚕」的聲音，而且供台還在不停地搖動，聲音越來越大，像是要從此處變出來什麼東西。秀才剛想起身向外跑，轉過頭又想起來和老大爺說話時那胸有成竹的樣子，也覺得如果跑出去讀書人的顏面便會蕩然無存。

礙於面子，他鼓起勇氣，向供台處走去一探究竟。借助微弱的燭光，他赫然發現，在供台上發出聲響的居然是群老鼠。秀才不解，何來如此大的聲響呢？原來老鼠個個體形龐大，在老鼠的尾部都有一個將近拳頭般大小的疙瘩，一動起來便會發出這種恐怖的聲音。

隔天，村民們聽說在廟裡住了個秀才，都覺得會凶多吉少，一大早聚集而來，發現秀才依然在讀書，都很不明白地詢問他。秀才請村民拿來鐵鏟見鼠洞就挖，果然挖出不少體形龐大且尾部有疙瘩的老鼠，牠們一跑起來就會發出「嘰哩咕嚕」的聲音。原來老鼠偷油吃的時候把蠟沾在尾巴上，一跑又滾上了泥土，日子久了就成了這樣，這便成了「鬧鬼」的原因。

大銅佛

抗日時期，位於老天津衛東南角草場庵地帶有一座居士林。值得一提的是，居士林裡有一尊銅質的佛像，高約五米，相貌慈祥。佛像前設立了香爐，供人們燒香供拜，香火很旺盛。人們口耳相傳，只要在銅佛前拜一拜、摸一摸，身上疾病便煙消雲散，久而久之，銅佛其身光亮耀眼。至於銅佛的由來，還有一個傳說。

從前此地爆發了一場瘟疫，橫屍無數慘不忍睹，臨近的大夫紛紛前來一起救治百姓，疫情仍無法控制。恰巧一位路過此地的高僧一語道破，高僧說：「這並不是普通的瘟疫，而是瘟神作祟，若想控制住疫情，需鑄造一尊碩大佛像就可鎮壓住此劫。」

隨後百姓們找來了附近鑄造銅像的高手，準備鑄造一尊通體金黃的大銅佛像。但自打鑄造開始就非常不順利，連著幾次都白白地浪費了準備好的銅水。這些師傅急壞了，本來材料就緊張，這樣浪費最後肯定失敗。原料所剩無幾時，只見銅水在爐中翻騰，取樣幾次大家都搖頭，眼看就要失敗了。高僧恍然悟出了些什麼，縱身跳向爐內，霎時間爐火升騰，銅水翻滾。老銅匠心中震動，發出呼號：「鑄！」果然鑄出了一尊通體金黃的銅佛。

佛像鑄好後，疫情得到了控制，大家都說是高僧自己與佛像融為一體解救了百姓，大家就為銅佛設了香爐供拜。此後也有匪徒打銅佛的主意，但是一旦前來偷盜便頭痛不止，有的當場暈倒被官府抓了起來。

不久，日軍侵略到了天津，為了擴充製造軍械，他們不停地搜刮一切有用的金屬。日軍發現了這座大銅佛，一心想霸為己用。無奈一來日本也是個信奉佛教的國家，雖然是軍事行動，他們對於佛壇聖地多少有所顧忌；二來他們也想使用親民政策，不想因為這件事情和當地的老百姓發生衝突。於是日本人便想了一個計策，謊稱要將大銅佛移到一個安全的地方，修建寬敞的殿堂以供奉。

大家聽到這個消息，誰都知道他們不懷好意，但是也不知道用什麼辦法才能阻止他們，眾人都期盼著大銅佛可以像傳說那樣抵擋匪徒。到了日軍前來遷移大銅佛的日子，來了很多百姓圍觀。當日軍利用繩索鐵鍊牽拉的時候，大銅佛不知從哪裡溢出了鮮紅的液體，恰似鮮血湧出，動手的日軍各個倒地抱頭，一副痛苦不堪的樣子。這時百姓們歡呼起來，日軍不得已才停止霸佔大銅佛的念頭。

天力擊鼓

康熙年間，天津城裡有一人姓趙，家中排行老二，因此大家都叫他趙二。趙二年幼時家境富足衣食無憂，從小飽讀詩書，自視清高，壯年時一場禍事，家道中落。其雖學富五車、寫得一手好字，卻遊手好閒。沒有了清高的資本卻練就了一副厚臉皮，整天蹭吃蹭喝，但凡酒家商鋪一見此人，便像驅趕瘟神一樣四下哄散。每次被人驅趕，他便放下狂言：「我終有一日可成錦緞玉封之人，到時候求我也不來。」

這天官員們得知康熙皇帝南巡途經天津的消息。天津的官員們絞盡腦汁，如何迎駕才可博康熙皇帝龍顏一悅？

有一官員提議，北門外有一大鼓，是件古物，據說只有賦天力者方可鳴其真響，真響有萬人齊賀之聲，凡人只可鳴其原聲。逢跨年之時才擊此鼓慶賀，但從未聽過其真響。何不在城內張貼告示，尋覓些力大之人來試一試。凡能比跨年擊鼓時聲響大的，賞銀。如能擊出驚人之聲，不僅有機會面聖，而且還賞金賞地。告示一出，引來了十里八鄉的壯漢們，無不膀大腰圓、虎背熊腰，個個摩拳擦掌準備一鳴驚人。

眾人來到大鼓之前排起隊伍，等待官員吩咐前去擊鼓，趙二排在最後，大家看見他這等樣貌都笑他不自量力。反正趙二平日裡招人取笑已成習慣，也不以為然。眾人一個接一個地去擊鼓都連連失敗，到了最後一個就是趙二。官員們眉頭緊鎖，看他樣貌這麼弱，豈能擊出驚人之聲？無奈已無人來，便死馬當活馬醫了。

趙二來到鼓前，仔細地打量了一下大鼓，偶然發現在大鼓的邊緣有一個「啟」字，雖然已無顏色，但字的樣貌還是可以看得清楚。在字下面有一個撥動的機關，趙二將它撥動，鼓內傳出了一聲響動，隨後趙二掄起鼓槌使出渾身力氣敲擊大鼓，果然大鼓聲響似萬人齊鳴。前來的官員們都嚇了一跳，誰承想此人便是傳說中賦天力之人啊！

不久康熙皇帝途經天津，天津舉辦了一系列帶有地方特色的歡迎儀式，待最後趙二擊起大鼓，鼓聲連連如萬人齊賀。康熙也為鼓聲之大震驚，待知其緣由後便龍顏大悅，賞賜趙二黃馬褂及黃金萬兩。此後趙二便在天津城裡成了赫赫有名之人。其實他哪裡有什麼天力，只是在擊鼓之人裡只有他識字而已。

三打大褲腳

李鴻章因成功調解天津教案，被任命為直隸總督。督職時期，在津為其效力的親信皆為安徽子弟兵，包青頭布、穿紫操衣，褲腳寬二尺有餘，老百姓俗稱「大褲腳」。

這些來自安徽的子弟兵仗著李鴻章的名聲，欺壓天津百姓，調戲良家婦女，百姓們苦不堪言，但是混混從不懼怕。市井之人都是地頭蛇，所以這些大褲腳也不敢對他們怎麼樣。

有一個守城的哨官名叫尤常勝，幾年來東征西戰，從一個初出茅廬的小兵熬到了哨官，也有了些積蓄，眼看到適婚年齡卻無妻可尋，這次到了天津也算安頓下來，便萌生娶妻之意。

城邊有一農家，住著一個寡婦田氏，因離城門較近，一來二去也算熟悉了，攀談之中得知其有一女，現在親戚家，恰巧也到了出嫁年齡。這下尤常勝高興壞了，隨之討好便下了禮金，就等著姑娘回來擇日完婚了。

到了娶妻之日，尤常勝高興得手舞足蹈，以為自己抱得美人歸，草草地打發了賓客便一睹娘子之貌。怎知其妻樣貌醜陋、體形肥碩。尤常勝非常生氣，便誣陷此女並不是貞節之身，想休了她。

此女有一長兄田如豹，從小練得一身武功，也是橫霸一方的混混，聽說此事後，便來到尤家將尤常勝痛打一頓。雖然尤常勝也是武行，但畢竟不是他的對手，被打得鼻青臉腫。此後同僚安占得知此事惱火不已，覺得沒面子，找來了同營的武顯準備一起教訓田如豹。

他們和尤常勝設下圈套，讓他對妻子說：「如果你兄來此探視我，我便不計前嫌；如若不然，待我傷癒一定讓他死無葬身之地。」妻子聽後就跑去向她母親哭訴此事，田氏寡婦覺得不妙，就哀求田如豹使其前往探望，希望能化解此事。

田如豹應約而來，安占藏在屋門後，武顯藏在外面的草叢之中。剛一進門，安占便用棍子朝著田如豹的腦袋打去。田如豹身手敏捷，一個轉身將棍子握在自己手中，用力一棒將安占打暈在地，得勝後大笑一聲轉身出門，他哪知道還有武顯埋伏在周圍。剛出門時有些內急，便向房後的茅廁處方便，忽然見草叢裡探出頭來。武顯由於害怕撒腿就跑，還沒跑出去就讓田如豹抓了回來，將他按在糞坑裡，搞得狼狽不堪。

大褲腳三次都被田如豹暴打，斷了尋仇的念頭。老百姓聽後都大聲稱快。後來他們便得出一句話「發匪易平，天津混混難辦」。

案中案

清朝光緒年初期，天津南城一帶多為水溝荒地，空地分文不值，從外地來到天津謀生的、逃難的都聚集在此地，蓋起房子隨便佔用，也無人過問。

有一個姓董的山東人，帶著七個人來到了此地，其自稱七人都是家中兄弟，家鄉鬧饑荒來到這裡逃難。到後不久便找了一塊荒地蓋起間茅草屋，這些人在此居住，每個人都是三十歲左右相貌。按理說應該已婚有子，既為逃難卻不見他們攜妻幼老小一同而來，幾個男人相依為命，而且大門不出二門不邁，只有到了該吃飯的時候，才輪換著到東城去買飯、買酒，讓人覺得十分可疑。不過這幾個人相貌和善、傻頭傻腦，渾身黑黝黝的，毫無歹相，一看就是種地幹活的，居民們也就沒人懷疑了。

一日下午，董大漢提壺外出，打算去買些熱水泡茶，來到田家開的雜貨店，拿出一文錢對田掌櫃的說：「來一包葉子。」當時買茶葉需要在很遠的城外才有，所以雜貨店才代為零售，茶葉末一文錢一包，名為「滿天飛」。不過天津可不叫茶葉而叫「葉子」，抽煙的煙葉才叫「葉子」，煙葉也分四種——葉子、錠子、雜樣、蘭花，碾成碎末也弄成一包。田掌櫃按照天津的說法把煙葉賣給了董大漢。他哪知這是煙葉，接過葉子放在壺中，喝了起來。周圍的人笑成了一團，水的味道也不一樣。這時董大漢才察覺不對，便以為田掌櫃欺負外地人，轉身走進店裡，揮拳將田掌櫃痛打一頓，揚長而去。

店後不到五十步有一家打鐵的鋪子，打鐵漢姓何，身大力足，從小練就一身功夫，大家都叫他何大牛。他不喜歡外地人，自從姓董的占了荒地還蓋了房子，一直感到不滿意，聽說他們打了田掌櫃後大怒，來到董大漢的住處叫嚣，怎知其八人飛身外出，身著夜行衣，手持刃器，沒說話上前就廝打起來。何大牛功夫了得，八人都不是他的對手，反而讓他一一擒住，身受重傷。何大牛實在覺得這八人有些蹊蹺，就扭送至衙門。這一送不要緊，在嚴厲審訊下他們招了實話。原來他們在山東是幫悍匪，打家劫舍，此次出逃是因為截船殺人後暴露了身份，才潛逃於此，為了這一樁小事竟落到官府手中。何大牛也因擒賊有功得到了衙門的獎賞，原本是一樁鬥毆，誤打誤撞地掀出了案中案。

如出一轍

是非爭端起因無幾，財情二者不過如此。在《水滸傳》中有一百零八將，我想能讓人們記憶深刻的也不過十幾位，其中武松和武大郎算是大家熟知的，武松高大威猛、身手不凡，武大郎身材矮小、唯唯諾諾。武松為其兄報仇殺死了西門慶與潘金蓮，最後惹上官司被發配孟州。當然這些都是杜撰，但是在天津，有與武松、武大郎相似故事，但這事的起因是為了錢財。

乾隆年間，天津有兄弟二人——沈仲德、沈仲順。仲德身材高大威猛，能騎善射，一身好武藝，於乾隆五十九年中武舉。其兄沈仲順是個做生意的，身材矮小，視錢如命，十分吝嗇，凡是被別人欺負，只要是不丟錢財，從不與人計較。仲德有情有義，被大家以武二哥相稱，仲順自然被大家稱為武大。

仲順為人吝嗇加上頭腦靈光，在天津城也算是個有錢的商人，但還算不上什麼大富大貴之人。仲順在一次做生意的時候得到了一塊美玉，此玉色澤豐潤、潔白無瑕，其料型完整且渾然天成，是件稀有的古件。仲順一直對此喜愛有加，視為瑰寶。

城中有一富豪也是愛玉之人，他對玉的喜愛已經到了極致，但凡誰家有好玉，他都會想盡辦法將其據為己有，手段陰險。有十幾人就專門為他打聽這些消息。

富豪聽說仲順手中有一珍寶美玉，每日處心積慮如何把玉弄到手，他知道仲順吝嗇貪財，就出了一個合夥做生意的辦法。那個時候做茶葉生意並不是誰都做得來，一來風險高，二來管道窄但利潤頗豐。富豪托人找到了仲順打算一起販運茶葉，起初仲順也心存疑慮，但在富豪的吹捧誘惑下昏了頭答應下此事。

回到家中，他左思右想，覺得這件事情有蹊蹺，猛然想到原來富豪是打美玉的主意。隔日向富豪提出撤資的請求，誰知富豪不但不答應，還要仲順將美玉送出以抵違約的代價。仲順哪裡肯，富豪就令其手下一路追打討要，鄰家的小孩見狀跑去找仲德。仲德此時正在靶場射箭，聞得此事飛奔而至，見其兄已被打得一動不動躺在那裡，鮮血一地。仲德一怒之下拉弓就射，將追打的十幾名鷹犬射死七人，其餘倉皇而逃。

仲順不承想被打得一命嗚呼，仲德將家中事務料理好後，帶上兵刃來到富豪宅中尋仇，殺死富豪火燒宅院之後，隱蹤匿跡，再也沒有露過面。百姓們紛紛猜測，或許這沈仲德也效仿梁山好漢，上山當了草寇。

瓜園埋屍

炎炎夏日，西瓜算是最好的解暑水果之一。從前各地都有關於西瓜的比賽，到了西瓜收穫的季節，在集市上招募參賽的瓜農，看看誰家的西瓜好，不僅要大還要體態圓潤，不僅外形要好還要將瓜切開品嚐，優勝者會得到重金獎賞。不過不是每次的比賽都會皆大歡喜，就在一次西瓜的比賽中，牽出了一件離奇的兇殺案。

七月正值夏暑之時，驕陽似火，別說在外面走了，就是待著不動都會大汗淋漓。有一個商人從外地返鄉途中經過一片瓜地，此時他又累又渴，便在瓜地旁邊的大樹下坐了下來，拿出水壺喝點水，閉上眼睛想休息一會。一不小心將自己的錢袋露在了外面，就是這一不小心，給自己惹來殺身之禍。

瓜田裡有一個看瓜的瓜農，身材瘦小，渾身黑黝黝，一看便是個務農之人。但這瓜農可不簡單，曾經也是十里八鄉有名的惡霸，幾年前因強搶民女、掠奪錢財被官府通緝，隱姓埋名來到瓜田幫雇主看瓜，這一過就是幾年。過慣了紙醉金迷、酒肉佳餚的日子，這種辛苦的生活他當然不甘心，但也沒辦法。

平時瓜田來人不多，偶爾路過的人也都是窮苦百姓。這天正好他走出棚屋小解，看到了樹下休息的商人，見他睡得正熟，剛要轉身向回走，忽然靈光一現仔細觀察。此人衣著整潔、打扮體面，肯定不是窮苦百姓，那飽滿的錢袋露在外面，此番景象讓這瓜農起了歹心。

瓜農走向前，搖了搖商人說：「這位兄台，日漸西落，想必你是趕路回鄉吧？」商人醒來見有人來訪，便起身道：「正是如此，沒想到這一睡竟然睡了這麼長時間。」瓜農暗自竊喜，道：「前面須穿過一片樹林才有一村，想必你到達之時早已家家閉戶，且夜路危險。如兄台不嫌棄，可到我棚屋休息一晚，吃些便飯，明日趕路也不遲。」商人見如此，便欣然答應並連聲道謝。

這瓜農做事謹慎，須瞭解一番後再動手，飯後二人便攀談起來。瓜農以前也算見過世面，自然和商人聊得很投機。開始商人還有些拘謹，後來打消了顧慮，瓜農也瞭解了商人僅僅為商，並無其他背景，便伺機動手。他謊稱到後面的瓜地裡摘個西瓜來消暑，轉身進了屋，從棚屋中取出刀來，趁商人不注意從背後猛砍幾刀下去。商人猝不及防，當場死在了瓜棚前。

瓜農謀害了商人性命，將其隨身錢財以及值錢的東西搜刮一空，然後就在棚屋後的瓜地挖了一個深坑，把商人的屍體扔進去掩埋，清理好後連夜逃竄，消失了蹤影。

過了幾日，雇主到瓜地裡去巡查，卻怎麼也找不到瓜農的蹤影。雇主以為瓜農厭倦了這單調乏味的日子而另尋他路，但這不事先告知的行為仍令他十分惱怒，無奈之下只能自己看管瓜地，而這一年西瓜的收成並不好。

過一年，雇主自己看管瓜田有了明顯的起色，西瓜得了豐收。但在眾多的西瓜之中，棚屋後的一個西瓜格外大，體態豐滿圓潤，色澤也好。雇主感到很奇怪，按常理，棚屋後接觸陽光最少，怎麼會長出如此碩大的西瓜？不過他還是很高興，因為這樣就可以去參加西瓜比賽，說不定能拿個獎賞，此後對這個西瓜更加悉心照料。

到了西瓜比賽的日子，他割下西瓜，小心翼翼地抱到集市上去比賽，但凡見此瓜者都稱讚這次的頭獎得主非它莫屬。經過輪番篩選，此瓜進入了比賽的最後階段，就是切開品嚐，大家都翹首以待。不料這一刀下去，碩大的西瓜分切兩半，鮮紅的液體一噴而出，但顯現出的並不是鮮紅的果肉，而是血肉模糊的肉泥。這下驚呆了在場的所有人，馬上有人報了官。官府將雇主押送公堂審問，但雇主也道不出個所以然來，就將瓜的接種和收割說了一遍。官府人員豈能相信，便和雇主一起來到了瓜地。

到了瓜地找到那根藤，的確是剛割下不久，辦案的官員也對棚屋後能長出大瓜感到不解。但此官員經驗豐富，想了想或許和這土下之物有關，喚人來向下挖地一看究竟。挖了不久，商人的屍體顯現，奇怪的是屍身未腐，面目表情猙獰，而那條大瓜的瓜藤竟然是從商人的口中生長出來，此乃怨念而生替之申冤啊！雇主看後嚇得半死，哪知自己看瓜這些時日一直守在一個死人旁邊，驚恐之餘，他將雇用瓜農以及瓜農無故消失的事情稟明了官府，這才得以洗脫嫌疑。經他描述，官府確定瓜農就是被通緝的土匪。雇主也很自責竟引狼入室。

過了沒多久榜文招貼出來，此土匪瓜農終於被捕，擇日將處極刑。到了行刑之日來了許多鄉親圍觀，大快人心，如不是有這場賽瓜之會，那商人的冤屈又有誰能知曉？

接引童子

常聽老人說起古墓裡有「接引童子」，在墓中捧著長生燭，跪在棺槨前接仙引聖。據說凡是接引童子，都是十一、二歲的男孩，八字要陰年陰月，活著的時候灌進水銀，做成跪地拜伏狀，低頭閉目，神態十分祥和，燈芯則安在肚臍處，長長地探出一截。「接引童子」的肚子與身後的銅柱連為一體，以前在銅柱和人皮裡面可能都儲滿了油脂，能夠通過肚臍，一滴滴地流淌出來，可使長生燭千年不熄。

不過有這麼多古墓出土，從沒看過裡面還亮著燈火，被當作長生燭的接引童子，更是沒有發現過，大概也是從活人殉葬之事中衍生出來的傳說。

在希臘的考古工作者，曾經在雅典的遺跡中，發現一口祭祀用的水井。井底堆滿了金幣，還有許多人類屍骨的殘骸，那都是被人扔下去摔死的。因為古希臘人相信，將財寶和活人扔進井中，是一種對神靈的供奉。

另有一個關於木樁釘著乾屍的傳說，它的真實性就難以考證了。據說在明代有個盜墓賊老八，他一生盜過無數古墓，在蘇州盜墓的時候，曾經掘得一座大墓。墓道有數層高大的圓拱石門，門前立滿了石柱，柱上都用銅鏈鎖著死屍，個個面目如生，但是用手一碰，便化為灰燼。

人殉中最殘酷之事，莫過於用童男童女殉葬，與接引童子的形式差不多，但確有其事。這種風俗在明代之前都很普遍，洪武之後就不多見了，可見時代距離現代越近，那成仙不死的夢想，越被世人認為渺茫無望。

在山西的一處建築工地上，就曾經發現過用一對童男童女殉葬的古墓。據專家推測，此墓為宋元時期的古墓。這是一座保存相當完整的古墓，向南留一半圓形拱門，兩名殉葬的童男童女侍奉於墓室門外兩側，腦門中各釘有一枚鐵釘。弓身步入墓室的內門，可見地板由方磚砌成，室內一塵不染。墓室正面的土坑裡橫躺著三具屍骨，一男居中，兩女分居兩側，為墓室主人及其妻妾。左右兩側室壁上各有雕刻精緻的窗戶及虛掩的側門，拱門右側鑲有一突出的燈盞。

殉葬的童男童女，由於體內注滿水銀，所以屍體千年不朽，但也絕對談不上面目栩栩如生，實際上幾乎只剩下一層硬皮了，五官也都塌陷萎縮，而且死得很慘，表情自然也不會舒展安詳，那模樣應該是很難看的。

第三章

雲中古都

靈獼盜寶

清朝康熙雍正年間，江湖上出了個江洋大盜，姓郁，排行第四，人稱郁四爺，綽號「飛天蜘蛛」。此人本領高強，其手下黨徒甚眾，積案如山，官府拿他毫無辦法。各地盜賊作案劫得金銀財帛，自己留下七成，餘下的三成都要拿去獻給郁四爺。到他晚年的時候，已經積蓄了一座金山。

郁四爺思忖自己年事已高，這些年所得賊贓十世也花不完，應該急流勇退，以求得個善終，就決定在做壽那天金盆洗手，不再做這見不得人的勾當了。於是他廣撒英雄帖，邀請各地的親朋好友前來觀禮，並放出話去，希望大夥都來捧場，如有接到帖子不來的，那就是不給他面子，當與天下英雄共棄之。

那些江湖後進，既不敢違背老大的意思，又想長些見識，自是欣然前往。到了郁四爺金盆洗手的那一天，果然是賓客盈門，來者全是三山五嶽的豪傑、水旱兩路的英雄。主家大擺宴席，從廳堂到兩廊，總共鋪設了一百多桌，也不知宰了多少隻牛羊，打開了多少壇美酒。

群盜依序列而坐，大多是燕頷虎額的好漢，唯有上首末席坐著一隻獼猴。那猴體形甚巨，臉紅如血，一雙火眼金睛，遍體黑毛，唯獨頭頂溜光，好像剃度出家的僧侶一般，而且兩隻耳朵都被割掉了，腦側只剩兩個黑窟窿。牠竟然也會拿筷子夾菜，喝酒的時候，還能與旁人推杯換盞。

在座的群盜見此猴舉止奇異，都交頭接耳、議論紛紛，等到開席之後，眾人開始大吃大喝，也就沒時間理會那隻獼猴了。

酒過三巡，菜過五味，有個年長的老賊提議，說這次各地英雄齊至，席上滿是好酒好菜，實屬難得的盛會，奈何狂飲寡歡，沒有下酒的東西。咱們綠林中人性情粗魯，也不耐煩學那文人行酒令，不如各述得意事蹟，講到或勇武或奇異，凡是常人所不能為者，我等當共浮一大白以賀之。

此言一出，群盜齊聲稱讚，於是依照次序開始敘述。等輪到那猴子的時候，巨猴瞪起眼睛舉目環顧，好像也要說說自己的事蹟，奈何不會說話，急得牠抓耳撓腮。

這時郁四爺出言說道：「此猴與我半兄半友，今當盛會，我不能昧其勳烈。我都某膝下僅有一女，早已許配他人，金盆洗手後我要同這位猴兄隱遁山林，於俗世再無瓜葛，因此我要替牠述說平生事蹟，使之名傳後世。」

郁四爺說自己少年時，曾隨一位老道在峨眉山學藝。師傅所傳的刀槍拳棒，只親自演示一遍，郁四爺學過即忘。幸好深山裡有隻獼猴，常在旁廝耍，看了老道傳授的技藝，即可心領神會、過目不忘，還能撿起樹枝模仿。郁四爺便每天帶些果子、糕餅餵猴，跟其學習師授武藝。寒來暑往，這一人一猴日漸相熟，混得如兄似弟。

後來郁四爺藝成下山，結識了一群綠林好漢，專行劫富濟貧的事業。凡是遇到那高牆深宅的巨富之家，就蒙面持刃趁夜潛至，先派獼猴躥上牆頭。此猴疾如飛隼，翻入人家後躡手躡腳地撥去門閂，將群盜放進來大肆洗劫，縱橫數省，無往而不利。

平時郁四爺出入各地，都扮作耍猴的遮掩身份。有時住在客棧裡，不等他指揮號令，那獼猴便在天黑後自行出外偷盜，每次回來都是手握金銀、口銜珠寶。郁四爺必須取出果子、美酒犒賞，獼猴才把珠寶交給他，然後抵足而眠，雖在寒冬臘月，這猴子身上也如一團炭火。

有一次，郁四爺獨自出去辦事，途中行於曠野，恰是前不著村後不著店的所在。眼看天色陰晦異常，忽然北風怒號，氣溫驟降，大雪漫天落下，雪花都大如手掌一般，竟出現了百年罕遇的雪災。風雪幾天幾夜不停，郁四爺在山谷中被風雪困住，身體都給凍僵了，多虧那獼猴趕來接應，才把他帶出山谷。

日子一久，郁四爺有靈獼助盜之事，開始流傳出去。官府的鷹犬聞得訊息，就在各處路口暗藏眼線，專盯著耍猴的江湖藝人，終於在濟南府將郁四爺擒獲，關進深牢大獄，準備訊明處決正法。那靈獼機警，遭官軍圍捕時漏網逃脫。牠找到郁四爺的綠林同夥，那些強盜見獼猴孤身前來，急得上躥下跳比比畫畫，就猜到是郁四爺出事了。他們立刻召集各處豪傑，得獼猴相助，混入濟南府，天黑後到處縱火，趁著守軍大亂，砸牢反獄把郁四爺救了出來。

郁四爺述說這些事蹟的時候，四座寂然無聲，及聞「風雪逃災、黑夜劫獄」之事，群雄哄然喝彩，舉起酒碗相賀，獼猴也連飲數杯，婆娑起舞。

郁四爺卻說：「吾適才所述，還屬常人力所能為，不足以顯示靈獼異績。諸位看沒看到此猴額頂禿了一大片，兩耳也被利器割去？我把這件事蹟講出來，才真能讓天下英雄欽服。」

郁四爺說起了這件事情的經過。那時聖祖康熙還在位，有西域藩國進貢了一顆夜明珠，大如龍眼，精氣粲然，黑夜裡熄滅燈燭，從匣中取出此珠，其光芒可以在十步之內看清人的毛髮。聖祖視為異寶，交給了寵妃岫雲，囑咐妥善收藏。

某次郁四爺到九華山，見了幾個綠林道上朋友。眾人談及此珠，皆有欣羨之意，奈何深宮大內，戒備森嚴，誰有本事和膽量進去盜寶？

結果這番話被那靈獼聽到，牠目光閃爍，若有所思。後來路過京城，竟然趁著夜黑風高，獨自潛入紫禁城，在寢宮裡四處翻箱倒櫃，想盜走明珠，結果驚動了宮女，只好趁亂溜了出來。皇妃發覺有飛賊意圖不軌，就將珠匣藏在床榻之下，十幾名宮女輪值盯著，視線片刻不離，又請皇上調集了許多武藝高強的侍衛，埋伏在四周守護。

這靈獼也當真是賊膽包天，並不甘心失手，等幾天風聲過了，牠再次夜闖大內，這回事先偷了個炮竹。靈獼穿梁越柱溜進寢殿，湊到宮燈下用火燭引燃了炮竹。那些宮女和皇妃正在睡覺，驀地一聲巨響，頓時將眾人都驚醒了。她們不知出了什麼變故，還以為是震雷擊宮，群雌粥粥，亂成一團。

皇妃嚇得花容失色，卻還惦記著藏在床下的珠子，趕緊從暗閣裡取出，打開匣子一看寶珠還在，並未隨天雷化去，這才稍稍放下心來。誰知那靈獼躲在暗處窺得真切，突然躥出來，從皇妃手中搶走了寶珠，還沒等皇妃和宮女們回過神來，就已奪路逃出。

當時，大內侍衛中有個奇人異士，擅使獨門暗器血滴子，夜裡巡視到附近，聽到一聲炸響，急忙過來察看，忽見一隻遍體黑毛的巨猴從殿閣上躍過，就立刻放出血滴子擊殺。

血滴子這種暗器，用途近似殘唐五代年間的「飛劍」，樣子很像一個精鋼鳥籠，帶有鎖鏈，放出去的時候快速旋轉，會發出「嗚嗚」怪叫之聲，裡面則是許多牙齒一樣的利刃，如果套在人腦袋上，「咔嚓」一聲便會將人頭和身體分離，向來百無一失。

靈獼仗著身手矯捷、輕如飛鳥，僥倖逃過一劫，但兩隻耳朵和額頂頭皮，都被血滴子削掉了。牠血流滿面，吞珠入口，跳進護城河裡才得以逃脫。

郁四爺事後聽到坊間傳聞，又見靈獼頭上重傷帶回寶珠，才知道牠夜闖深宮，而宮人諱言此事，也沒有大肆搜捕。但郁四爺得了寶珠，終無大用，想出手變賣，又沒人肯出鉅資購買，最後就將此珠施捨於嵩山白鶴觀。因為那道觀中有座古塔，巍然高出雲表，除了獼猴，本事再大的飛賊也爬不上去，所以將寶珠安放在塔頂。

老祖宗

天津鄉下，大約離城十里左右，有座杜公廟，這是延用舊時地名，民國初年已找不到廟宇遺址了，也不知供的是哪位杜公，只留下這麼個地名。周圍數里，皆為桑園，園旁有幾間茅屋，住著個做小買賣的溫州人，當地人都稱此屋為溫州草棚子。後來這茅屋中的溫州人突然失蹤，下落不明，生不見人死不見屍。反正是個外來人，平時跟左鄰右舍接觸不多，這個人沒了就沒了，從來沒人過問，畢竟是民不舉官不究，下邊沒人揭發，上邊樂得糊塗。

取而代之，茅屋裡住進了個丐婦，也就是個乞討要飯為生的老太婆，估計年紀也有七、八十了，滿臉皺紋，口音含混，不知從何方而來。她住在空置的茅屋裡，每天撿幾根柴火，到園中偷些菜，再向人家討要些殘羹剩飯和破爛衣物，以此度日。

這丐婦眼神也不太好，雙目深陷，猶如不能見物，每次出門都要扶著牆壁或摸著樹，行路時顫顫巍巍，搖頭不止，經常自言自語，在嘴裡念誦佛號，特別喜歡哄小孩，遇到孩子就給些糖豆，自稱是「老祖宗」，非常慈善和藹。當地人可憐其孤苦無依，也就對其偷菜的舉動睜一隻眼閉一隻眼了。

某天，一位姓孫的鄉紳家中，走失了一個五歲愛子，家裡人到處都找遍了，一直不見蹤影，隨後當地丟失的小孩越來越多，大夥就以為是有拐帶人口的人販子，聯名報到官府上。官府查了很久也沒頭緒，胡亂抓了幾個外來的遊民，屈打成招頂了罪。但人口失蹤的事仍在持續發生，案件懸而難決，搞得人心惶惶。

那時候穿便衣偵查辦案的部門，俗稱「採訪局」。當中有個姓胡的探長，他報告局長，本地拐帶人口的案件，恐是「老祖宗」所為。因為胡探長無意中見到，「老祖宗」提的竹籃裡，有一隻小孩的繡鞋，被用來當作吃潮煙的荷包。如今吃潮煙的少見了，以前除了吸的紙煙、旱煙，還有種煙膏，可以抹到嘴裡直接咀嚼，這就叫「吃潮煙」。局長不敢怠慢，忙命胡探長帶領幾個採訪局的便衣隊員，暗中跟蹤「老祖宗」，看其所作所為有什麼反常之處，儘量找出確鑿證據，一有發現，立刻緝拿歸案。

胡探長領命，挑了幾個精明能幹的得力手下，布控在茅屋附近，他親自潛蹤盯梢。這天就看老祖宗和往常一樣出門，一路在田圃中偷瓜竊菜，偷到的蔬菜都放到左手挽的大竹籃子裡，每路過人家，便哀聲乞討，中午就在桑園附近休息。她伸手在蓋著粗布的籃子裡掏了半天，摸到一個破舊的洋鐵罐子，揭開蓋子，捏出幾根小孩的手指頭，放進嘴裡「嘎吱嘎吱」地咀嚼，連骨頭都不吐。看得胡探長和幾個便衣汗毛豎起：「這老婆子是人嗎？」

採訪局的便衣擔心暴露行蹤，不敢離得太近，遠遠窺見那老婦手中的洋鐵罐子，除了小孩手指，還有很多蠕動的黑色活物，無外乎螞蚱、蜈蚣、蚰蜒一類，嚼完了手指，又抓出一條大壁虎，放入嘴中。就聽那壁虎「吱喳」之聲不絕於耳，「老祖宗」邊嚼臉上邊顯出甘美回味的神情，並拾取地上苦草為佐料。

胡探長看得心驚肉跳，但離得有些遠了，也不敢確定此人吃的就是小孩手指，也許那東西是陳皮梅牛肉乾。但這妖婦行跡鬼祟可疑是不必說了，倘若任其將洋鐵罐子裡的東西吃光，可就沒有證據了，想到這裡，他立刻跳出來，喝道：「老賊婆，如此賊頭賊腦，閃閃躲躲，卻在此偷吃什麼東西？」

老婦沒有防備，吃了一驚，旋即鎮定下來，連連念誦佛號，聲稱自己今天沒討到飯，餓得受不了了，不得不吞幾條壁虎充饑，並向採訪局的便衣們乞食果腹。

便衣們翻看老婦手中的洋鐵罐子，除了螞蚱、壁虎，已經沒有小孩手指了，估計剛才都被她吃光了。胡探長辦案多年，經驗很豐富，遇事也十分果決，命令手下抓住老婦，盯緊些別讓她跑了，帶到其所居茅屋中搜查，必有所獲。

於是押著老婦來到茅屋草棚內，只見屋中有很多小棺材板，還有不少小孩的衣服、鞋子、長命鎖等物，地下埋了無數吃剩下的蛇皮、龜殼、死人骨頭。此外屋角還有一口瓦缸，上面壓著石頭，揭開一看，其中竟是三個小孩腦袋，混以蛇鼠肉及辣椒、蘿蔔等物醃製。胡探長等人縱然辦過很多血淋淋的命案，見此情形也感覺到慘不忍睹，當即稟明上官，將老婦拘押在牢中審訊。

誰知這老婦被官府捉住之後，只是咬牙切齒，任憑上官如何逼問，她始終是一言不發。剝掉衣衫嚴刑拷打，也仍舊悶不吭聲。最令眾人感到奇怪的是，這七、八十歲的老太婆，其面容老邁枯槁，身上的皮膚卻格外雪白細嫩，竟與二、三十歲的年輕女子無異，拿鞭子抽上去，留下一道道血印，不多時便又平復如初，不知是不是吃小孩吃多了，練就了返老還童的邪法。官府動用了各種酷刑，一連過了幾遍堂，竟沒問出一句口供，最後只好定了個謀財害命之罪，五花大綁遊街半日，下午押赴刑場執行槍決，並且梟首示眾，以儆效尤。

以前提到過河南開封的「厲種」，與這老祖宗十分相似，應該屬於同一類人，不知道是天生異質，還是後天練成了妖術邪法。

太湖志異

有言道「太湖八百里，魚蝦捉不盡」。在大清順治年間，某個漁人為了奉養老母，在這太湖邊上蓋了兩間茅屋，每天天不亮，他就駕著一葉扁舟，到湖上捕捉魚蝦。

這一年江河大旱，湖水變淺了很多，漁人動了腦筋，別人仍是駕船到湖上撒網，他則獨自來到岸邊，沿著湖岸摸索，撿拾了不少螺蚌，還順便捉了些魚，收穫頗豐，都裝到竹簍裡拖回家中。不知不覺天色已黑，他趕緊到廚下張燈煮酒、烹螺燴鯉，整治好了飯菜請老娘一同飲食，娘兒倆邊吃邊閒話家常。

漁母說：「兒子，你現在也二十好幾了，也該說門親事，你覺得哪家的姑娘合適？」

漁人嘆道：「如今人心不古，世風日下，枉我一表人才，自幼勤奮好學，加上錯別字足足識得五十七個大字，而且粗通音律，這在打魚的人裡也算得上是有點知識了。奈何咱們家錢少房小，一天不出去撒網一天就得挨餓，有哪家不長眼的姑娘願意嫁過來？」

漁母說：「你也是眼界太高，條件能不能放低點？」

漁人說：「兒雖貧窮，志氣卻不短淺，寧吃仙桃一口，不啃爛杏一筐。真要是找個豬不叼、狗不啃的蠢媳婦，那我還不如打一輩子光棍！」

正說著話，隱約聽到屋外有人抽泣，那哭聲斷斷續續，很淒慘。老太太心慌起來，放下碗筷說：「兒子，你聽沒聽到外邊有些動靜？快出去看看，三更半夜的，究竟是何人啼哭？」

漁人手捧燈燭出去轉了一圈，回來說：「娘啊，您是年老耳聾，這空山無人，深夜裡哪會有人啼哭？只是裝在魚簍裡的螺蚌吐涎之聲而已。」母子兩個吃完晚飯，各自就寢。

夜裡漁母做了個怪夢，恍惚中見到一個女子，眉清目秀，身上披著一件白斗篷，下拜泣訴道：「我潛身水府，修道一百餘年，從不為害於世人，昨日因湖枯水竭，偶然棲息淺灘，被令郎拾取，等到天明，不免有破身之慘，還望您慈悲垂憐，放我一條生路，倘得偷生，必圖厚報。」漁母詫異莫名，再想詢問詳情，驀然驚醒，這才發覺是南柯一夢。

此時東方已白，漁母匆忙喚醒兒子，講述了一遍夢中經過。那漁人本想早上起來，吃完了早飯，就把那些螺蚌拿到集市上販賣換錢，一聽老娘這夢做得蹊蹺，說不定是水族成精，托夢求救，身披白斗篷的女子一定是成形的蚌精。

漁人喜出望外，立刻告訴老娘：「兒久聞湖蚌成精，身上必然藏有大珠，剖蚌取珠可得巨富，這真是老天爺開眼，竟賜下如此富貴。今後咱們娘兒倆吃香的、喝辣的，再也不用受那風吹日曬的操船拽網之苦了。」

漁母猶豫遲疑：「我看那姑娘相貌俊美、舉止斯文，又向我托夢求救，為娘實不忍心看她在刀下慘死，你要是不想放了她，讓她給你當個媳婦也行。」

漁人急道：「娘啊，您真是老糊塗了，千萬別被牠的妖言所蠱惑，人妖豈可為伍？那生下來的孩子會是什麼怪物？再說這妖精在湖底修煉了一百多年，我才二十來歲，歲數也不般配啊！待我挖出珠子，把這茅屋漁船換成廣廈巨艦，還愁娶不到貌美媳婦嗎？」他越想越得意，當即取出尖刀，放在石上反復磨礪，就要剮蚌取珠。

漁母年老心慈，思量那蚌精修煉不易，以此致富，於心難安，但見兒子心意已決，便假意應允，讓兒子先吃早飯，然後剖蚌求珠。漁人一想也對，眼下天色剛明，陰陽初分，此時取出來的珠子必定晦暗無光，當即去灶下點火，煮了些隔夜的剩飯充饑。漁母趁這工夫，到屋外魚簍裡摸出體形最巨大的白蚌，拋到湖中放生。

漁人吃完早飯，拿著盆和板凳出來，準備取刀剖蚌，他打開魚簍察看時，發現少了一隻巨蚌，心知是老娘做的好事，頓足埋怨道：「娘一時疏忽，竟被那蚌精所騙，平時說您老糊塗了您還不愛聽。我這當兒子的，年復一年日復一日，不辭風波之險，到湖上撐船撒網，風裡來雨裡去，起早貪黑從不敢有半分懈怠，然而所得僅夠果腹，咱家這苦日子什麼時候才能熬到頭？好不容易盼得寶物入網，今後衣食無憂了，老娘您卻自棄富貴，試想那蚌精除卻一身之外，還有什麼東西可以報答咱家？牠定然食言逃命，再也不可能回來了。您兒子我正當壯年，長得又這麼英俊高大，只因錢少房小，至今未曾婚娶，估計這輩子再難有出頭之日了，您這當娘的也不免跟著我吃苦受累，難道您只心疼那湖蚌，卻不心疼我這親生骨肉？」說完蹲在地上，抱頭抽泣。

漁母看兒子涕淚齊下，也甚覺慚愧懊悔，心中惴惴不安。漁人抱怨了半天，但他為人還算孝順，也不能跟老娘再說什麼了，只好自己跟自己過不去，堵了悶氣，整天不飲不食，想起千金空逝，送到嘴邊的肥肉沒了，明天還要起個大早，駕船到湖上捕魚捉蝦，後天大後天乃至下半輩子都得這樣，此等生涯真是毫無趣味。他悵然不樂，到了晚上，恍恍惚惚做了一個怪夢。

那個披著白斗篷的女子托夢現身，漁人不依不饒，連叫：「妖精，還我富貴！」那女子對漁人施以萬福，說道：「我以一時貪生，使郎君母子懊悔，然而我曾許諾重金報答，一定多於你昨日所失，今後君須每日四更前後，駕船往湖中黿頭渚一帶，穿梭勿停，如見巨螺浮出水面，可潛蹤急取。此物喜逐光亮，畏懼石灰，你要準備好銅鏡和石灰、鐵珠，先以銅鏡映射月光，將它引至船邊，再投石灰使其不致逃遁，有大螺珠藏在其頂蓋之下。你取了珠子，然後一定要把鐵珠塞入螺內，仍縱之回歸湖底，不要傷害它的性命，如此萬金可得，勿忘我之所囑，切記切記。」

漁人醒來之後，將此夢告之老娘，母子俱是大喜，從這日起每天夜裡三更起身，駕船入湖，一連很多天，非但一無所獲，那湖風又凜冽，吹得人皮膚開裂。漁人凍病了，臥床不起，往常捕捉魚蝦的正業都給耽擱了。所幸有老娘到湖邊摸蚌挖螺，才算勉強糊口，得寶之心漸懈。漁人明白自己是被蚌精騙了，他暗自發狠：「遲早要把這妖怪寸寸碎斫，否則難出我心頭惡氣。」

冬去春來，不覺到了夏季，漁人漸漸將蚌精之事拋諸腦後，仍舊每天到湖上撒網捕魚，跟老娘過著粗茶淡飯的日子。

某天暴雨如傾，漁人船小，只好泊在湖心一個島嶼上，等驟雨停歇，雲開月霽，已是深夜三更，他怕老娘惦念自己，就趁著月色駕船回家，划到半途，忽見月光在湖中輝映，卻不是明月倒影，原來有個巨螺，正在水中沉沉浮浮，對月弄珠，過了一陣就沉到湖底，不見了蹤影。漁人沒帶石灰、銅鏡，懊悔萬分。

漁人至此方知那蚌精所言屬實，此後苦心觀察，逐步摸清了巨螺出沒的地點和規律，苦於沒個幫手，就帶上老娘，母子兩個夜裡住到船上等待時機。皇天不負苦心人，終於又見那巨螺從湖底浮出。漁人忙把銅鏡對向明月，將巨螺從水中吸引到船邊，投下石灰將其捉住，只見螺殼緊閉，便把它塞進了魚簍，得意忘形之際頭腦發昏，只顧著回家取珠，竟忘了蚌精托夢所囑。

這湖上本是風平浪靜，驀地湖風習習，水波漸興，小船在湖中搖搖晃晃迴旋打轉，任憑漁人母子竭力划槳，小船就是原地不動。風是越來越大，波湧大作，船隻就似風中飄葉，哪經得住這麼搖晃，一個浪頭打過來，母子二人翻船落水。漁人自幼生在太湖邊上，仗著水性精熟，且神志未亂，拖著老娘掙扎游上水面，僥倖攀到一塊船板才撿回了性命。

之後風定雲開，恰有一艘小船經過，母子二人高聲呼喚，被救到船上。舟行如飛，眨眼間就到了湖心島邊，漁人隱約中見到划船的是個女子，好像正是夢中所見之人。等他驚魂平復，揉了揉眼睛再看，惜已幻化無蹤，只有那小船還在，而這條船就是自己剛才翻掉的船。他和漁母悵然若夢，再看那魚簍中的巨螺，早已不知去向了，母子嘆息，都說人不得外財不富，奈何外財不富命窮人，無價之寶已拿到手裡，卻又得而復失。命裡有時終須有，命裡無時莫強求，這輩子就是錢少房小的命了。

此事流傳很廣，大多數人都相信確有其事。後來到了民國年間，湖中某個島上有幢別墅，位置偏僻，主人想轉售卻無人問津。他靈機一動，利用當地傳說，拉電線在後院裡裝了個燈泡，到夜裡就讓它閃爍幾下，然後藉故安排一位富商夜航太湖。那富商早聽說過這湖裡有巨螺對月弄珠，忽見那漆黑一片的島上有陣陣微光，還以為自己發現了重寶，趕緊找主人出大價錢買下別墅，舉家搬到島上抓那螺怪蚌精，著實費了不少力氣，結果自然可想而知。

凶石

水光瀲灩晴方好，山色空蒙雨亦奇。欲把西湖比西子，濃妝淡抹總相宜。

幾句閑詞道罷，卻說杭州舊時為南宋都城，湖光山色，天下無雙，江南寺廟最多，除了城外飛來峰靈隱寺香火最盛，城裡還有一座天承古寺。寺旁是好大一片宅邸，以泉石花木等園景著稱。主家位極人臣，顯赫一時，後來獲罪被誅，落得滿門抄斬。此後宅邸幾易其主，居者皆不得安寧，數十年後已是荊棘雜草叢生，蓬蒿沒人，牆壁坍塌，變成了無主的荒宅。

當時有個姓易的儒生，閒遊路過此地，聽聞此宅當年曾為宰相故居，就請隔壁一位園藝工人引路，到荒宅破園中瞻仰懷古，逐次看了樓闕遺跡，不免感慨萬千。一路行到後宅，見池畔雜草中有塊形狀奇特的石頭，重不過數十斤，結構靈奇，大小不一的孔竅多達百餘個，表面沾滿了枯苔，色如鐵銹。

儒生對這塊石頭愛不釋手，它看上去可能是塊太湖石，這種奇石講究的是「瘦、皺、漏、透」，窟窿皺褶越多，越有觀賞價值。他便打算帶回去做成盆景，屆時邀請親朋好友賞玩，也許還能被貴人相中，售以高價。

工人見儒生想把石頭帶走，急忙告訴他說：「此為凶石，留之不祥，你還是趕緊扔下它為妙。」

儒生搖頭不信，覺得工人只不過是個擺弄花草的匠人，字也認識不了多少，根本不懂欣賞奇石，何況一塊石頭，怎有吉凶之分，更談不上關乎人事。

儒生有意賣弄見識，就對著工人侃侃而談，聲稱我們讀書人可以在石頭中看到天地的縮影，這是憑藉眼前的景物，仰觀俯察，發現山林丘壑，而神遊物外，寄託情懷。你瞧這奇石呈現出的山嶽和洞穴，是歸隱山林的象徵或出世的寄託，在某種程度上暗合了道家或禪宗的觀念；石身堅潤的質地和敲擊發出的清越之音，則是儒家道德精神的化身。

工人沉下臉來說：「後生休逞口舌之快，老朽雖不及你讀的書多，但常年住在這附近，閱此宅興衰久矣。如今年老體衰，更是與世無爭，怎會用虛言誆你？你且稍安勿躁，先把石頭倒置在牆下，然後退開十步，仔細看看此石是何形狀。」

儒生將信將疑，放下石頭，後退了十步，定眼仔細瞧，石上除了孔竅眾多，也看不出有什麼怪異之狀，斥責工人這玩笑開得很沒意思。

工人卻說道：「你再退十步看看。」

儒生見看工人神色鄭重，不像是在說笑，只好再退開十步，心裡暗罵道：「最好是如你說的……」等他往那塊石頭上一看，頓時驚得面如土色。

儒生退到二十步開外，看清石頭上呈現出的輪廓形狀，心中訝異萬分，想不到這塊石頭竟如此可怕。他噤若寒蟬，半晌不出聲，好一陣子才問出一句話來：「這東西到底是什麼？」

工人對儒生說：「卻要問問你自己，剛才究竟瞧見了什麼？」

儒生定了定神，好奇問：「我看那石頭上孔竅密佈，卻像許多張死人臉一般，面目清晰可辨，莫非這些洞穴都是骷髏骨上的窟窿？」

工人點頭稱是，這塊石頭，乃是很多骷髏頭骨黏結而成。死人頭顱堆積在地下，歷時千年，枯骨逐漸黏化為石，與其說是石，倒不如說是骨，或稱骨石恰當，不知是從哪個萬人坑裡掏出來的，跟傳統觀賞石十分相似。儘管體量較小，但孔竅洞穴很多，能夠小中見大，而且質地非常堅密，皮殼蒼老滋潤。若在近處觀瞧，儼然是塊通透的靈石，不僅形瘦皺多、風骨嶙峋，也極具出塵之姿，紋路猶如閑雲流轉，意趣孤逸幽深。只有站在遠處仔細端詳，才會分辨出死人的骷髏形狀，它又哪裡是什麼太湖石了。

工人又說，這東西還有個奇異之處，誰家收藏了此石，它就能預兆宅中凶相。如果要死人了，孔竅中必有血淚流出，如有幼丁夭折，則流污水。這宅邸最初的主人對此物很是迷信，他購得骨石之際，正值富貴鼎盛，放在宅中觀察徵兆，意外發現石竅滴血，不久老太爺亡故，大夥以為凶兆已驗，便放下心來。誰知三天之後，骨石諸竅各穴一同出血，漫溢不止，家裡連男帶女上百口人，總不可能一起死掉，因此皆不知是何妖異。誰知過了沒幾天，主家受奸臣陷害，被污蔑暗圖謀反。結果朝廷降罪下來，也不分良賤，把這滿門男女老少，總計一百多口，全部押到街上開刀問斬。此後宅邸幾易其主，每換一個主人，骨石便顯出凶兆，每家都得不了好下場。

工人說：「這些事，都是老朽歷年來親眼所見，實在是邪得厲害，不可不謂之奇異，可見不是石能預示吉凶，而是這塊石頭能給人帶來厄運。我看你年紀輕輕，是個一表人才的讀書人，今後前途不可限量，不忍隱瞞不說，故此如實相告，勸你這後生不要引火焚身。」

儒生聽完大驚，哪裡還敢把這塊石頭帶回家去，就地棄於池中，對那看工人萬分感謝，這正是「聞言早覓回頭岸，免卻風波一場災」。

分水箭

天津地處九河下游，河道很多，其中有個地方叫三岔河口。據說早在清朝的時候，河水岔開之處，分為黃、藍、白三色，各色河水涇渭分明，顏色絲毫不混，算是地方上的一大奇觀。

雍正年間，津郊有個種瓜的老翁，他的瓜地裡長了個很奇怪的瓜，長白異常。一天有位南方客商經過瓜田，向老翁求購此瓜。老翁覺得這瓜長得老了，不適合食用，打算留著做種，所以不願意賣給旁人。

誰知那南方人卻出了高價，表示非買不可，老翁越不答應對方出價也就越高。老翁感到十分奇怪，就要問個緣由，否則給多少錢也不賣。那客商迫不得已說出實情，原來三岔河口內有「分水箭」，才使眾流經此匯海而直下，此寶價值連城，但河內有老龍看守，必須以奇門古術攝之才能盜取，因此要騎瓜下水，方可降伏老龍。

老翁聽了很感興趣，說賣給你瓜也可以，但是取分水箭時，我得跟你一同前往，這輩子能見此寶，死也瞑目。客商無奈，只得答應了他的要求。

當天夜裡，二人聚於河邊。客商囑咐道：「我給你赤、綠、黑、白、紫五色旗，等我下水後，就會有巨手從水中伸出，到時候手是什麼顏色，你就向河中拋什麼顏色的旗子。切記勿驚勿恐，我得此寶之後，必當重謝。」

此刻，夜近子時，月明如晝。客商和老翁駕著小船來至河中，那客商披髮赤足，投瓜於水中，跨之而下，轉瞬間無影無蹤。沒過多久，就見波浪翻滾，一巨手破水而出，其大如鬥，顏色赤紅如血。老翁趕緊把赤旗投下，數刻後又出一黑色巨手，隨即見水波洶湧，幾乎高出了河岸，把小船沖得漂蕩欲翻。那老翁害怕起來，心裡改變了主意，他想：「分水箭乃神器重寶，鎮河一方，倘若被這客商盜走了，恐怕就要鬧大水了，我這禍可惹大了。」

這時河中又伸出一隻白色大手，老翁心裡正自猶豫不決，竟然誤將綠旗投下，隨即波浪更壯，小船搖擺不定。他更是慌亂，急忙划船至岸，再看河中水立如山、震響如雷，過了許久才平靜如初。那客商的死屍浮上水面，早已身首異處，順流而下。老翁沒敢聲張，自行返回瓜園。此後三岔河口裡的水再也沒有顏色之分，變得與尋常河水毫無區別了。

靈禽演劇

馬戲又稱戲馬，起源於古羅馬競技場，現在以馴獸表演居多，主要以獅虎、熊、象一類的龐然大物為主，犬、猴之類小獸也有，但不是壓軸的戲碼。其實野獸本身都有靈性，掌握牠的習性之後，就能逐漸加以馴服。

這類技藝在中國漢代已有，到了唐代，表演水準達到巔峰，其中的「透劍門伎」尤為精彩，就是在地上倒插刀劍，間隔分成幾級，有如房椽，寒光閃閃，使人望而卻步。表演者駕乘小馬，奔騰跳躍，飄忽而過，人馬無傷，使人嘆為觀止。

不過「透劍門伎」是給貴族看的，普通老百姓難得一見，舊時有很多民間藝人，也能耍諸般奇異戲法，用以取悅民眾，其中有些人擅長調教禽蟲，實屬罕見手段，似乎也有某種祕術，至今失傳已久。

有一種稱作「烏龜疊寶塔」，是有七隻大小不等的烏龜，聽戲者擊鼓為令，牠們由大到小依次爬到桌面上，然後最大的伏定不動，比牠小一號的爬到牠背上，直至七龜重疊宛如寶塔，一個個跟著鼓點聲伸腿瞪目，形態頗為滑稽，觀者無不喝彩叫好。

另有一種名為「蛤蟆說法」，戲者畫地為圈，打開一個木頭匣子，就從裡面跳出一隻大蛤蟆，其後又有九隻小蛤蟆，排成一列與大蛤蟆相對蹲坐。只要為首的大蛤蟆鳴一聲，對面那排小蛤蟆便跟著鼓腮鳴動，還能做出點首施禮的動作。

再一種是「螞蟻角武」，訓練黃黑兩種螞蟻，雙方各以體形最大者為將軍，插旗為號，分別排兵佈陣，完全依古時戰法——「聞鼓而進，鳴金則退」。那民間藝人擊打第一通鼓，黃白兩群螞蟻便擺開陣勢；擊第二通鼓，兩方就開始交戰廝殺，鳴金敲鑼後立即停止交戰；再擊鼓分兵歸營；四通鼓列隊入巢。

據說最絕的一種稱為「靈禽演劇」，以蠟嘴雀穿上紙衣紙帽作為傀儡，由耍把戲的人口中唱曲引導，蠟嘴雀就會模仿戲子的舉動，一下做出跪拜起立的姿態，一下銜著小旗飛騰起舞，奇變百出。蠟嘴雀又叫「梧桐」或「銅嘴」，這種鳥叫聲好聽、洪亮。「斑翅」「白翅」「黑翅」等三種蠟嘴雀，在經過訓練後可以學會叼物、打彈等技藝。如今在北方的春節廟會上，依然可以看到這些表演，卻沒有古時候「靈禽演劇」那般奇幻莫測。

偏方

都說「偏方治大病」，其實大病不能耽誤，還是得找大醫院較為穩妥。不過民間有些偏方，能治一些大醫院看不好的疑難雜症。

在民國年間，魚龍混雜的「三不管地界」有個土郎中，天生是個侏儒，人稱「周矬子」，他肚子裡就有很多祕方。頭疼腦熱之類的症狀，給多少錢他也不治，只管西醫、中醫都沒辦法的怪病，而且非常有效。那些年聲名鵲起，關於他厲害的傳說也被廣為人知，但至今隔了這麼多年，很難再去判斷那些傳說是真是假。

據說有個家財巨萬的富商，剛到四十歲就開始禿頭，最後腦袋頂上禿得油光發亮，但現在稱這問題為「脂漏性脫髮」，頭髮和頭皮經常出油的人，便容易掉髮。但這位元商人的情況比較嚴重，而且經常需要交際應酬，又剛娶了個很年輕的姑娘做妾，禿了頂未免顯得老態，畢竟正值壯年，所以心有不甘，到處求醫問藥，不知道花了多少錢，始終不見效果。

有一回經人介紹，富商找到了周矬子，聲稱只要能讓腦袋頂上再長出頭髮來，不惜以千金相謝。

周矬子只看了一眼，就說這個還可以治，但方法太怪，煎出藥來就怕老爺您自居身份不肯依法施為。

富商聞言大喜，都到這種地步了哪還顧得了身份，只要先生給拿出藥方來，再怪的藥也敢用。

周矬子也沒寫藥方，當場拿了富商一筆錢，帶著他到南市，南市就是老天津衛的「三不管」，那時候是最熱鬧的地方，三教九流什麼人都有。周矬子在人群裡擠進擠出，專找頭髮又濃又密的行人，另外還得是戴帽子的，尤其是那些不太講衛生，腦袋上的帽子戴好幾年也沒洗過，摘下來一看裡邊有層泥，泛著油光的。凡是遇到這樣的人，周矬子就用高價買他戴的帽子，一下午就收了上百頂。

然後他讓從人把帽子都搬到富商府上，在院子裡搭了爐灶，起了一口大鐵鍋，燒水煮這些帽子。三大鍋水煎成一碗，讓富商往腦袋頂上抹，這期間不許洗頭，連抹七天就能見效。

那富商一看這碗藥湯子漆黑漆黑的，帶著一股難聞的怪味，越想越覺得噁心，但為了治好禿頭，只能強忍著抹到腦袋頂上，連著七天不敢出門見客。這七天裡頭皮奇癢難忍，爛出一層瘡來，待到瘡勢癒合，果真重新長出了烏黑的頭髮。

鈴鐺閣

周炦子擺攤的地方是個街角，自己在身後牆上寫了兩行大字——袖裡乾坤大，壺中日月長。據其所言，這「袖裡乾坤大」是廣羅萬象、包治百病；而「壺中日月長」則是暗指有起死回生、延年益壽之術。

但誰也不知道他那些稀奇古怪的藥方從何而來，偶爾酒後話多，他就自稱年輕的時候夜歸迷路，走進了一片墳地，聽那老墳裡有些動靜，壯著膽子走過去一看，你猜看見什麼了？原來是隻狐狸在墳上打洞，牠從棺材裡摳出一本古書，然後對著月光逐頁翻看，一面看還一面擠眉弄眼地「嘿嘿」發笑。周炦子一看到嚇到頭髮都豎起來了，心想這是看見妖怪了嗎？但我年輕力壯，火壯膽就粗，哪能讓牠給嚇住？拿塊石頭扔過去把狐狸打跑了，然後撿起書來一看，裡面都是些起死回生的金石方術，從那以後就自學成才了。這番話多半是故弄玄虛，但說到醫術精絕，找周炦子看過病的人無不欽服。

當時有座「鈴鐺閣」，在天津衛三寶裡占著一寶，始建於明代，最初是稽古寺的藏經閣，清代改為書院，常年無人居住。年代久遠，故不免時有怪事發生，都說那地方鬧鬼。但有個人不信邪，跟人打賭比誰膽大，就夜裡爬上鈴鐺閣睡了一宿，隔天早上走下來鼻子裡就血流不止。西醫、中醫都問了一圈，用什麼辦法都止不住血，最後被人抬著找到南市的周矬子。

周矬子問明情況，再看對方這氣息微弱的瘦弱模樣，就知道是腦袋裡有異物。那「鈴鐺閣」是座木樓，古木容易生蟲，其中有種蟲叫蚰蜒，類似蜈蚣而細，夜裡等人睡著了，便會鑽進人耳或鼻子，爬入腦中啃噬腦髓。看情形渾星子必定是被蚰蜒鑽進了腦袋，倘若遲來片刻命就沒了，得灌下貓尿才能解救。

周矬子趕緊讓人在街上抓了隻野貓，用生薑擦貓耳，能急取貓尿。灌下去之後就聽渾星子一陣咳嗽，從喉中探出一條筷子粗細的蚰蜒，全身紅色血豔，極其駭人。周矬子鉗起蚰蜒收入瓶中，如釋重負地說：「幸虧此物是雄，若是雌物，產卵於腦中，那就徹底沒救了。」那膽大的人命是保住了，但腦血已枯，從此成了一個瘋子。

銅鏡

在古代眾多法寶中，銅鏡的驅邪能力是最強的。古人之所以長期使用銅鏡，因為銅鏡不僅是照面的器具和工藝品，也是一種兼有多樣功能的法寶。銅鏡的法力從何而來，古人的種種解釋多與其製作者相關。

秦漢時期，世人普遍認為銅鏡可以鎮壓僵屍，因為當時的人對著鏡子是要「正容」，看看自己的表情是否莊重嚴肅，衣服帽子是不是穿戴得整齊，要是穿戴歪斜了，就要趕緊調正，所以銅鏡是「正」的代表。一正能壓百邪，另外鏡也代表「陽」，是白天的象徵，是對「陰」的震懾之力。

據說秦王掃六合以定天下，在此過程中得到了不少六國祕器，其中有八面古鏡，照骨鏡只是其中之一。相傳這面銅鏡能照視人身骨骼脈絡，是一件世間罕有的無價之寶。秦始皇在位之時南巡，途中見到有人在海邊打撈到一具浮屍。這具男屍是個老者，身材高大異於常人，容貌不俗，鬚長過胸，肌膚白潤，肉堅如鐵，穿著上古之王者衣冠，漂浮在海裡也不知有多久了，更不知其來歷死因，但看起來依然面色如生，沒有什麼被海水長期浸泡的跡象。一陣海風吹來，古屍鬚眉悉皆飛動，和活人一般無二。

秦始皇以為這古屍是海中仙人的屍體，應當祭祀供奉起來，以求仙人賜不死藥，但其他人則持相反的看法。秦始皇向來迷信修仙煉丹之說，他手下有許多方士，方士們都認為這是古之僵屍，乃妖物所化，一定是從南海的海眼裡浮出來的，見之已屬不祥，談何祭拜求藥？然後又說了這件事在什麼什麼時候曾出現過，象徵著什麼什麼樣的預兆，應該如何如何處理才是妥善之道。

在秦代做方士混飯吃並不容易，古代人大多都比較樸實，稍微能言善道，即被視為有才辯之能，想做皇上的顧問首要本領就是能侃侃而談，把死的都能給說活了。秦始皇本不是耳根子軟的人，但擋不住這幫人說得跟真的似的，加上他對這些玄而又玄的事情深信不疑，擔心海眼中浮出僵屍會有亡國之兆，既然不能加之薪火刀斧，唯有穴地藏納。於是命三萬刑徒鑿穿一座荒山埋屍，鑄了一尊銅獸壓在僵屍上鎮山，並請出秦王八鏡中的「秦王照骨鏡」嵌於獸頭，最後封山而歸。

送屍術

湘西有三大古謎，最有名的當屬送屍術，也叫趕屍。趕屍匠收學徒，務必要三個條件：一是膽大，二是長相醜陋，三是一輩子不婚娶。

據當地土人講，「送屍術」今稱「趕屍」，在古代則被稱為「驅水術」，行內的暗語叫作「一碗水」，因為在真正送屍的過程中，其方術全憑一碗清水，而且必兩人同行，才有效用。兩人一前一後，一名送屍匠在前打著布幡，以方術引導；另一人平端一碗清水走在最後，不管這一趟送多少死屍，那些死屍都走在隊伍中間，由送屍匠前後夾持而行。

兩名送屍匠一稱「執幡的」，一稱「捧水的」。在這一行中，捧水的是最重要的角色，走一段就要在水碗中加一道符咒：「開通天庭，使人長生，三魂七魄，回神返嬰，三魂居左，七魄在右，靜聽神命，也察不祥，行亦無人見，坐亦無人知，急急如律令！」這道符務必要湘西的「辰州符」，換了別家道門的符咒，則完全不起作用。

只要捧水的手中水碗不傾潑破裂，屍體就能不倒。在送屍過程中，死屍與活人無異，但不能言，其行路姿態也僅與活人微異，完全跟著執幡的人行動，執幡的走死人就走，執幡的人停死人也停。這種送屍隊，在明代末年湘西地區簡直太常見了，湘諺有云：「三人住店，二人吃飯。」就指的是送屍人。

送屍隊快到死人故鄉的前一天，死者必托夢給家人，其家便立即將棺木斂服整治齊備。屍體一到家，便會立在棺前，捧水的將水一潑，屍體會立即倒入棺中。這時候就需要趕緊給死者收斂下葬，否則其屍立變，現出腐壞之形，如果已死了一個月了，立刻就會現出正常人死亡一個月後的腐爛程度。

不過這「一碗水」都是早年間的勾當了，到了乾隆之時已逐漸失傳，因此知道些名堂的人，也大多是知其然而不知其所以然。失傳的原因大概就是太過保密，會這門祕術的人越來越少，最懂的人也僅僅知道個大概。

後值清末亂世，不少人為了謀求暴利，把貴州生產的鴉片販運到湖南，便打起了走屍送水的主意。借著民間對送屍的恐懼，利用其作為掩護，倒騰煙土軍火，他們雖然利用送屍做掩護，但還是儘量把死者送歸故里，只不過更加故弄玄虛，以便掩人耳目。

炸果子盜寶

天津有個地方叫「鈴鐺閣」，地處天津市的紅橋區。據歷史記載，鈴鐺閣始建於明代，閣樓頂部的屋脊掛著百餘個銅鈴，故名「鈴鐺閣」。每當風動銅鈴，便會發出悅耳動聽的叮噹聲，這聲音能傳遍全城。

清朝末年，有個外地來的男子，年紀四十歲上下，終日無所事事，混跡於各個古玩商鋪之間，想像著某日若能逮著個不打眼的好物件，低價買了來，高價賣了去，賺些銀兩，便可衣食無憂一陣子了。但是他在行市中轉悠了些時日，一直沒有淘換到個中意的物件。

這日，他走在大街上時，無意間抬頭看見了這閣樓上的鈴鐺，便心起歹念，琢磨著這鈴鐺閣乃明代始建，那上面的鈴鐺也必定為前朝之物，應該價格不菲。如能卸下來賣了，換成真金白銀，也能逍遙快活些日子了。礙於此處地處街心鬧市，周圍眼目眾多，沒法直接下手，於是此人心生一計，湊了湊手中的現錢，著手準備起來。

隔天，這男子拿著面和油，又買了些木架、鍋灶、炭火之類的東西，在閣樓下擺了個炸果子賣早點的攤子。這種食物，北京叫油條，天津叫「炸果子」。他終日在此叫賣，不管有沒有主顧，總是要炸一大堆果子，颳風下雨的日子則歇業不出。時間一長，炸果子時所散發出的油煙隨氣流向上飄浮，閣樓上的鈴鐺表面便蒙了一層油泥，也不知道用的是什麼油，反正暗黃色的油漬足有半指厚。

自此，鈴鐺間相互碰撞的聲音變得沉悶，少了悅耳動聽的輕脆聲音。誰聽了都覺得彆扭，紛紛責怪那炸果子的人，都說這人太不像話了，炸的果子賽過鐵條，賣不出去，還把周圍燻得都是油煙。當時還沒有綜合執法，無照經營也沒人管理，大夥只能是口頭上譴責。

那人覺得時機已經成熟，便自願找到鈴鐺閣附近居民，他以清理油污為名，在眾人監督下上了閣樓，使出「狸貓換太子」的手段，把沾滿油漬的鈴鐺拆卸下來逐個擦拭，又將擦好的鈴鐺重新掛回原位。其實換上的鈴鐺，全是事先準備好的便宜貨，他晚上悄悄將真鈴鐺擦洗乾淨，連夜腳底下抹油——溜之大吉了。從那時開始，換上去的假鈴鐺就再也沒響過，人們才醒悟過來：「這是專偷寶物的賊，把天津衛的寶貝給偷走了。」

鈴鐺閣的鈴鐺沒了，空剩個樓名。解放後改成鈴鐺閣中學，據說八、九十年代翻修操場的時候，還從地底下挖出過馱碑的巨龜。

無錫太爺

清朝嘉慶年間，齊白石的老家湖南湘潭有一位怪人。這個人姓張，最初是無錫的一個知縣，故此被稱為無錫張太爺。由於他做人正派，剛直不阿、為官清廉，做事勤勉認真，深受百姓愛戴，逐步升遷，一直官至大理寺卿。後來為了幫一個平民百姓出頭得罪了某位王爺，因為他不肯向權貴妥協，索性捲著鋪蓋回老家賣菜了。

張太爺眼裡不揉沙子，他在無錫做縣太爺的時候，脾氣就是出了名的不好。有一次上級大官在府中請客，邀來各級領導一同就座，並請來了一個在當時紅得發紫的女戲子唱戲助興。席間在座的各個要員為了給這個大官捧場，紛紛掏出紅包贈予那戲子。那戲子唱罷，下臺卸妝之後，馬上出來向諸位要員敬酒表示感謝。敬酒時，大夥都誇獎戲子唱得好。一路下來，唯獨敬到張太爺跟前，他摸了摸鬍子說道：「我看不慣你這副模樣，你不如去找個大花面來敬酒，看我連乾他三杯。」張太爺的話，把在座的各個要員都嚇了一跳。那位請客的大官也感覺面子掛不住了，臉拉得老長，但他還以為張太爺之所以如此肆無忌憚，是因為朝廷中有更大的勢力撐腰，也不敢怎樣。

張太爺還有個愛好，很喜歡談論鬼怪，經常會講些駭人聽聞的事情，甚至說自己的左眼能在白晝看見鬼，不但能看見，並且還敢打鬼，聲稱見了鬼根本不用懼怕，和他對打就是了。有人好奇，便問他打不過怎麼辦，張太爺卻說：「打不過？大不了就變成它。」有一次他坐轎出門，行至大街上時，忽然哈哈大笑。隨從們大為納悶，就問他笑什麼，張太爺說：「剛才路上見街邊有一大肚鬼，長不足三尺，肚子大得像個圓桶，正半躺半坐在那裡休息。不巧碰上一個醉漢步履蹣跚而來，一腳踢在了它肚子上。那大肚鬼頓時坐起，捂著肚子滿地打滾。醉漢扶它起來後，只見它肚子被踢之處雖然凹了進去，但它眼球卻凸了出來，所以好笑。」隨從問罷回頭張望，也沒看到張太爺說的那幕情景。

據張太爺所言：人死後幾年，變作的鬼會越縮越小，但是富貴之人就不一樣。而且鬼這東西最為勢利，見人穿著上等模樣，就搖尾乞憐、膜拜作揖；見衣衫襤褸之人，便會上前去，或驚嚇，或戲弄於他。

我想這位張太爺並非真能見鬼，很可能只是對那種附庸銅臭之風予以譴責，但他的描述非常具有想像力。

張海鬼

海底深淵裡的世界是個什麼樣子？這種問題的答案，一直是人類千百年來孜孜不倦所探尋的課題。從古至今，海洋愛好者、探險家以及科學家，都在用各自領域的知識和手段，探索著這些謎一樣的領域。但到現在，還是有一些未解之謎尚待解答。

人類自己也對「大海深處到底是什麼樣的」這個疑問，充滿了各式各樣的奇思妙想。也許就像詹姆斯・卡麥隆那部經典電影《無底洞》裡展示的，在一望無際的大海深處，有一個高度發達的古老文明存在。

這些畢竟都是外國人的想像，中國古代有一個被稱為「張海鬼」的奇人，常年在海邊生活，練就了一身水下的好本領，並且長有一對魚眼，能夠在水中見物。據說此人能夠在水中待上幾日幾夜，所以人送綽號「海鬼」。這個張海鬼不僅水下本領了得，而且會些拳腳功夫，時常帶著短刃潛入海中與鯨鯊搏鬥，將其殺死後，拖著尾巴游回岸上，見者無不嘆服。

張海鬼常常對人說起自己在海中見到的景物，據他所言：大海之中有山，有平地，也有深谷。在海裡借助陽光的照射看去，海水沸騰翻湧，與江河湖泊大不相同。最深處常會有種巨大的黑色生物出現，或是探一下頭，或是搖一下尾巴，出沒無常，很是神祕。不但人類看不清楚，就算是鯨魚蛟龍，也不敢從中游過。遊到千尺以下，會看見有好幾處裂開的石縫，從縫隙中噴出的水就好像燒沸了一樣，各種生物和魚類都不敢靠近，那個水的溫度比溫泉還要熱上好幾百倍。不僅如此，海中也有「大魚吃小魚，小魚吃蝦米」這樣的生物鏈存在。有些體形較小的魚類會時而淺游，時而浮出水面，而鯨鮫之類的只會在深海處起伏游蕩，伺機獵取小魚為食。那幅景象就好像人世間一樣——深山之中有泉眼從岩壁中噴湧而出，而且各路鳥獸也都居於山林叢中，其中猛虎惡豹，獵殺其他較小走獸為食。

這張海鬼還到過當時普陀以東數十里的一片深海，見海水湍急，且有漩渦。這裡水質清澈軟滑，各種魚類都不敢靠近漩渦地帶，紛紛繞游而行。海中可見一片長約十餘里、寬約數里的森林，跟陸地之上非常相似，只不過那些樹木都是半透明狀，猶如玳瑁一般。

據說有一次，張海鬼潛到海中，隱約可見那海底森林下方有十餘塊齊整的大石磚，每塊都有五、六尺高，用手觸摸，石面上凹凸不平，像是古篆碑刻，便以為是水中的石碑，但也無法探明真相。另外在海底森林深處，棲息著很多巨蟹，游進去的生物皆怕被牠們吞噬，所以都不敢輕易靠近。相傳自古以來，凡是兇惡殘暴的怪物，大多生活在幽深的海溝裡，有時會浮上水面獵食，不久又潛回水底。若是與鯨鯊蛟龍遭遇，往往會有番生死搏鬥，結局或死或逃，或兩敗俱傷。

有一日，張海鬼見海上魚群紛紛驚恐地向外游走，正不解緣由之時，見一龐然大物從海中游出。此物足有二、三十尺長，鱗甲遍體，其頭似牛頭一般大小，而且長有鬍鬚。經過之處，所有生物不分大小，一概吞入腹中，極為恐怖。只見這怪物游進海底森林之時，忽然竄出數十隻巨蟹，像結陣法一樣將其團團圍住，而後群起而攻之。那怪物瞬間即被蟹群截成幾段，但每一段還在水中跳動不已。張海鬼見罷小心游近，胡亂抓了一塊便轉頭迅速游回岸上。上岸後定睛一看，原來是那怪物的一根鬍鬚。只見此鬚足有七尺多長，像嬰兒手臂一樣大小，鬍鬚末梢尖銳無比好似鐮鉤，如同無名指一般粗細。張海鬼拿著那怪物的鬍鬚給常人看，人人均不知道此為何物。

後來張海鬼在南沙一片深海中得到一物，此物為圓形，質地好似水晶一般光亮，球體發出的紅光可照數十步之遠。放在水中，各種魚類均紛紛游出水面將此物團團圍住，就好像要與之搏鬥一般。張海鬼覺得此物不祥，便扔進海裡，隨即游來一條大魚將這東西吞下，眾魚群見狀，立即尾隨簇擁著那條大魚游走了。

海中蝦蟹，有的好像鯨魚一樣大小。其中以蟹最為兇猛，若真遇到巨型海蟹，就算是蛟龍鯨鯊也敵不過牠。潮水在海中，會分成數股流向，各類魚群都會找到自己最適應的水流棲息，從不越界一步。牠們都以海底和海面的深淺程度作為界限，各自有各自的地盤，如遇到其他種類誤進或惡意前來，則必受族群圍攻。海中魚類之大，有的超過百尺之長，大珊瑚有數百尺之高。初次下到海中的人見了，肯定會感到驚奇萬分，久而久之熟悉了海中規律所在，即便遭遇險情，只要按其規律避讓，也就會平安無事了。

鎮海眼

以前，在天津城東頭住著一戶人家，家裡收了個「團圓媳婦」。所謂「團圓媳婦」就是童養媳。這家人對待童養媳非常狠，不僅不給吃飽、不給穿暖，還逼著她每天做很多重活，院子裡有幾口大水缸，沒水了就讓童養媳去挑，如果挑不滿就是一頓毒打。

有一個冬天的清晨，時至臘月，天寒地凍，童養媳還是和往常一樣，穿著單薄的衣服到河邊去挑水，當然河面上的水都結凍了，童養媳費了半天的勁怎麼也鑿不開冰，她見挑不到水，不禁焦急地在河邊哭起來。

正在這時候，有位騎馬的人經過河邊，看到一個衣衫單薄的女孩在河邊哭泣，就過來詢問緣由。童養媳帶著淚將來龍去脈一一道出，騎馬的人聽完點了點頭，從懷中拿出一把約一尺長的小馬鞭交給童養媳，對她說：「我把這個給你，當你需要挑水的時候，你就把馬鞭在桶裡晃一晃，桶裡的水自然就滿了。但是你要千萬注意，這是個寶物，不能讓別人看見，如果洩露了便有麻煩。」童養媳接過馬鞭，在桶裡晃了晃，水真的就滿了。她立刻跪在地上給騎馬人磕頭，當抬起頭想道謝的時候，那人早就沒了蹤影，這才明白是遇見了神仙。

從此以後，童養媳每天早上挑著水桶出門，走不遠處就用馬鞭在水桶裡晃一晃，然後把盛滿的水挑回家去，如此就輕鬆多了。後來時間一久，婆婆發覺她挑水的速度快了很多，不免起了疑心。有一天早上，看童養媳挑著水桶出門了，婆婆見狀便尾隨其後，到了離家不遠的地方，童養媳剛拿出馬鞭在桶裡一晃，婆婆突然從她身後竄出來大聲叫道：「你在幹什麼？」童養媳心無防備，被婆婆一叫，頓時慌了神，手一鬆便把馬鞭掉在了桶裡，頓時桶裡不斷湧出水來，就像海浪一樣，沒多久整條街都淹水了。水勢不停往上漲，婆婆嚇得尖叫著拼命逃跑。童養媳卻沒有跑，她知道惹了大禍，就向桶裡探身尋找馬鞭，卻一無所獲。她只得轉身坐在了水桶上，說來也真奇怪，大水緊跟著就不再湧出，童養媳卻也因此斷了氣。

童養媳的故事幾經傳誦，人們便把她奉為解救天津的娘娘，為她雕塑了雕像，還建了一座娘娘宮。傳說她底下坐的就是「海眼」，永遠不能離開，否則大水就會淹了天津衛。當然這個故事僅是媽祖得道的眾多版本之一。

祖師殿

關外深山裡有座廢寺，有一天來了個老道，在山下收了個道童做徒弟，並且募緣修建了一座祖師殿。那殿門前峰巒密佈，盡是怪木異草，經常能看見有兩個小孩在山門外戲耍。老道每次碰見了，就會隨手給那倆孩子一些糕餅、果子，時間一久，相互間也就漸漸熟悉了，但那兩個小孩子從不敢進殿門一步。

如此過了數年，始終相安無事，直到有一天老道從山下帶回來幾個鮮桃，順手擺在殿內香案上。他趕了一天的路，又累又睏，便坐在殿內扶著桌案沉沉睡去。

這時一個小孩在門外從門縫往裡看，忍不住悄悄溜進殿內偷吃。誰知那老道突然大喝一聲，跳起身來，伸手抓住那小孩，狠狠夾在腋下，衝到後殿香積廚。他手忙腳亂地將那小孩衣服剝個精光，用水洗淨了，活生生地扔到一口大鍋裡，上面蓋上木蓋，並且壓了一塊大石頭。

老道又叫來徒弟小道士，命他在灶下添柴生火，千萬不能斷火，也不能開鍋看裡邊的東西，然後這老道就跑去沐浴更衣，祭拜神明。

小道士心想出家之人，應該以行善為本才對，怎麼能如此殘忍要吃人肉？只怕師父是要修煉哪路邪法了。他耳聽那小孩在鍋裡掙扎哭號，心中愈發不忍，想揭開鍋蓋放生，但又擔心師父吃不到人肉，就要拿自己開刀。

隨著火頭越燒越旺，鍋內逐漸變得寂然無聲，想來已經把那小兒煮死了。小道士擔心鍋裡的水燒幹了，微微揭開一點鍋蓋，正要往裡看看，忽聽「蹦」的一聲，那小孩鑽出來就逃得不見蹤影了。

老道士正好抱著一個藥罐子趕回來，見其情形，忙帶著徒弟追出門外，結果遍尋無蹤，只得揮淚長嘆：「蠢徒兒，你壞我大事了！我居此深山數年，就為了這株千年人蔘，如果合藥服食，能得長生。看來也是我命中福分不夠，升仙無望。不過那鍋裡的湯水和小孩的衣服，都還留著，煉成丹藥吃下去，也可得上壽，而且百病不生。」說完，師徒兩個趕緊回到殿中。

但當他們回來尋找衣服的時候，發現已失其所在，而鍋中的水，早被一條禿毛野狗喝得涓滴無存了。老道士大失所望，一病不起，鬱鬱而終。那條野狗則遍體生出黑毛，細潤光亮絕倫，從此入山不返。山上只剩下了那個小道士，守著空蕩蕩的祖師殿。後來他窮困潦倒，無以為計，便被迫落草為寇當土匪去了。

桃杯

桃杯，顧名思義就是用桃核做的杯子，一般人所吃的核桃是做不了桃杯的，必須要用外形碩大之桃的內核才能製成，而且一顆桃子只能做出一對桃杯，歷來罕見罕聞。

據聞明清之時，在現在的東北長春一帶，有一個姓韓的道人。此人本出生在一個衣冠之家，後來曾任當地的捕官一職。在他中年的時候，曾遇到過一位奇人，兩人見面甚是投緣，便終日吃住在一起，好似親兄弟一般。那奇人每日為其講經說道，足有月餘。後來他毅然辭去官職，投身道家，專心修道。

有一年秋末時分，剛剛下過一場秋雨，韓道人獨自一人行於山間，忽見山下河流之中有一片大葉順流而下。韓道人起初還沒有太過在意，但隨即從河流上游處又漂來數片大葉，而且數葉之間有一大桃，外型好似鼎般大小，漂流而下之時，正巧被河中礁石擋住，卡在河邊不遠處。韓道人見狀，加快腳步跑到河邊，慢慢地將大桃抱上岸來。他抱著大桃仔細觀看，桃子表面柔軟紅潤，而且桃香撲鼻，沁人心脾，絕不是一般人所能常見的。韓道人知道這桃乃是世間罕有之物，所以轉頭撈起一片河中大葉，將桃包好後抱在懷裡，準備上山拜祭了祖師再行食用。

道人揣了桃子爬到山頂一高絕處，將大桃擺放在一個正中位置，拜祭一番後，便用刀將其切開，取出桃核，把桃核一分為二後拿出核仁放入嘴中吞下。核仁入口時，韓道人頓時感覺味道猶如酥蜜一樣甘甜美味。他又觀那兩半的桃核，每一半都好像酒杯一樣，而且其量足有一勺多。於是韓道人收拾好剩下的桃肉，拿著兩半的桃核下山回到了自己的住處，此後每日他都以此桃充饑。後來吃完桃肉後，韓道人每日辟谷，常年吸風飲露，最多吃些野果，再也沒碰過五穀雜糧，到了六十歲的時候，相貌仍像四十歲的人一樣年輕。

這期間，韓道人用那兩片桃杯飲用山泉時，杯中有了泉水，桃核即刻變得紅潤如新，好像剛剛從桃中取出時一樣，水中也帶著一股濃濃的桃香，甚是令人驚奇。後來這一對桃杯就一直流傳下來。八十年代的時候，東北長春的一戶尹姓人家中，便有這麼一對桃杯，用之盛酒，普通的燒鍋也勝於陳年佳釀。據說這曾是大內皇宮裡的物件，至於是不是韓道人所用的那一對桃杯，那就無法考證了。

魚行祖師

天津菜的前身是魯菜，尤以河海兩鮮見長。當年天津衛的魚蝦產業，被稱作魚蝦行，後來規模逐漸擴大，慢慢演變成為海貨行。吃這碗飯的人，都習慣供奉一個祖師爺。據說海貨行祖師姓張，但名字已經失傳了，此行業裡的人都稱呼他為「邋遢張」。要說起這邋遢張的來歷，那可就話長了，而且極富民間傳奇色彩。

卻說在清代道光年間，邋遢張還是一介庶民，每天他都會在當時天津城北門外一個叫樂壺洞的集市售賣魚蝦，但收入甚是微薄，連最基本的溫飽都不能保證，只不過勉強維持生計。這是因為邋遢張為人懶散，每天到市集的時間都特別晚，等別的商戶都已經賣完了自己的貨物，他才姍姍來到，所以他的魚蝦總是賣得很少，賺來的錢也只夠下次進貨之用。於是他悄悄下定決心，以後一定要早點起來入市賣貨。

有一年冬天，天寒地凍，邋遢張還沒等天亮，就早早起來趕到了市集上。到市集後，他發現市集上一個人都沒有，才後悔自己起得太早了。可是來也來了，無奈之下，他只好放下手中的擔子，等待天明開市。就在這時候，忽然發現在不遠處有一人躺在地上。邋遢張以為是具路倒屍，就點了一盞風燈，壯著膽子走過去觀看。上前一看原來是位老者，還帶著些許活氣，好像很快就要凍死了。

邋遢張見狀，立刻把老者背到北大關橋下，升起一堆火來，借著橋洞子躲避寒風。那老者漸漸甦醒，一番詢問之後，才知道原來是這邋遢張救了自己，就從身上拿出一顆紅丸相贈，以示酬謝，然後起身一瘸一拐地走了。

邋遢張接過這顆紅丸後沒有太在意，隨手便放進了隨身的一個布袋當中。時值深冬，有一次邋遢張的魚都被凍死了，忽然他隨身的布袋破了一個洞，那顆紅丸落進了放魚的木盆之中，頓時盆中冰融雪化，凍死之魚都活了過來，並且每條都活蹦亂跳。他見此情景不禁大喜過望。從那以後的每天，他都會以低價買很多死魚回來，再用紅丸將魚變活，然後帶到市上賣掉，借此富有了起來。

時間一長，同行業裡的人終於知道了邋遢張的這個手段，都想把這顆紅丸偷去據為己有。邋遢張逐漸感覺到此事不妙，也擔心被人強取豪奪，竟一狠心將紅丸吞入腹中，從此去向不明，好像是人間蒸發一樣。一時之間，海貨行裡傳言四起，紛紛說邋遢張是有道骨的人，而那個瘸腿老者便是八仙中的鐵拐李，特來到此度他。因此，大夥把邋遢張立為行業中的祖師，希望他保佑同行生意興隆，供奉他的地方至今仍香火不絕。

鬼戲

傳說渭河邊上有一個羊倌在山上放羊，忽然山中發生了地震，有頭羊受驚嚇逃入了一個黑漆漆的山洞。羊都是東家的，比起羊倌的命來，羊是更值錢的，真要是丟了，傾家蕩產也賠不起。羊倌不顧個人安危，急忙追進山洞找羊，穿過伸手不見五指的隧道，眼前豁然一亮，竟然來到了一處燈火通明的大山洞裡，眼前黑壓壓地站滿了人。這些人都是民間雜耍藝人，正在賣力地表演各自的絕活，更遠處有座氣象森嚴的宮殿，然而那邊沒有半個人影，顯得死氣沉沉的。羊倌沒見過什麼世面，除了放羊也沒做過別的，又憨又傻，他並沒有察覺到這裡詭異的氣氛。那些藝人個個面無表情，最奇怪的是沒有觀眾，只有千百個藝人在自顧自地表演雜技。羊倌看得好奇，傻乎乎地看著面前正在表演的皮影戲，時間一點點地過去，他渾然忘記進山有多久了，也忘了他想找的那頭羊。那演皮影的藝人是個老者，老者冷冰冰的眼神對著羊倌打量了許久，突然停下手中皮影戲對他低聲喝道：

「你不是這裡的人，還不快走！」

羊倌被老藝人一句話說得如夢方醒，好像突然明白了一些什麼，跌跌撞撞地往外就跑，跑到外邊再回頭看時，那山洞已經不見了。後來回去跟鄉鄰們把經過一說，村裡上了年紀的老人就講，這種事隔幾十年便有人撞上一回，跟中了魔障似的說在山洞裡看到成百上千的藝人在表演雜耍，這大概跟秦陵用大批民間藝人殉葬的事有關。據說秦始皇駕崩之後，為了讓他在死後也能和生前一般享樂，在皇帝出大行之禮的那天，官府以重賞騙來了全國各地的民間藝人，讓他們在皇陵的地宮裡演出，然後突然將地宮封死。那些藝人都被活埋在裡面做了冤死鬼，每到晚上就重複著生前的舉動，不止一次有人在山裡看到過這樣的「鬼戲」。

當然這只是一則民間的傳說，在此提及，給《鬼吹燈》小說中的故事提供一點參考。小說開篇，胡八一和王胖子下鄉插隊，在東北牛心山九龍罩玉蓮的大遼太后墓中所見到的皮影戲就是這麼一種來歷。關於「鬼戲」的傳說很多很多，版本也多有不同，共同點就是當事者全是高燒不退、神志不清。深山窮穀，空氣不流通的區域，光影和氣流就會產生一些使人迷惑的幻境，在裡面見到什麼也不足為奇。

隋煬帝造迷樓

自古以來，如有奇人問世必然會天降異象。據說隋煬帝楊廣出生的當天晚上，本來皓月當空，澄澈如鏡，當深宮中傳來一聲嬰孩啼哭聲之時，突然雷聲大作，剎那間天昏地暗、雨注傾盆。

父親隋文帝楊堅給他取名楊廣，乳名阿摩。這小孩生得一副好面相，天庭飽滿、濃眉大眼、眼閃星輝，極受文帝的寵愛。他生性聰明好學、才智過人，有過目不忘之本領，卻脾氣暴躁極為好強，稍不如意就大打出手。宮人皆飽受其苦，但因楊廣文武兼備，頗受文帝喜愛，大夥都是敢怒不敢言。

隋煬帝即位後，國號大業，單從這國號裡，就不難看出他好大喜功的性格。煬帝在位時，三征高句麗、開鑿南北大運河、造迷樓玉苑，結果勞民傷財，給隋朝的滅亡埋下了禍根。但他開拓疆土安定西域，同樣建立了許多豐功偉業，從這方面來說，也算是大有作為的一代國君。因此歷史上對他的評價，始終是褒貶不一。

不喜歡隋煬帝的人，常批評他喜歡女色，後宮佳麗三千還覺得不夠，到了晚年更是變本加厲。相傳當時有個發明家，給隋煬帝設計了一座樓閣，把圖紙拿給他看。隋煬帝展卷一覽，頓時龍顏大悅，立即命有司準備磚瓦木料，徵集役夫數萬，開始動工，足足用了三年才造成。

這座樓可真不得了，高有數重，雕樑畫棟，玉欄朱軒，金碧輝煌，設有千門萬戶，藏納幽房曲室無數，互相連通，從裡到外裝飾著各種奇珍異寶，金龍伏於棟下，玉獸蹲於戶旁，放出瑞彩霞光，晝夜通明。樓中更有四頂寶帳，分別是「散春愁、醉忘歸、夜酥香、延秋月」，可以說是「工巧至極，自古未有」，所花費用幾乎使國庫為之一空。皇帝瞧上哪幾個美女，就把她們帶到樓中，住上個把月也不想出來。這座樓閣建成之後，若有人誤入其中，到死也走不出來。隋煬帝大喜，謂左右曰：「叫真仙遊走此樓，也會自迷，可稱此樓為『迷樓』。」

隋煬帝手下的發明家，又發明了「如意車」和「禦童女車」。車輛中裝有機關，可以一動不動地困住女子手足，放在迷樓裡供皇帝用以試處女。

這些所作所為，終使民怨漸深，內外離心，導致發生了逼宮事件。他受用一世，到頭自縊而亡，連個像樣的正式棺材都沒有。宮人拆床板做了一口棺材，偷偷地葬在江都宮的流珠堂下。那個地方後來改叫雷塘，離揚州不遠。

黃鼬擬人

民間普遍流傳著「五通」之說，即可以通靈的五種仙家，五大家也叫「五大仙」，分別是：狐仙（狐狸）、黃仙（黃鼠狼）、白仙（刺蝟）、柳仙（蛇）、灰仙（老鼠），民間俗稱「狐黃白柳灰」。

對此類妖仙的崇拜，多半是由於牠們在城鎮農村人口稠密處比較常見，這回就講一個關於黃仙的怪事。

「黃仙」當然就是黃鼠狼了。話說早年間在某個城市中，住著一位大官，其府邸雖說不上豪華，但也頗為氣派。府中侍女家丁，也有十幾人之多。大官本人為人正直、性情溫和，在管理下人時十分公正，恩威並施，賞罰分明，因此府裡的僕從們都願意伺候這位老爺。

有一天晚上，全府的男女都已經用過晚飯，各自回屋熄燈休息了。後院的廚師也滅了灶火，正準備睡覺的時候，忽聽窗外傳來一個上了年紀的男子聲音：「今晚我沒吃飽，快幫我煮碗麵充饑，做完了放在堂屋桌上即可。」廚師急忙起身朝聲音方向看去，隔著窗戶，他看見一個人影站在門外，其身形穿著之輪廓，與老爺頗為相似，聽聲音也是。

廚師以為是老爺晚飯沒有吃飽，叫他做碗麵當宵夜，自是不敢怠慢，趕緊起床生火，同時燒水揉麵，忙了好一陣才把麵條做好了。

廚師把麵條端到堂屋，也沒看見老爺在那兒等候。當時他沒有多想，放下麵條便回屋睡覺去了。隔天一早他來到廳堂上想收拾碗筷，沒想到那碗麵條連同碗筷一起都消失不見了。廚師心想：「一定是哪個丫鬟手腳俐落，一大清早就已經收拾完畢了。」他萬萬沒想到的是，從這天開始，老爺每隔兩、三天，就會深夜跑到後院，隔著門窗要廚師做宵夜，一下今天吃這個，明天吃那個，變著花樣要他做好吃的，把這廚師折騰得有夠累。

時間一久，這廚師便撐不住了，他苦悶道：「每天從早到晚，府中上下三餐都由我來蒸煮，怎麼到了三更半夜，還要折磨我啊？」他越想越覺得自己冤，於是就找了一個時機，向老爺問起了此事。他沒有直說，而是很委婉地問道：「老爺您近來是不是公事繁忙，操勞過度，以至於每隔兩、三天，就要在晚上吃頓宵夜？」

老爺聽完一頭霧水，好奇說：「哪有此事？這些日子我甚是疲倦，熄燈後就在房裡熟睡，什麼時候讓你為我準備過宵夜？」

廚師一驚，暗想：「莫非是我碰到鬼了？」

廚師不敢隱瞞，把夜晚遇見老爺人影，並且為其做宵夜的事情原原本本地說了出來。

老爺聽了也感到非常古怪，知道自家宅中有異，非妖即鬼，當下讓廚師夜裡在後院睡覺，

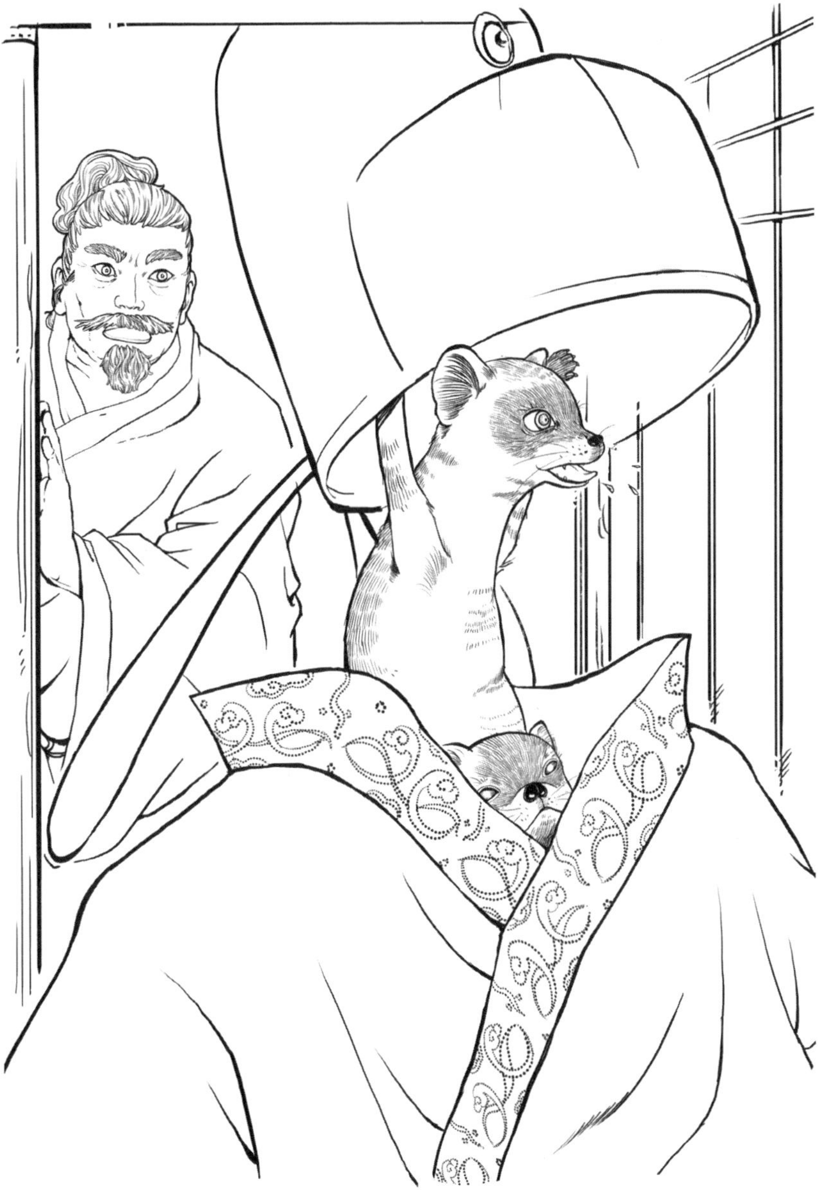

不要再對任何人提起此事。

夜晚，老爺洗漱更衣完躺在床上，閉眼假寐。不一會，就聽牆角處「窸窸窣窣」發出一陣輕響。他微微睜開一隻眼睛往牆角看去，此時月光如同水銀鋪地，房中纖毫畢現，就見幾隻黃鼠狼從暗處爬了出來。

這幾隻黃鼠狼有大有小，最大的從頭到尾足有一尺餘長，小的身長也有七、八寸之多。牠們通體長著淡黃色的毛髮，尖嘴豎耳，兩顆黑豆般的眼睛賊溜溜亂轉。

那些黃鼠狼躡手躡腳地走到臥室中間，賊眉鼠眼地左右瞧了一番，見老爺躺在床上，好像熟睡了似的，便相繼慢慢地來至更衣架前。這時尾隨在後的那隻小黃鼠狼，迅速從後面爬到了那隻大的背上，體形稍大的那只在下面抬起前爪，逐漸挺直腰板，小的那隻也慢慢隨其身體弧度而往前爬行，用後腿踩在較大的那只黃鼠狼的肩膀上，緩緩直立著站了起來，其餘幾隻也互相效仿，在屋裡疊起了羅漢。

老爺躺在床上，一邊偷偷觀察，一邊暗自驚訝：「沒想到這區區幾隻黃鼠狼，竟然能做出如此舉動，就好像雜技藝人疊羅漢一樣，牠們到底想幹什麼？」這老爺萬萬沒有想到，讓他吃驚的事情才剛剛開始。

那幾隻黃鼠狼摞在一起，同樣站直了身體，高度恰好與衣架平齊，上面那隻小的伸出前爪，偷偷摸摸從衣架上取下老爺的長袍，蓋在眾黃鼠狼身上，又把頂冠摘了下來，用前爪拖著，扣在自己頭上。一群黃鼬疊著羅漢，搖搖晃晃地接近房門，側身挪出了臥室。

看到這裡，老爺已經是冷汗淋漓，但為了弄清這黃鼠狼究竟為何作怪，也只好悄悄起身，尾隨其後走出了房門，輾轉來到了後院。卻只見牠們走到廚師臥房跟前，上面那隻小的竟然開口吐出人話，要求廚師起來燒飯。

老爺這才恍然大悟，原來廚師所說的怪事，竟是這幾個小妖在作怪。他頓時火冒三丈，脫下腳上的一隻鞋，大喝一聲，朝牠們丟了過去。那幾隻黃鼠狼被鞋擊中，立刻跌散開來，丟下頂冠及長袍，一溜煙地消失了。從此之後，府中再也沒有出現過任何怪事。

妖怪

說起五大仙家裡的狐仙，奇聞怪事實在數不勝數。早在夏朝開始，民間就有大禹治水時曾娶九尾白狐為妻的傳說，說明了早在四千年前，中國人就已開始崇拜狐狸了。以往的迷信觀念中，普遍認為狐狸有靈性，能作祟作妖，也能成仙，故有狐魅之稱。舊時，天津建有三太爺廟，天后宮中也有胡三太爺的塑像，常有信徒前去進香朝拜。

解放前在東北的大興安嶺一帶，曾經有一座伐木場。這座伐木場位於深山老林之中。其地處偏僻，場院四周沒有半戶人家。白天，伐木工人全都進山伐木；到了夜晚，則返回場中吃飯睡覺。就這樣過了數年，大家一直循規蹈矩，平安無事，不曾發生過一件怪事。

有一年除夕夜，伐木工們都要準備回家過年。按照往年慣例，每逢春節，林場中都要留下一人看守，以免發生火災，這次也不例外。大夥抽籤選出一個工人，讓他今年留在場中看守。

除夕夜裡，留守的工人坐在屋中十分無聊，心想著要煮個水餃吃，也好應和一下過年的氣氛。他從廚房拿來肉、菜和麵粉，在屋裡忙起來。他一邊做，一邊哼著歌曲來打發心中的寂寞。就在工人包餃子包得起勁的時候，忽然從門外傳來一陣急促的敲門聲。

他轉頭問：「誰啊？」門外沒人應聲。

工人心裡不免嘀咕：「這方圓十幾里，沒有一戶人家，而且工友們也都回家過年了，現在這個時候應該不會有人前來，怎麼會有敲門聲呢？」他從屋內拿出一把伐木斧，立在牆邊防身，這才走上前去開門察看。原來門口站著一個小姑娘，身著紅棉襖、紅棉褲，懷裡抱著一個嬰兒，手裡還牽著頭小毛驢。

這小姑娘戴著一塊大頭巾遮住面容，又因站在屋外，沒有一絲光亮，所以看不清她的模樣。

工人心存疑惑，問道：「你是誰啊？這大過年的，怎麼一個人在山裡？」

那小姑娘怯生生地答道：「我們家住在山外，本來跟丈夫要回娘家過年的。路過這片山路，沒想到與丈夫走散了，在山裡走了一天，卻又迷了路，三更半夜前不著村後不著店。我跟孩子又冷又餓，走到這裡看見有亮光，知道肯定有人居住，所以過來想到你這借地方歇個腳，求你發發慈悲收留一夜，別讓我們被狼吃了。」工人也是個熱心腸，就打消顧慮，讓他們進屋。

工人讓小姑娘進屋，在床上坐穩，說道：「山裡晚上不安全，經常有野獸出沒。你和孩子先在這裡放心住一晚，等到明天天亮再出去找你丈夫，說不定他已經先到你娘家了。」他邊說邊繼續包著餃子，「正好，你現在又累又餓，留下一起吃餃子吧，也算是過年了。」

工人把小姑娘安頓好了，又將包好的餃子端進廚房，丟進鍋裡。他剛把鍋蓋蓋上，突然想起來，自己光顧著包餃子，還沒有去巡視木料，於是急忙披上大衣，匆匆忙忙出了門。

等他巡視完畢回到屋中，發現那小姑娘竟然不見了蹤影，床上只留下那個繈褓中的嬰兒。工人見狀火上心頭，心想：「這個女人是怎麼當媽的？把孩子丟在這裡不管，自己卻不知道跑到哪裡去了。等等看見她，非要好好說她兩句不可。」他一邊動氣，一邊往廚房走。剛走到門口，就發現那個小姑娘正在爐前，打開鍋蓋撈餃子吃。工人大喊一聲：「餃子還沒熟呢，你不怕燙嗎？」一邊喝斥並快步走上前去。

這時那小姑娘聽見聲音，猛然回過頭，在火光的照耀下，顯露出了一張毛茸茸的怪臉，尖鼻利齒，還長著鬍鬚。

工人嚇得魂都快沒了，定睛一看，原來這小姑娘竟是一隻狐狸，擠眉弄眼地盯著自己，嘴上還叼著半個餃子。工人畢竟在山中伐木多年，練就了一身的膽量，見此情形不禁怒從心頭起，順手抄起牆邊的利斧，高舉過頭，朝著狐狸精狠狠劈去。

狐狸見斧頭呼嘯落下，嚇得連忙拋下餃子，從工人身邊躥過逃到了門外。這時斧子也落在地上，沒砍到狐狸身體，只將牠的尾巴斬掉了一半，血流滿地。再看狐狸「嗖」一下早已逃遠了，地上只剩下棉衣棉褲和那塊頭巾。

工人這時才意識到，那狐狸一定是把這些衣服偷來穿在身上，趁夜晚看不清長相，前來騙餃子吃。他越想越覺得可恨，索性開門從後追趕，但夜深人靜，茫茫雪地，要怎麼追？他咬牙切齒地返回屋中，一看那孩子還裹著小被躺在床上。不過也沒有什麼孩子，那繈褓裡裹的其實是條大金魚，而拴在門口的那頭小毛驢，也已經變成了一張四腳長凳了。

過完了年，工友們和林場主事陸續回來，工人便把這件事情一五一十地說給眾人知道。眾人聽了，都感到難以置信。不過從這以後的每年春節，再沒有人敢一個人留下來看守林場了。

老鼠嫁女

老鼠是五大仙家之中的灰家，在動物八仙裡排行第八，所以也稱「灰八爺」。民間對老鼠的崇拜，是因為牠晝伏夜出活動於黑暗之中，其蹤跡令人莫測，因而被認為有很高的智慧而被神化。還有的將其視為「倉神」，在農村填倉節時祭祀。另有說法認為老鼠能預知未來，會算卦，也能使人致富，故又將其視為財神，祈求牠在黑暗中為主人家運來財寶。民間還把鼠的世界想像成如同人世間一樣，年畫題材裡便有「老鼠嫁女」的故事。此類故事在剪紙或皮影戲中也常能見到，接著我們就來說這段故事。

每年正月初十是「石頭節」，取「十」與「石」同音之意，這一天忌動石器、不搬石頭，又因牆壁多用石頭疊砌，老鼠又多生活在牆角窟窿裡的緣故，所以民間也傳說當天是「老鼠娶媳婦的日子」。按舊例要用穀面做蒸食，稱為「十子團」，夜晚滅燈前，放置於牆角土穴等處給老鼠吃。

據聞在民國初年，出現了百年不遇的大旱，無河不枯，一向富庶的蘇南地區也是赤地千里。又值軍閥割據，戰亂頻繁，使得民不聊生，餓死了很多窮人。當時有個姓華的商家，眼見時局動盪，世道衰退，無心經營，便停了買賣，帶著家眷從城裡遷回祖籍居住。

鄉下的祖厝雖是前後三進、兩邊帶著跨院的大宅子，但常年沒人居住，許多地方年久失修，有的牆壁都裂開了，一時無法入住。於是華家主人就在村中租了幾套房暫時住下，準備等時局穩定下來，再將祖宅重新裝修。

有天夜裡主人正在睡覺，看守祖宅的家僕趕來稟報，說是宅中有怪事發生。主人立刻起身趕去察看，就見後宅閣樓裡燈火通明，裡面亂哄哄的十分吵鬧。

主人很是驚奇，閣樓空置多年，裡面怎麼會有人呢？立即從牆縫向裡窺探。只見閣樓中有無數小人，長得非常迷你，都在忙著搬東西，一排一排地好像正在收拾房子。

主人看了感到心中無比驚訝，知道閣樓裡的東西非鬼即怪。他也不敢驚動，白天打開閣樓進去察看，那樓中卻空空如也，什麼東西都沒找到。

可是到了夜裡，閣樓裡又有怪聲傳來。主人再次隔牆觀察，就看其中張燈結綵，紅燭耀眼，那些小人們吹吹打打，簇擁著一頂花轎，新娘在轎子裡嗚嗚哭泣，顯然是捨不得離開娘家。後面還跟著另一頂轎子，轎中坐著個年過半百的老婦，那是送女兒過門的母親，周圍跟著許多丫鬟侍女。喧囂的隊伍走入牆壁，漸漸消失不見了。

過了幾天，到晚上又聽閣樓裡傳來嬰兒啼哭之聲。主人偷偷看去，發現那剛過門的小媳婦已經抱著一個胖小子。又過幾日，那小孩又拜一個尖嘴先生為師，開始讀書寫字。那時的人們迷信思想嚴重，主人看在眼裡急在心裡，眼瞅著自家祖宅被妖怪佔據，卻不敢貿然驚動，唯恐打蛇不成，反被蛇咬。

某天主人正坐在門前發愁，恰巧有個老道經過。那道人身材低矮、肥黑多鬚，以至於看不清長相，身後背著一把桃木寶劍，形容舉止都十分奇特。他來在主人門前打個揖手：「無量天尊，貧道這廂有禮了。」

主人趕忙還禮：「敢問道長從何而來，到此窮鄉僻壤有何貴事？」

老道說：「貧道向來只在龍虎山修煉五行道術，卻廣有神機，只須慧目一觀，即可洞察千里之外。因見貴宅中有妖物出沒，故此趕來除魔衛道，整頓乾坤。」

主人大喜，立刻請老道回家吃飯，準備好酒好菜招待。夜裡那老道提了桃木劍，赤足披髮，和主人來到後宅閣樓門前，大聲喝斥：「何方妖孽膽敢在此作祟，本真人到此，還不快快束手就擒！」說完一腳踢門而入。

那閣樓中的一眾小人見老道來了，都大吃一驚，頓時鳥獸散，向牆縫洞穴裡逃竄。老道嘴裡念念有詞，兇神惡煞般用桃木劍就地亂戳。他每劍戳出，便會刺中一個小人。小人們中劍後，便直挺挺橫屍在地。老道隨手從地上撿起來扔進一個大麻袋裡，不到一刻的工夫，那麻袋就裝滿了，看分量約有百斤重，這回閣樓裡算是徹底清靜了。

主人和旁觀的鄰居都看得心服口服並帶著佩服，忍不住稱讚：「好厲害的道長，真的很了得！」

老道撫鬚大笑，顯得十分得意。他將麻布袋拴上扔在地上，兩眼珠子一轉說道：「貧道從千里之外的龍虎山遠路到此，能夠降伏妖怪，全仗諸路仙家相助，哪幾路仙家？乃是玉清元始天尊、上清靈寶天尊、太清道德天尊、七曜星君、南斗星君、上洞八仙、四靈二十八宿……」說了一長串各洞神仙的名諱，聲稱主家和各鄉鄰應該大擺宴席，多準備肥雞熟鴨以及上等佳釀、果子糕餅，讓他帶回去祭祀神明，否則那些仙家怪罪下來，誰也擔當不起。

眾人一聽不免有些疑惑，如今天下大旱，老百姓有口飯吃都不容易，哪有肥雞美酒可以敬神？何況道家講究清心寡欲，無為而為，借這機會獅子大開口索取酒肉，真不像修道之士所為。

誰知那老道翻臉比翻書還快，認為眾鄉民怠慢仙家，立時拉下臉來，解開綁住麻袋口的繩子，就地一抖，有無數大老鼠「稀裡嘩啦」從裡面鑽出來，其中還有隻尖嘴老鴰，躥到鄉民家中到處啃咬，把很多衣服、木器都啃壞了。

眾人這才明白過來，這些全是老道使的障眼法。閣樓裡的小人是老鼠所變，教書先生則是個尖嘴老鴰，這老道可能也是什麼妖怪，只因到處都鬧饑荒，這些東西竟跑到村子裡騙食來了。

村裡的愚民大多是老實的農民，一個字也不認識，遇上這種事誰也不敢出頭，只好讓主人帶頭作揖求饒，承諾明日在村中擺酒賠罪，另備肥雞、糕餅，請各路仙家息怒，如此才作罷。

第二天傍晚，村子裡打開了準備用來度荒的糧窖，各家各戶湊了些酒肉。那老道帶著一群小人如期而至，狼吞虎嚥地將酒席一掃而空。老道喝得大醉，臨走把鄉民拿來的肥雞和糕點背在身上，搖搖晃晃地離開。

華姓主人的兒子年輕氣盛、素有膽識。他眼見四鄰受自家連累，把度荒的糧食都用光了，還不知要餓死多少無辜百姓，不禁暗中憤恨，心想：「那老道來歷不明，雖然知道村中有糧窖，卻不會搬運挪移之術，否則也不必如此大費周章了，看來最多只會一些障眼幻化的邪法，我當設法為民除害。」於是趁那老道喝得迷迷糊糊的，他在裝糕餅的袋子底下墊了個石灰包，又紮了個小孔，等老道回去的時候，石灰就一點點從孔中漏出，斷斷續續地撒了一路。

少主人約了幾個膽大的夥伴，點起燈籠火把，跟著地面的石灰線尋去，最終找到一座荒山野嶺間的墳墓，看石灰的痕跡直通到墳窟窿裡，料定那老道藏身在這座古墓當中。他們當即找了幾捆乾茅草，燃起濃煙往洞子裡灌，然後堵住了洞口，天亮後招呼村中青壯年，帶著鋤鎬鐵鍬趕來相助。

眾人掘開古墓，就見墓道裡趴著一隻大耗子，個頭比老貓都大，體肥肢短，看來就是那妖道的原形，牠喝醉後已經被濃煙活活燻死了。村民們將巨鼠拖出去燒成了焦炭，永絕後患。

早年間跑江湖賣藝的，其中有一部分真有一些看家本領、蓋世絕活，讓你看得目瞪口呆、心服口服。然而還有一些，是打著賣藝的旗號，用各種卑劣的手段坑矇拐騙，進而達到其騙錢的目的。

造畜

民國以前，還是皇帝穩坐金鑾殿的時候，具體哪個朝代就不清楚了，某縣城有位縣太爺前來上任。其轎隊正走在大街之上，前面銅鑼開道，後面兩人高舉「迴避」「肅靜」兩塊路牌，氣勢十分威武。

這時，忽然從兩旁人群之中躥出一條黑狗攔住了轎隊。衙役見狀，立刻大喝驅趕。但無論如何喝斥，黑狗都臥在道路中央一動不動。突然，從人群中又跑出來一個披頭散髮之人，手握一根木棒朝黑狗打去，邊打邊叫喊道：「快點跑！快跑！」縣太爺聽到轎外的吵鬧聲，走出轎子觀看，剛走到隊伍前面，黑狗頓時跑上前來，一把將縣太爺的大腿抱住，任憑那人和衙役怎麼打罵，都不鬆開兩隻前爪。縣太爺看此事覺得奇怪，便下令將那人與狗一同帶回了縣衙，準備升堂詢問。

大堂之上，那打狗之人說自己乃是一個江湖賣藝的，正在馴犬時，不料一時疏忽，讓狗跑了出來，所以立刻尾隨在後，想把這狗抓回去。這人剛剛把話講完，臥在一旁的黑狗突然張嘴說出了人話。大堂之上，眾人譁然。

黑狗自稱是被惡徒拐騙的孩童，原來這孩子還小的時候，就被人販拐賣，賣到馴狗耍猴的藝人手裡。

藝人買了小孩，先把一條黑狗殺死，再把整張狗皮剝取下來，趁熱裹在小孩的身上。因狗皮上鮮血滾燙，那孩子的皮膚便與狗皮粘在了一起。

時間一久，這狗皮便與人身肌膚相連，而小孩被狗皮裹住，從此難以成長發育，最多只能活兩、三年。因為亂世裡人命不值錢，買個拐來的孩子比買條狗都便宜，況且訓練小孩鑽圈作揖，遠比馴狗或馴猴容易得多，出去賣藝能賺大錢，就借此詐騙錢財。民間俗傳此法為「造畜」，不知底細的人，常以訛傳訛，說這是用妖術把活人變成牛馬牲口販賣。

今日這小孩聽聞縣太爺前來上任，趁其不備逃到此處鳴冤求救，懇請青天大老爺為民做主，使他脫離無邊苦海。

縣太爺聞言拍案而起，命令差役們將那賣藝之人抓起來審問。一訊而服，當堂打入死牢，擇日斬首示眾。

寶鏡降妖

據說四千多年以前，黃帝曾經鍛鑄過十五面古鏡。這十五面古鏡之上，都刻有四象八卦及十二辰位。而且每面古鏡背面，都有青龍、白虎、朱雀、玄武四聖獸圍在四方，中間位置則伏著一隻麒麟。

十五面古鏡按照鏡面橫向寬度區分大小，最大的一面，直徑有一尺五寸，然後依次向下排列，最小的直徑只有一寸長。傳聞這十五面古鏡，每一面都有降妖除魔的作用。後來遺落世間，全都不知去向，只有幾個怪談流傳至今。

唐代的時候，長安城中住著一戶富商，無意中得到一面古老的銅鏡。他把這面古鏡放置在自己屋中，打算每天出門前能在鏡前整理衣冠。

這天富商和往常一樣，正在鏡前端照，忽然聽見門外一聲脆響。他猛地一驚，回過頭去觀看，只見一個侍女癱坐在門外，地上散落著摔破的茶杯碎片。

富商覺得很奇怪，怎麼無緣無故摔倒了？他想要把侍女扶起來，誰知剛走出門口，侍女便勉強起身，雙膝跪在地上連連磕頭，一邊磕一邊說道：「老爺，這個房間奴婢不敢進去，屋內這古鏡只要照我一下，我就會當場死去。」

富商對她說的話極為不解，於是問道：「府內奴僕來我屋中，行走鏡前都平安無事，為何唯獨你會死去？而且見你看起來也不像是我府內之人，你到底是誰？」侍女回答：「奴婢剛剛進府不到半日，原先居住在城外，後來被一賊人拐騙至此，賣到府上做了女僕。」富商聽罷，從屋內拿出寶鏡對著侍女說道：「那你為何會懼怕此鏡？難道你是妖怪不成？」侍女見富商把古鏡對著自己，立刻向後退了數步，把頭緊緊貼在地上，不敢直視鏡面，而且渾身瑟瑟發抖。富商見她這般模樣，便越發懷疑起來，隨即加緊盤問。

侍女無奈，只好說出了實情：「奴婢其實是城外古松之下的一隻千年老狸，如果被這寶鏡一照，就會打回原形，一命嗚呼。請老爺先把寶鏡收起，容我慢慢說明。」

富商又是驚奇又是駭異，他猶豫了片刻，心想：「這妖怪懼怕我手中寶鏡，且聽她有何說辭，言罷我再制伏她也不遲。」他暗中把古鏡握在身後，準備如有不測，便取出來制住這千年古狸。

侍女說道：「奴婢修煉千年才得人形。起初剛為人形之時，一日路經河邊，不慎失足落入河中，幸而被一農戶所救。他們不但救我性命，還讓我在其家中調養身體，供我吃穿，就好像親生父母一般。待我身體痊癒，便拜了他們做義父義母。但沒過多久，我便被一賊人拐騙，帶進了城中。那賊人不僅對我又打又罵，還將我賣到了府中為奴。老爺手中所持寶鏡乃是黃帝所鑄，當年黃帝共鑄了十五面降妖除魔的寶鏡，自古遺落至各地深山古墓，皆已不知去向。看老爺手中寶鏡的形制，應該是其中的第九面。我若被此鏡一照，一定會被打回原形，死於非命。」

富商聽得心軟了，但仍不敢大意，繼續問道：「你既是千年古狸，變化人形入世，難道不會害人嗎？」

侍女回答說：「我已經幻化為人形，只想好好做人，不做那些為非作歹之事。而且先前義父義母教誨，要知仁義、行德善，至今銘記於心。但狸化為人，乃是違背天道，逆類而存，為神明所不容。我自知罪孽深重，當以死贖罪。」

富商見其說出這般話，更是心生憐憫，說道：「既然你已坦誠相告，我也不好為難你。今日放你一條生路，趕緊離去吧！」

侍女言道：「多謝老爺不殺之恩，雖肝腦塗地，也無以為報。但剛才奴婢已經被寶鏡照破，命不久矣，而且變化為人的這段時日，也已經習慣了人間的生活，不願再變回原形死於荒野了。請老爺把寶鏡收回屋內，我只想在餘下的時間裡，飲酒起舞，盡一生之歡，則死而無憾了。」

富商遲疑了片刻，說道：「我將寶鏡放回屋中，你豈不是可以趁此機會逃之夭夭了嗎？」侍女笑道：「老爺先前不是已經願意放我逃生嗎，我既然已經回絕了老爺，便不會再趁此機會逃走。而且奴婢剛才已說，寶鏡已然將我照破，命不久矣，逃跑又有何用？只想盡情歡愉，享盡人生之樂再以死贖罪。」

富商見侍女心意已決，便回屋把古鏡放了起來，又在廳堂之上擺設宴席，叫來了幾個膽大的朋友共同作陪。席間，那侍女與眾人暢飲一番，喝得酩酊大醉。只見她步履蹣跚地走到堂前，翩然起舞，邊舞邊放聲而歌。在座眾人隨著她的曲調同聲應和，賓主皆是如癡如醉。侍女舞罷一曲，跪在地上又向賓主拜了三拜，突然變回狸身，蜷伏在地而死。

又道舊時江南一帶，有一個毗陵縣，其縣令家裡收藏著一面祖傳寶鏡。傳聞這面古鏡，鏡面紋路有如水波一般，而且有「除妖辟邪、解人疾病」之奇能。

一天夜裡，縣令正在房中熟睡，忽然聽臥室外傳來一陣女子的哭泣聲。他連忙穿上衣服，下床出外巡視。走到廳堂，他突然發現，原來這哭泣聲是從寶鏡之中傳出來的。就在他感到吃驚的同時，鏡子中忽然浮現出一個女子的身影。這女子相貌秀美，身穿一件紅色長服，頭插一支金色簪子，緩緩從鏡中走出。

縣令見這女子從鏡中走了出來，嚇得後退數步，問道：「你是何人？為何會從鏡中而出？」

那女子說道：「你不必害怕，我乃是這鏡中精靈，名叫赤夕。只因縣城之外，有一村落被妖怪所害，全村老小都命在旦夕。我憂心眾生慘死，故而哭泣。」

縣令聽罷此言，甚是疑惑，便問道：「據我所知，縣城周邊百姓，全都豐衣足食，平安無事，哪裡有什麼妖怪作祟？」

女子說道：「此村在離縣不遠五十里處。村中有一株千年棗樹，足有數丈之寬。樹內居住著一條怪蟒，此蟒身上具有奇毒，居於樹中天長日久，樹上所結果實皆被其腐蝕。村中百姓不知怪蟒所在，爭相摘棗食之。吃完自會身中劇毒，縱然華佗再世，也無法治癒，唯有一死而已。如今我在你面前顯露原形，就是想讓你帶我過去，救百姓於苦難，設法誅殺怪蟒，以絕妖孽。」

縣令聞言大驚：「請問仙子，下官該當如何去做？」

鏡中女子說：「你只需將古鏡帶在身邊，怪蟒就不會加害於你。見到身中劇毒的村民，你只要將鏡面對其腹部照，不消片刻，所中之毒便會化解。待你把村中百姓身上劇毒全都清除完畢，就把古鏡懸在那棵千年棗樹之上，等一夜過後，再去將古鏡取下，屆時我自會將怪蟒誅殺。」

縣令聽完女子所說，即刻俯首作揖，答應了此事。女子見縣令已經應允，便轉過頭去，隱入銅鏡消失不見了。

這時縣令猛然驚醒，才意識到原來自己剛才是做了一個夢，但夢中所見就如親身經歷一般。他坐在床上思慮了很久，決定按照夢中女子所說，帶上古鏡前去那個村落看看。隔天清早，他早早起身穿戴整齊，叫了幾名縣吏隨行，帶上古鏡便出發了。

按照鏡中女子的吩咐，縣令等一行人很快就找到了那個村落。進村之後，縣令見村中一片荒涼，人跡稀落。每家每戶之中，少則一人中毒，多則舉家老小全部中毒。村民們躺在床上，一個個面無人色，眼窩向內深陷，口鼻內都是黑紫色的淤血，簡直和僵屍一樣。

村子裡的慘狀使縣令觸目驚心，他趕緊取出古鏡，按照那女子所教的辦法，逐個為村民們化解體內之毒。忙碌了整整一天，村民們漸漸甦醒過來，轉危為安，而且每個人的體膚都恢復了原有的血色，沒有了剛看見時的鐵青。

村民們慢慢恢復了體力，紛紛對著縣令說道：「剛才看見老爺走進屋中，從身上取出一輪明月相照。月光所照之處，好似清泉撫體、冷徹脾臟。」就這樣到了晚上，村子裡中毒的居民，都被縣令用古鏡所救。

這時，縣令想起那女子曾經說過，等救活了村中百姓，還要設法誅殺大樹裡的怪蟒。他問明棗樹方位，當即前去將古鏡懸掛在樹上。由於天色已黑，他不便折返回城，所以就在村中暫時住了下來。

時至深夜時分，忽聽外面雷聲如炸，不絕於耳，縣令急忙起身向窗外望去。只見窗外狂風驟雨，從天上劈下了一道道閃電，圍在棗樹周圍，忽上忽下，忽明忽暗，好像要把那棵棗樹從中擊穿一樣，滿村皆駭。

等到天明，大夥壯著膽子出門觀看，赫然發現有一條大蟒倒在樹邊。這條怪蟒渾身紫色鱗甲，陽光一照，泛出異彩光亮。青綠色的三角形蟒頭上，長著一對白玉一般的角，頭頂處清晰可見一個「王」字。蟒身傷口無數，血流不止，觸之不動，氣早絕矣。

縣令立即命令手下人和一眾村民，把巨蟒拖出村子，點起火堆加以焚燒，腥臭傳到數十里外。

縣令又把古鏡從樹上取下，忽然看見這棗樹中間已經被雷電劈出了一個大洞，就命村民把樹挖開。發現這洞穴自地下而出，延伸至樹心部位，入地頗深，難測其底，洞中還有大蟒爬行過的痕跡。他隨即命人把棗樹連根砍去，又用泥土把洞穴填平，自此，便再沒有出現蟒蛇為禍村民的事情。

據傳毗陵縣令家中的古鏡，也是黃帝所鑄的十五面銅鏡其中之一。後來某天風雨大作，鏡在匣中嗚嗚而鳴。縣令打開木匣察看，就見一道白光射出來，轉瞬消失在半空，只剩下那木頭匣子空空如也。

琴師奇遇

「淨琉璃」是日本古代的一種曲藝方式，唱曲的人手執三弦琴，一邊彈奏、一邊說唱，曲調深沉凝重、委婉動聽。

以前有位行走於各地賣藝的盲眼琴師，彈唱淨琉璃數十年，技藝已至爐火純青的地步，尤其擅長的是古曲《源平合戰》。

某天琴師路經偏僻的「衣川館」，山裡下起了大雨。他只好夜宿古廟，忽然有一匹快馬飛至，招呼琴師去為主人演唱。

琴師見有生意，連忙收拾工具，牽著馬匹跟來人進山。他眼盲看不見東西，就感覺道路崎嶇，走了很遠到了一座大屋裡，周圍好像坐滿了人，氣氛肅穆沉靜。琴師不敢怠慢，調好了琴弦開腔作歌，伴著淅淅瀝瀝的雨聲，唱起了《源平合戰》中最引人入勝的一段「上洛勤王」。

周圍聽者甚眾，但自始至終，皆是一聲不發，也沒人鼓掌喝彩。一曲彈罷，聽到有人輕聲啜泣，也有人深深哀嘆。主人顯然也被琴師高超的技藝打動，吩咐手下重賞琴師，然後將其送回古廟。

從這天開始，琴師每晚都被人帶到大屋中彈唱「淨琉璃」，他貪圖酬資豐厚，也不計較路途艱難，索性就在古廟裡住了下來，把得到的賞金交給和尚，請和尚代辦飲食。

古廟裡隱居著一位高僧，他看到琴師拿出來的錢都是古幣，十分貴重罕見，又見其臉上陰氣很深，面容一天天消瘦，就知道琴師是遇上鬼了，於是暗中跟隨，想一窺究竟。

當晚高僧發現琴師獨自一個人，摸索著走到深山裡的一處窟宅前，彈奏三弦琴唱起古曲，周圍血霧彌漫，遍地屍骸，站立著數百名身穿古代羽織鎧甲的古代武士。他們個個身插戰旗，甲冑上釘滿了羽箭，臉色悲憤。為首端坐著一個身穿赤紅鎧甲的將軍，目射神光，威風凜凜，正在全神貫注地傾聽著「淨琉璃」。

高僧暗暗吃驚，琴師演奏的古曲《源平合戰》，是講述平安時代著名武士源義經的征戰生涯。源義經生前被尊為戰神，而這「衣川館」正是當年他橫刀自裁之地，其麾下眾武士也都慘死在此。看來這許多陰魂仍未走入黃泉往生，而是被怨念束縛在「衣川館」。

高僧當時不敢聲張，等琴師回去後才如實相告。琴師聞言回想，知道高僧所言不虛，嚇得魂不附體，懇求高僧救命。高僧在古廟外貼滿《南無妙法蓮華心經》擋鬼，又念誦往生鎮魂之咒，那些含恨而死的陰魂才不再為祟。

源義經在歷史上確有其人，也是深受百姓愛戴的傳統英雄之一，而且由於其生涯富有傳奇與悲劇的色彩，在許多故事、戲劇中都有關於他的描述。根據在大山祇神社中供奉的源義經的甲冑，有人推估出其身高大約在一米五左右。

換鼻子

如今的山東省萊州市，是根據唐朝時此地的萊州府而得名。那時萊州府內有位姓徐的府尹。徐府尹雖說是一介文士出身，卻體魄挺拔，在人群中儼然有鶴立雞群之姿。美中不足的是他長了個塌鼻樑，而且鼻孔朝天，所以常常受到別人的恥笑，他自己也為這難看的鼻子而苦惱不已。

有一次，皇上召他進宮面聖，當他們行至武陵時，天色已黑。徐府尹傳令下去，要在不遠處的一個驛站落腳休息，明日清晨再起程趕路。

這時，身後的一個士卒來到徐府尹跟前，放低了聲音稟報道：「府尹大人有所不知，傳言這武陵驛站之中經常有妖怪往來，路經此處的官員將領，全都不敢進站居住。如今府尹大人到此，最好也別在站內過夜。此處再往前行幾十里，還有另外一家驛站。我等不如星夜兼程，等到了那處驛站再休息也不遲。」

徐府尹歷來不信鬼神，聽後很是不以為然，當即吩咐眾人入住驛站。他吃過晚飯，就推開房門，獨自進屋休息去了。

長夜過半，徐府尹還沒完全入睡，朦朧之間聽見屋裡有腳步聲，他微微睜開雙眼，看見有個人朝他走來。那人一身青色長袍，面色蒼白，手中還提著一個竹籃。徐府尹仔細往那竹籃裡看去，發現裡面竟裝著滿滿一籃子人鼻。

那人走到徐府尹身前，大聲說道：「你是何人，竟敢睡在我的住處！」徐府尹急忙坐起，退到床腳處蜷縮成一團瑟瑟發抖，嚇得連大氣都不敢喘一口。

那人見徐府尹不答，竟慢慢走上床來，用手托起徐府尹的臉仔細端詳，自言自語般說道：「看面相倒不是個薄命之人，但這鼻子又塌又翻，實在與尊容不配。來來來……讓我給你換個鼻子。」話一說完，只見那人轉頭把竹籃放下，伸手在籃中仔細地挑揀，拿起來一個放下，再拿起一個又放下，似乎都不合適，最後終於拿出一個，喜道：「就是它了！」隨即將手按在徐府尹的鼻子之上。

徐府尹立時感覺到臉上一陣強烈的灼痛感，眨眼間，自己的鼻子便被那人取了下來丟進籃中。他駭然失色，嚇得一動也不敢動。

那人把挑選好的鼻子放到徐府尹臉上，並且用手指在他面部揉按，然後滿意地笑道：「好一副吏部尚書的面相。」

這時徐府尹猛地驚醒，才知剛才乃是做了南柯一夢。他用雙手撫摸自己的鼻子，突然大吃一驚，原來的塌鼻樑翻鼻孔，竟已變得高挺端直，而且鼻子周圍也沒有任何刀口傷疤。後來徐府尹進宮面聖，皇上見其一表人才，果然封他做了吏部尚書。

大膽布商

當年有座大宅，主人做生意虧了本，只好將宅子轉賣他人。但不管是誰住到這大宅裡，皆會遇到許多反常之事，膽小嚇死的都有。大家便認為這是座鬼宅，自此再也沒有人敢往裡面住了。

直到有個外地來的布商想尋寓所，他素來膽大不懼妖邪，見這老宅價格便宜，就買下來準備讓舉家老小搬來居住，但他也風聞宅中鬧鬼，就孤身一人先住進去，想看看到底是怎麼回事。

那宅院年久失修，牆皮已經剝落，院子裡雜草叢生，堂內樑柱七橫八豎，結滿了蜘蛛網，到處都是黑沉沉、陰森森的。

布商收拾了一間臥房，帶了短刀獨居其中，果然每天深夜，都會聽到堂屋裡有聲音發出，但當他推開堂屋的大門進去察看，那裡面就立刻變得寂然無聲了。一連幾日，始終不知怪聲從何來。

布商為了解開其中緣故，便在天黑之前躲到堂屋房樑上，準備一窺究竟。當晚月明星稀，借著從破損屋頂處透下的蒼白月光，屋內傢俱畫幅黑乎乎地露出些輪廓。

大約到了三更天（晚上十一點至凌晨一點），就聽堂內窸窸窣窣有些動靜。他屏氣斂息，靜臥在樑上向下俯窺，只見有個身高過丈的人從壁中走出，那人寬袍高帽，衣冠都是黃色。

布商這才感到事情不妙，心想憑自己的身形，被那黃衣人捉住多半就當點心吃了。他嚇得大氣也不敢吐出一口，像死人一樣趴在樑上，只聽那黃衣人開口問道：「細腰，屋子裡為何有生人氣息？」隨即就聽角落裡有個鋸木頭般的聲音回話：「沒看見有外人進來。」那黃衣人聞言不再說話，身形緩緩隱入牆壁，消失不見了。

接著又有一個青衣人和一個白衣人，裝束都與先前的黃衣人相同，陸續從堂中出現，也都對著牆角問細腰，這屋中為何會有生人氣息。

布商好奇心起，壯著膽子探出腦袋，想看看那細腰的模樣，但屋角漆黑一片，什麼東西也看不到。

不久，月影西移，一切恢復了原狀，堂中寂靜異常，沒有絲毫動靜。布商又驚又奇，懷疑自己剛才趴在樑上睡著了，剛才聽到的是否是夢中所見。他滿腹疑惑地從房樑上爬下來，忍不住走到牆角，學著那些高冠古袍之人的語氣和腔調問道：「細腰？」那牆角果然有人應聲，但屋內漆黑，根本看不到是誰。

布商強行克制著內心的害怕，壯著膽子繼續問那細腰：「剛才穿黃袍的人是誰，他從何而來？」

細腰答道：「是金子，埋在西屋壁下。」

布商暗自稱奇，再次問道：「白衣人和青衣人是誰？」

細腰說：「白衣人是銀子，埋在東屋廊下；青衣人是銅錢，埋在井邊五步。」

布商聽在耳中記在心裡，又問細腰：「你是何人？」

細腰如實答道：「是個洗衣棒槌，就在這牆角。」

布商還想再問，卻已是天方破曉，有雞鳴聲遠遠傳來。屋子裡重新陷入寂靜，仿佛什麼事也不曾發生過。

布商待到天亮之後，立刻找來家眷和夥計，帶上鏟子、鋤頭，到宅中各處挖掘，果然從西屋壁下刨出五百斤黃澄澄的金子，在東屋廊下挖到五百斤銀錠，又於井邊五步發現了幾個大錢甕，裡面所藏的銅錢不計其數。而那牆角下果然有根古代擣衣服的木棒，頭大腰細，形制頗為怪異。

布商將這根木頭棒子投入灶中焚化為灰，金銀錢物則據為己有，從此陡然暴富，而那老宅裡也不再有任何怪事發生了。自古道「小富由勤，大富由命」，這話果然不假。可見「物有所歸，人各有命」，是那布商命中該當發跡，才鎮得住這筆橫財。

藏魂壇

具體是哪個朝代說不清了，可能是清朝前期的故事。那時村子裡有個闞姓人家，夫妻兩個以種田砍柴度日，粗茶淡飯的生活雖然清貧，但兩人非常恩愛，為人厚道本分，日子倒也過得舒適。

夫妻二人膝下只有一子，這孩子天生耳大，耳垂又肥又厚。兩老十分歡喜，總說：「咱家這孩子生就佛相，將來必福壽無窮。」於是給小孩起了個乳名叫「福耳」。

後來有位看相的先生瞧見，卻說：「這孩子耳大無福。雙耳要厚而有輪方為貴人，耳厚福厚，耳薄福薄，耳要大，又要圓，又圓又大是英賢；兩耳削平，奔勞一世；兩耳貼腦，富貴到老；對面不見耳，則是巨富巨貴之相。」

照江湖上流傳的面相說法，意思就是人的耳廓不能向前探著招風，須是平貼後腦才能有福，正所謂「兩耳招風，賣地祖宗」。因此以前迷信的人家，剛生下小孩，都要緊盯著孩子睡覺時不能把耳廓壓向臉頰，免得睡成賣盡祖宗田產的招風耳。

那先生看「福耳」的面相，是雙耳上薄下厚，兩邊都往前長著，就說這是逆子之相。闞氏夫妻哪裡肯信，就將看相的先生趕走了。此後對福耳更加溺愛，衣來伸手飯來張口，什麼工作都不用做。這小子長大成人之後，整天遊手好閒不務正業，還學會了賭博嫖娼，把他爹氣得吐血而亡。

福耳不但不思悔改，反而變本加厲，把家裡的田產變賣揮霍了，又去偷雞摸狗。一次被人告上了衙門，他逃到山裡躲避，途中撞見一夥養蠱的黑苗，就此跟去湘黔交界混飯吃。幾年後回歸故里，到家鄉沒有孝順老娘，反而肆無忌憚地做些見不得人的勾當。他若看上哪家的姑娘，光天化日裡就敢進去施暴，誰攔著就拿刀捅誰，比山賊還要兇狠倡狂。

王法當前，哪能容他如此作惡，果然驚動了官府，派差役將福耳抓起來過了堂。他對自己所犯之事供認不諱，被訊明正法，押到街上砍掉了腦袋，民眾無不拍手稱快。沒想到行刑之後的第二天，此人又大搖大擺地在街上走，依然四處作惡。

官府自然不會坐視不理，再次將其擒獲正法。可不管福耳的腦袋被砍掉多少回，這個人都能再次出現，活蹦亂跳地好像根本沒死過。百姓無不大駭，不知此人是什麼怪物，任其為非作歹，都拿他沒有辦法。

最後福耳的老娘實在看不下去了，只好大義滅親，到衙門裡稟告官府，說此子從黔湘深山裡學了妖術，在家裡床底下埋了個「藏魂壇」，肉身雖然在刑場上被斬首示眾，但他過不了多久就能從罈子裡再長出來。官府聞之將信將疑，立刻叫人到其家中挖掘，果真挖出一個黑漆漆的罈子，形狀就像骨灰罐，當場敲碎砸毀。再把福耳押赴刑場，再也沒有發生過妖人死而復生的事了。

聚寶盆

以前在地方戲曲文裡，有一齣戲叫「招財進寶」，演起來很熱鬧，表演的是各朝各代的降世財神。凡是逢年過節，或是喜慶擺設，都會請戲班子來演這齣戲。

民間最敬重的兩位財神，一個是漢時的鄧通，另一個是周莊的沈萬三。鄧通曾被皇帝封賞銅山，可以自行採銅鑄錢，有道是「多少金錢滿天下，不知更有鄧通城」，說的就是此人鑄錢之地；沈萬三則是元末明初時期的「江南巨富」，傳說明太祖朱元璋開國建都，都要向沈老爺借錢造城，真正是一位「富可敵國」的大財主。這兩位古人，歷來被老百姓看作是「財神爺」投胎轉世下凡塵，要是拿現代的話來說，就是被視為發財致富的「偶像」了。

據說這沈萬三可不得了，是天上財星下凡，「左腳生金、右腳生銀」，家中財帛通天，富可敵國，哪來的這麼多錢呢？是他還沒發跡之時，路過湖邊見到鄉人捕蛙，就地剖蛙取腸，血腥滿地。沈萬三見狀不忍，出錢把剩下的幾百隻蛙都買了下來，扔回湖中放生。某天晚上他再次路過湖邊，聽群蛙鳴動鼓噪，從湖底擁一古鼎而出，往那鼎中扔進一塊金子，就立即變成兩塊。沈萬三因一時善念得此古鼎，日後盈千累萬之資，皆為其中所生。

後來朱元璋準備在南京建都，並決定擴建應天城，建得非常氣派。但由於戰事頻繁，開支浩大，根本沒錢修城牆。豪富沈萬三答應負責修築聚寶門至水西門一段，還有廓房、街道、橋樑、水關和署邸等相關工程。他不僅延請一流的營造匠師，還整天在工地上督促進度，檢查品質。儘管一些「檢校」常去工地製造事端，撈取油水，沈萬三延依然比皇家修築的城牆提前三天完成。但他這樣做，卻使皇帝丟了面子。此後他又向朱元璋提出，打算以自己的百萬兩黃金，代替皇帝犒賞三軍，這終於惹得明太祖龍顏大怒。於是他被沒收家產，發配充軍雲南邊陲。

沈家被明太祖朱元璋查抄的時候，從地窖裡搜出這尊古鼎，問以劉基劉伯溫，劉基曰：「此乃聚寶鼎是也。」後世俗傳為「聚寶盆」。

當然這無非是民間傳說，實際上沈萬三是擅長資本運作的大商人。今後要去周莊旅遊，可別忘了品嘗一下當地的名菜「萬三肘子」「萬三蹄」。據說那都是根據沈老爺家裡流傳下來的食譜，以祕方配置調料蒸煮而成，皮潤肉酥，入口即化。

憋金咒

中國自古有很多被人遺忘了的「銀窖」和「錢庫」，戰亂年代，兵匪橫行，埋金藏銀是為免遭搶掠。太平時期，埋金藏銀者也不在少數，其動機往往各不相同，貪婪聚財而生性吝嗇者最多。到了宋代，則信奉「掘藏得金」，習慣把大量錢幣埋入地下，想給後人一個驚喜。其實最主要的原因，在於宋時銅貴而金賤。

地下埋的金銀多了，也衍生出不少古怪詭異的傳說。很久很久以前就有富豪家中庫銀存得太久，打開庫門後白銀都化為白鳥飛去之事，可見民間一直相信金銀有靈性的說法。

在苗人中，有很少的一批人以採金掘銀為生，被稱作「金苗」。他們常常以數人為一夥，在深山中以極其詭祕的方法，尋找深埋地下的金銀礦脈。不僅是礦藏，湘西兵匪之禍頗多，以前有許多土司把整罐整壇的金銀埋在山中，金苗利用奇門古術，往往也能將之找到。

金苗使用的所謂「方術」，也可以稱為「法術」，實際上這個「法」的意思就是「方法」，是使用「術」的「方法」，是包括符咒、訣語、字型大小、卦歌、道具、秘方諸多法門在內的總稱。每一夥金苗中都有一個首領，被視為「金頭」，只有金頭掌握著古老而又神祕的方術「憋金咒」。

深埋地下的金銀財寶，經過數年，便得精氣靈性。這套憋金的古代迷咒，就是專門用於將金魂銀魄從地下逼出，然後用針紮住它，順藤摸瓜，就能找到地下寶藏。但要是沒有金頭的迷咒使金銀之魄歸位元，挖出來的全部金銀會腐爛得如黑泥朽木，毫無價值，土人謂之「金銀糞」。

古代金苗頭領的迷咒，會的人本就十分有限，而且由於太過保密，至今已經失傳了數百年，世上無人再通此道，只是學方術之人大都知道，幾百年前曾經有過這麼一套神祕的符咒。他們還知道金銀之魄各有不同，但銀魄都是小腳白鞋的老年女子，民間稱其為「白老太太」，在五行中白色代表金，是金銀財寶的象徵。

苗疆山區經常有些低矮的屋棚，裡面供著「土地菩薩」，也包括「土地奶、家宅、祭橋、水井」諸神祇。土地菩薩在苗語裡叫「土地鬼」，一般由幾塊石頭壘成。土地屋多為木製或用三塊石板搭成，極為簡陋，設於寨旁路口處或大路邊行人休息處，如果是穿白衣的土地菩薩，那多半就是土財神「白老太太」了。

乾坤大挪移

說起我看過最具有想像力的故事，是在唐代的時候，有個商人去長安做生意，賣掉貨物之後買了一隻鵝，裝在籠子裡背在身上獨自回鄉，半路遇到一個書生。那書生正坐在樹下休息，見商人來了就起身行禮。書生聲稱自己走不慣長路，腳底都起了水泡，實在是走不動了，懇請商人行行好，讓他鑽到竹籠裡帶上一段。商人以為對方在開玩笑，就說：「這竹籠才多大，何況已經裝了隻鵝，你要是鑽得進來，背你一段也是無妨。」沒想到那書生一低頭竟鑽入了籠中，和那隻鵝在一起並不顯得擁擠，而且重量好像也沒增加。商人暗自驚奇，奈何說出去的話收不回來，只得背上竹籠繼續趕路。

中午的時候停下休息，那書生從籠中鑽出來，說：「蒙君相助，無以為報，請您飲上幾杯薄酒，萬勿推辭。」商人奇道：「此處沒有人煙，你兩手空空，怎麼請我飲酒？」書生笑而不答，忽然張開嘴，從嘴裡吐出一個食盒，裡面裝滿了美味珍饈，又吐出一壺佳釀和兩個酒杯，與商人席地而坐，一邊飲酒一邊擊節而歌。

那書生還覺得不夠盡興，要請出最寵愛的姬妾出來跳舞，於是張開口，從中吐出一個婀娜多姿的美女，請她跳舞助酒興。商人沒見過如此佳人，不禁看得傻了，也忘了喝酒，而那書生興高采烈，多喝了幾杯，竟醉臥在地，怎麼叫都不醒人事。那個美女見狀，就上前對商人說：「奴婢有個相好的郎君，想趁此良機將他召來相見，還望閣下高抬貴手，不要聲張出去，否則被主人知道，我必然難逃一死。」商人傻傻地點了點頭，就見美女也輕啟朱唇，吐出一個虯髯大漢，二人低聲私語了幾句，就走到樹後共盡雲雨之歡。

過沒多久，醉臥的書生忽然伸了個懶腰，好像快醒了。那個美女大驚失色，一口將虯髯大漢吞下，然後就忙著整理衣衫。這時書生從地上坐起，揉了揉眼睛，對商人深施一禮：「小生酒後失態，萬勿見怪。」說罷張口吞下美人與酒壺食盒，起身作別，逕自走進了深山，從此不見蹤影。

這是一種典型的乾坤挪移幻術，神奇古怪到了極致，即使有也不是中土之術，應該是從印度、西域流傳而來。唐時西域已通，所以才出現了這種匪夷所思的題材。

黃河中的神

黃河雖是濁浪滔天，但河裡的水族向來不少，也有些稀奇古怪的生物。在迷信的說法裡，其中也住著水府郎君，有很多人目擊過河神之類的異象，可能是某種大魚。

以前的官府嚴格控制鹽稅，所以有些人被迫鋌而走險，利用黃河水路販運私鹽。那要用一種夾艙船，艙底有夾板，把私鹽藏到裡面，以此避免盤查。但天底下沒有不透風的牆，這方法瞞得了一、兩年，卻瞞不了多久。巡河的官差雖然知道，但拿了些好處之後也向來是睜一隻眼閉一隻眼。畢竟鹽梟都是亡命徒，逼急了也敢殺官造反，正所謂「官不容針，私通車馬」。

在黃河上販運私鹽的船幫，除了要給巡河的兵勇官差好處，起航時還得祭祀河神，把整袋子的鹽投入河中，祈求水下郎君保祐行船平安，別遇上大風大浪。

卻說有這麼一艘夾艙船，以前沒來過這段河道，初走黃河販運私鹽。那船老大以前就是個心黑手狠的土匪，為人十分吝嗇。有船夫勸他要獻祭河神，船老大說什麼也不肯把鹽扔進河中一袋，只撒了一把鹽。

當夜船幫在青銅峽前留宿，夜裡突然來了一個老者，頭戴綠色裝飾的帽子。平時人們頭上帽子的裝飾都是紅的，而這位老者頭上偏偏戴了個綠的，顯得十分顯眼。那老者手中端著個瓢，想找船老大討一瓢鹹鹽。

船老大認為販運私鹽明犯王法，那是提著腦袋混飯吃的行為，卻不是開粥場行善事的，做買賣講的是以本圖利，被官府盤剝是沒辦法的事，如何肯施捨給不相干的人，於是就把老者趕走。

船幫裡少掌櫃的心善，見那老者可憐，便掏出錢向船老大買了一瓢鹹鹽給那老者，老者千恩萬謝地離開了。隔天繼續開船前行，一路到了青銅峽，上游突然發起大水，濁浪排空而至，霎時間失了日色，天昏地暗。眾人正忙著穩定船身，忽聽有人喊了一嗓子「龍王爺亮翅了」。

大夥趕緊舉目觀瞧，就見黑壓壓的一個龐然巨物，露著山丘般的脊背，從黃河中冒了出來，原來那是一隻巨黿，足有兩、三間房子連在一起那麼大。巨黿衝著夾艙船直接撞來，最後把整條船給翻了，整船的貨物全沉到了河裡，然而船上的人一個都沒死，都被河水捲上了岸。後來人們都說，多虧少掌櫃施捨了一瓢大鹽，河神才開恩放了他們。

成祖找墓

古時候的皇帝，只要一登基，就開始張羅自己死後地宮的事情。修皇家墳墓可不是那麼簡單，需要風水好、氣派，還要防盜，皇帝在位多少年就要修多長時間，總之工程浩大、勞民傷財。明成祖為自己的墓穴忙前忙後，是比較少見的親力親為的皇帝。在選擇墓穴地方的時候還發生過有趣的小故事。

明成祖為了能使自己的江山長久，對墓穴風水極其看重，與軍師多次出行，從東到西，又從南到北，最後在北京西莊的錢糧口看見一塊平川之地。軍師觀其勢推斷順其直走肯定有風水佳地，果不然此地三面環山，坐北朝南。軍師大贊：「此處南端，左有青龍山，右有白虎山，左青龍，右白虎，而吾王腳下之地乃是臥龍窩。」明成祖聽後極為高興。軍師又說：「如此大好風水之地，恐怕此地已有墓碑。」成祖則不以為然：「普天之下，均是王土。」軍師聽後便不再多言。

向回走時，天色已晚，軍師便與明成祖決定找個地方住一夜，二人往南走去，忽聽敲鑼打鼓好熱鬧，那時與現在不同，迎娶都在晚上。明成祖對軍師說：「有迎娶之日，今天必是好日子啊！」軍師掐指一算，今日乃五鬼之日啊。說著就看一頂轎子過來，二人急忙向轎子追趕。只見轎子前面打燈，後面吹打，忽忽閃閃走得很快，抬轎人也好像不是自己在走而是在飄，待明成祖二人追上時已到村口，不知不覺又恢復了正常。他們便隨轎子來到了辦喜事的家中，明成祖覺得應該沾沾喜氣，與軍師走了進去。院內賓客眾多，喜氣洋洋，二人到帳房先生處每人以五十兩隨禮。這可慌了記帳的先生，急忙跑去向東家彙報了這事。東家早已忙得團團轉，哪裡還顧得上，只得告訴記帳先生好生招待，吃住全包。依照東家的意思，記帳先生給二人單獨開了酒宴，陪著喝了兩杯。軍師便問：「這婚日是誰所選？你可知這是什麼日子？」記帳先生答：「此乃教書的姚先生所選，先生是遠近有名的智者，選的日子肯定錯不了。等會待二位吃完，我帶二位到姚先生那裡，想必你們都是遠道而來，舟車勞頓，那裡環境清幽，適合休息。」二人連忙道謝。

酒足飯飽，二人隨記帳先生來到姚先生的處住。記帳先生走後，姚先生泡上兩杯茶，一杯先給明成祖，另一杯給了軍師。軍師頓時明白此人有些本事，知道先君後臣之禮，想必已經知道他們二人的身份。

軍師喝了一口茶，便詢問姚先生：「先生有多少弟子？」

姚先生答：「不多不多，二十八位。」

二十八宿，軍師暗自明白，又問：「先生可懂陰陽八卦？」

姚先生答：「粗粗淺淺，略懂皮毛而已。」

明成祖開口便問：「那你可知今日乃五鬼之日，為何為其選今日成親？」

姚先生笑了笑說：「此二人不僅日子犯五鬼，命裡也犯五鬼啊！」

按照迷信的說法，犯兩個五鬼可不得了，加之明成祖十分迷信，極為不解，又問：「明知日子犯五鬼，人也犯五鬼，為什麼不好言相勸，而使其兇上加兇呢？」

姚先生連忙說：「其實早已化解，五鬼怕龍虎，龍虎一到五鬼全消。」

明成祖聽後心中一悅，皇帝以真龍天子相封，軍師乃其一員虎將，姚先生之言不正說此二人？明成祖又故意一問：「龍在何處，虎在何處？」姚先生答：「遠在天邊近在眼前。」明成祖大悅：「原來先生早已知我二人身份，果真名不虛傳啊！」姚先生自知時機已到，便跪下叩拜。

軍師看在眼裡，也知此人有些本領，便說：「先生既然已知我二人身份，想必也知道我們來此之目的。您有這身本領，何不為國效力？如今皇上選擇墓地乃是件大事，您來幫忙瞧瞧龍脈吧。」姚先生拱手以禮，答應了此事。

說完，姚先生便起身帶二人向外走去，此時外邊一片漆黑。別說選墓穴，就連辨路都困難。但姚先生卻輕車熟路，貌似已知二人心思，恰巧來到臥龍窩，軍師對此人也刮目相看。

地點已定，明成祖回去後就派人動工了。姚先生也向明成祖道出此處有一民碑，雖然風水極佳，但皇室佔用民家舊墳不太好。明成祖卻說：「是寶地必皇室為先，不用管新舊。」就這樣將墓碑挖出來搬到了遠處，此墓碑之主姓康。

姚先生見明成祖非心中明主，便遠走他方。有人說他死了，有人說他出家為僧，眾說不一。至於後來，老百姓都說這明成祖姓朱，搬走了姓康的碑，同音字「豬」離開了「糠」，那不是越長越瘦？修了皇陵後，接下來的就一個比一個小，家道再也發不起來了。當然這只是段野史，不知是否真有此事。

第四章

如是我聞

靈異遊戲

前一段時間，我和公司一個新來的同事出差。由於很倉促，買不到飛機票只好坐火車。在列車上跟周圍的人閒聊，聽對面臥鋪的一位乘客講了一件很奇怪的事。

這位乘客老家在雲南省，是臨近瀾滄江的山區，在二十世紀七、八十年代的時候，有許多佤族小孩都到山下的一株老榕樹下玩遊戲。他們玩的遊戲很特殊，如果在現代，恐怕會讓人聯想起《駭客帝國》（動畫版），那裡邊就有一段情節，是一群孩子發現了一個「靈異房間」，可以在裡面體驗類似「太空飄浮」一樣的失重現象。而那些佤族小孩玩的似乎就是這種遊戲，他們輪流盤著腿坐到樹下，不一會兒整個身體就開始騰空而起地往高處升，幾個起落之後才會緩緩降下。

小孩們不知道是怎麼回事，都以為好玩，感覺像做了神仙似的，但大人路過看到後嚇壞了，光天化日的這不是見鬼了嗎？於是連打帶罵，把小孩們都趕回家去了。不過山裡的孩子都很頑皮，他們在沒有大人注意的時候，還是會偷偷跑去老樹底下玩「升仙」的遊戲，直到後來起了山火，直到老樹林子都燒禿了，這個「詭異」的遊戲才算告一段落。

因為山區的人大多沒什麼文化，又有些迷信思想，遇上怪事也不敢過分探尋，事情過去後就更沒人再去追究了，所以這個遊戲的「真相」至今無人知道。

只是這位乘客還提到，那株老樹一直都很邪門，如果天上有野鳥飛過，就會直直往下掉。

我不敢肯定這件事情的真實性，畢竟是傳聞，僅能猜測其中的原因：那一帶常有蟒蛇出沒，那株老榕樹的樹窟窿裡恰好棲有巨蟒，牠困在樹中年深日久，掙脫不出，只能探出蟒首吸氣，以老鼠、鳥雀為食。這條巨蟒見樹下有小孩，便生出吃人的念頭，才使樹下的孩子騰空升起，如果不是牠最終氣力不足，或許就要有某個孩子葬身在蟒腹之中了。不過在好萊塢電影《大蟒蛇》裡，都沒有出現能夠隔空吸人的巨蟒。我想如果這個傳聞屬實，樹中一定還有某些不為人知的「真相」才對，但並不是每一個「謎」，都有機會找到答案。

鬍子

我父母都在地質探勘隊工作，小時候跟他們去東北大興安嶺，常聽當地人說以前這山裡有「鬍子」。鬍子就是土匪，也是東北地區老百姓對土匪的一種稱呼，其原因大概是因為土匪在深山老林中活動，常年不刮鬍子，致使滿臉長滿鬍子。他們自成一體，與其餘各地的土匪並不相同，土匪們都拜十八羅漢為圖騰祖師。

十八羅漢是佛道合一的化身，但土匪所拜的十八羅漢並沒有宗教背景。他們將一個小小的銅和尚裝在布袋裡，掛在胸前做護身符，俗稱「布袋和尚」。據說當年有一母所生的十八個兄弟，離開老娘出門謀生。回來後，娘問他們在外面看見了什麼？想做些什麼糊口？這十八兄弟說，其實也沒什麼，只是世上窮人苦、富人樂，窮人勞累、富人安逸，窮人命賤、富人命貴，難道都是先天的定數？想來天下三百六十行都已有了，唯獨沒有個「殺富濟貧」的，孩兒們願意做這勾當，同心協力劫取富人的錢財糧食分給窮苦人們，讓他們大碗喝酒、大塊吃肉，圖個替天行道的快活。

於是這十八個兄弟就辭別老娘，進山做了殺富濟貧的土匪。後世土匪們用銅造的小和尚來代表這十八兄弟，一是為了銘記兄弟間的義氣不能忘記；二是要效仿前人替天行道的舉動，遵照祖師爺留下的「五清六律七不搶八不奪」行規。不過這種古時的作風早就不復存在了，解放前的東北，匪患極其嚴重。

東北土匪真正成了危害一方的情況，是由日俄戰爭後俄軍兵敗向北潰散引起的。那些大鼻子一邊逃竄，一面燒殺掠奪，沿途散落了大量軍火，攪得天下大亂，隨之出現了許多為求活路落草為寇的土匪，有道是「遍地英雄起四方，有槍便是草頭王」。

隨後的歲月中，東北三省的統治者換得好像走馬燈一樣，大鼻子俄國人、小鼻子日本人，再加上什麼大帥、少帥、委員長，無不將這些土匪視為心腹之患，但怎麼剿也剿不盡，反而有越剿越多的趨勢，只好採取招安的辦法將其收編。但仍有不少軟硬不吃的，只要你是官面上的就跟你打，不管你是日本人還是中國人，甚至是蘇聯紅軍，只要從山頭底下路過，就出來敲你一筆，也有招安後又不服而再次反水上山的。

所謂土匪就是土生土長的匪徒，對當地情況瞭若指掌，不僅人熟，地面也熟。那些遮天蔽日的原始森林，生得比人還高、一望無際的荒草甸子，不摸底的人一進去就會立刻被「海蚊子」叮成乾屍，還有沼澤、雪穀、黑瞎子溝，都是土匪藏身擺脫追兵的「寶地」。他們跟正規軍一打就散，逃進人跡罕至的老林子裡躲藏起來，等風聲一過又重新聚集，剿不勝剿，歷朝歷代都拿土匪沒有辦法。

到日本無條件投降、東北局進行土地改革之時，東北土匪已有成災之勢。幾乎每縣都至少有兩、三千名土匪，幾十人或上千人聚為一綹，各有字型大小山頭。他們有自己的一套黑話、行規、手勢、儀式，而且心狠手辣、來去如風。

一股土匪不管有多少「崽子」，就算被全部消滅乾淨了，只要匪首還活著，就有東山再起、死灰復燃的可能。而那些成了名的土匪頭子，個個都是「穿山甲、海冬青」，冰天雪地中逃進深山，他可以扒開雪窩子，掏刺蝟、捉老鼠，找木耳松子來充饑。在沒人知道的山溝裡，還有土匪隱藏的密營，裡面儲存著糧食彈藥，所以即便剿匪的部隊多達數萬人，可一旦撒到茫茫無邊的林海雪原中追捕殘匪，就發揮不出什麼作用了，常常無功而返。

有些土匪頭子是獵人出身，格外熟悉原始森林中的環境，擅長跟蹤獵物和掩蓋足跡，而且又會一套迷信的把戲，號稱推八門，也就是耍紙牌，每到一處，把布袋和尚擺出來拜上一拜，然後擺出八張倒扣的紙牌，翻開紙牌，有生字的一張，就是他逃跑的方向。這種方法不僅令人難以琢磨其逃跑路線和規律，還能利用手下弟兄的迷信思想，讓他們死心塌地地跟隨左右。

林蛙

我曾聽一位客戶說他老家在五、六十年代，度過荒年的故事。他說農作物歷來有個春種秋收的時令，鄉下有句諺語：「神仙難過二八月。」那時節正是地裡青黃不接的日子，老百姓靠山吃山，便時常去山裡捉「蝦蟆」。山溝子裡有幾道淤泥河，每當暴雨之後，山上便有許多大蝦蟆為了躲避洪水，都從淤泥河裡逃上山坡。

當地人說的「蝦蟆」，就是咱們所說的「蛤蟆」。淤泥河中的蛤蟆，因為水草豐厚，都生得又肥又大，雨後大群蛤蟆躥上山坡，正是村民們解決糧食問題的大好時機。一個人拎幾條麻袋上山，隨手去抓蛤蟆，一天下來，能裝滿幾大袋。家中吃不了這麼多，便趁著蛤蟆還新鮮、尚未悶死的時候，運到城裡換些油鹽茶葉。城中酒樓飯館裡有講究的做法，放在砂鍋裡用花雕煨，文火慢燉，加入冬菇、火腿、筍片等物相佐，燻香可口、五味調和，專門做給那些願意花大錢的達官貴人享用，也算是一道名菜。

普通人家只不過是用大鍋將水煮滾，那些活生生的肥大蛤蟆，也不用宰殺洗剝，趁著活蹦亂跳直接拋進滾燙的水裡，不等牠們跳出鍋來，就用鍋蓋壓住。這時就聽蛤蟆們在鍋中掙扎，須臾之間，熱水滾開，鍋裡異香撲鼻，揭蓋看時，被活活煮熟的蛤蟆，每隻都是張口瞪目，緊緊抱著一塊馬鈴薯或蘿蔔。因為蛤蟆在鍋裡被水火煎熬，死前痛不可忍，只好拼命抱住馬鈴薯或蘿蔔，至死不放。

鄉間煮蛤蟆時，習慣使用這種殘忍的方法，將熱騰騰的死蛤蟆取出鍋來，連同牠懷中的土豆、蘿蔔一起吃，味道鮮美，勝似肥雞。

當時我並不太相信這種說法，畢竟從沒聽說過蛤蟆可以這樣吃，下鍋時不洗不涮，連內臟都不去掉，吃完不會生病嗎？

直到前年春節，我坐火車去大連，在車廂裡聽到兩個大學生在聊天。其中一個學生的家就住在河旁，每次下過雨，全家老少都會拎著水桶去捉蛤蟆，吃法也跟我那位客戶說的很接近。這是他們當地的一項重要副業，能夠增加不少額外收入。我覺得很好奇，就向他詳細打聽，才知道原來這是一種「林蛙」，營養價值很高，有出口到日本等地。

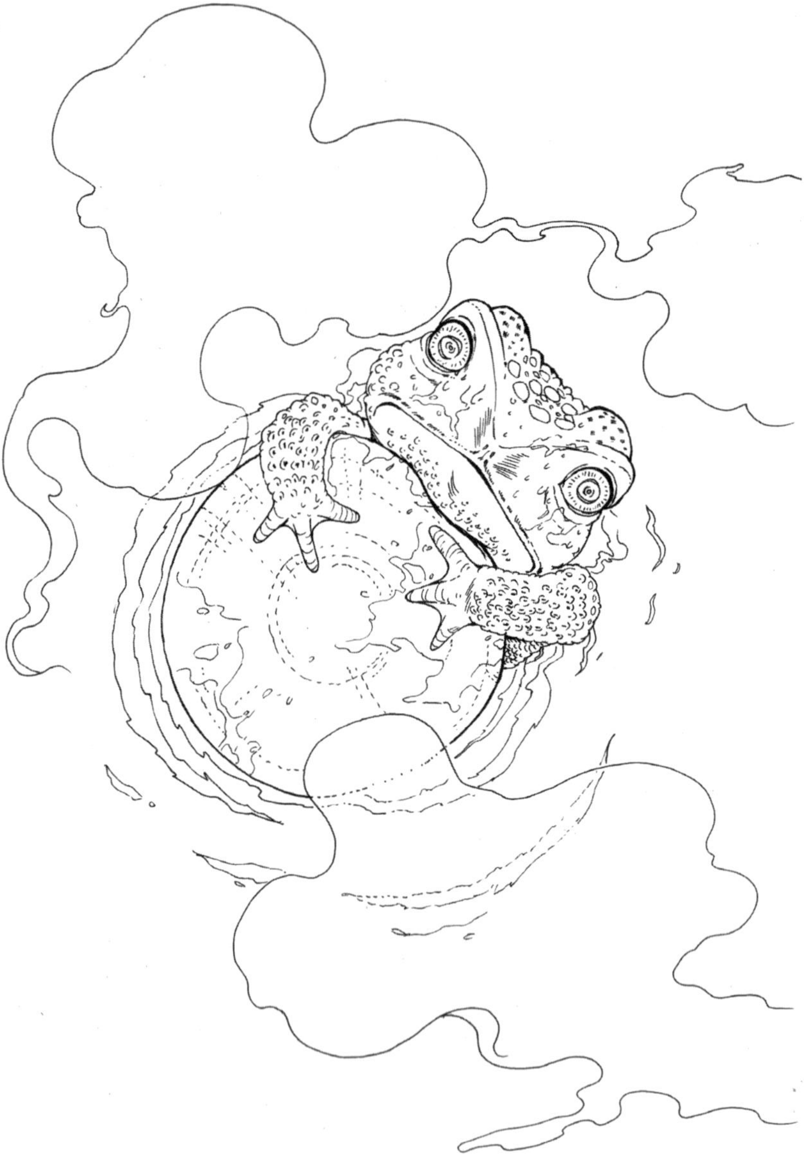

眼力

聽家裡的長輩說，我們家在清末民初的時候最興旺發達，有一段很傳奇的創業故事。

我的祖先是個包工頭，名號叫作「張記」，土木工程都能做，手藝很精湛，實際上手底下只有十幾個工人。因為這個行業競爭非常激烈，又身處社會底層，沒有任何背景，攬不到大工程，只能五更起床半夜睡覺，做點零碎的修修補補工作，賺點辛苦錢養家糊口，整天啃饅頭鹹菜度日。

當時天津衛的租借地很多，到處都是領事館租借地，風格從哥德式到巴洛克式，從羅曼式到拜占庭式，中世紀的南歐風格，十九世紀的折中主義風格，可謂萬國風格，無所不包。

有一次，英國營盤裡掛出個告示，原來是修鐵路時要在山裡打條隧道。英國人決定公開招標，凡是施工團隊都可以參加投標，只要估計一下整個工程的費用和週期，拿出一套具體方案來，英國人看哪個合適，這項工程就發給哪家。

誰不想賺英國人的錢？英國人開的價碼高，於是各方施工團隊爭相趕來投標。

張記自知競爭不過人家，也沒抱太大希望，只是想跟著長長見識。隊裡有個老師傅，跟著到現場一看，覺得那山有些古怪，回來就跟掌櫃的說這工程可以包，然後就投了標。

英國人看到所有工程隊提出的方案和計畫都差不多，唯獨張記的投標書，費用和週期僅是別家的五分之一，就將工程發給了張記施工團隊。其餘投標者都不太服氣，也不相信費用和時間如何壓縮到這種限度。大家就等著看熱鬧，要看看張記究竟打算如何實施。

原來張記的老師傅懂得地理形勢，實地勘測時，看了那山體結構，就知道是座「沙板山」，外面是石頭，裡面全是沙土，要鑿條隧道還不簡單？以別家估算的費用和週期的五分之一，已經算是很客氣了，因此很快竣工，而且也很符合預期。英國人大為讚嘆，以後打大小工程不再對外招標了，交給張記就行了。

張記就是由此起家，當時還特意打造了兩把太師椅，用來紀念這件事，一直保留了許多年。我小時候曾親眼看過這對椅子，對其深沉典雅的質地記憶猶新。後來因為我家一個親戚欠了債，只好忍痛割愛把這對太師椅賣給了別人，如果要是保留到現在，那可是值不少錢呢！

黃大仙

我有一個遠房表哥，以前經常在一起玩。後來他進了部隊，開始了軍中生活。春節的時候，大家還都是一樣聚在一起慶祝新年。我們都已經長大成人，所以再見面都會聊一聊生活和工作。他通常會分享一些部隊裡的事，有一次講了一件比較離奇的事情，令我印象深刻。

他在某個野戰部隊，操練射擊都是很平常的事情，但如果能趕上演習，也是讓他們興奮的一件事。有一次由於部隊有軍事演練，需要在演練場地挖一些壕溝，表哥接到了這個命令，並派他們連隊執行這項任務。在部隊中流行著一句口號：「不僅要有好的軍事技能，在生活中也要做一個強者。」所以他們在部隊裡除了軍事訓練外，做這種粗重的勞務工作也早已經習慣了。

這次給的任務是：三天內壕溝必須挖好。挖的第一天很順利，到了第二天的清早，大家都在忙自己的事情，忽然聽到一聲大叫，只見一個菜鳥士兵臉色蒼白、雙手顫抖，原來他挖到了一個黃鼠狼的窩，而且用工兵鏟將一隻母黃鼠狼攔腰切斷了，黃鼠狼當場斷氣。士兵用著濃重的山東口音結巴地說，黃鼠狼在他們老家是大仙，這下惹到了黃大仙肯定會有什麼不好的事情發生。旁邊的班長不停地安慰他，但這菜鳥士兵還是感到很恐慌，在緊張的氛圍中度過了剩下的兩天，但後來一直很順利，也沒有什麼怪事發生。

回到駐地後的晚上，班長回來換班站崗，接下來輪到那個菜鳥士兵執勤，班長回來叫醒了他，提醒他去上崗，然後倒頭就睡了。沒過多久，菜鳥士兵突然跑回來叫醒班長，說又該他去站崗了。班長和他說了半天他也不理，只是不停地重複著同一句話，而且眼神發直，一動不動地盯著前方。班長覺得不對勁，就把大家都叫了起來。

這時候菜鳥士兵開始發狂，胡亂地摔打吵鬧。大家把他綁起來，拼命地搖晃試圖使他清醒，卻沒有任何作用。隨後這個菜鳥士兵的聲音、眼神也變了，居然說要為死去的母黃鼠狼報仇，接下來便倒地不起，被送到了醫院。經過幾日的休息，他的身體逐漸康復，再度詢問起當時的情況時，卻都不記得了。醫生說是他精神太過緊張，導致出現幻覺並無法控制自己的身體。就如同失魂落魄般，也是夢遊的一種症狀。

吊墜

二〇〇六年，我們公司到雲南旅遊，坐長途巴士從瀘沽湖前往麗江。前一天下了一夜的雨，路況很惡劣。

司機開車前請我和一個女同事調換位置，說第一排不能讓女人坐，因為途中會很驚險。我當時不太理解司機的意思，等上了盤山公路才明白是怎麼回事。這趟車坐下來算是體會了什麼叫心驚膽跳的感覺，至今想起來仍然感到後怕。

這段路線都是在崇山峻嶺的懸崖峭壁間穿行，往下看金沙江細得像條線一樣，有些地方雲霧很濃，彎道都是死角，如果對面有車過來，不到眼前根本都看不見。

而我們的司機是第一次跑這條路線，他好像比我還緊張，為了提神就跟我瞎聊，說他爺爺那輩是什麼道門裡的人，冊上還有道號。他在很小的時候，就按舊時習慣跟道門裡認過一位師傅，但這種形式只是名份上的師徒，師傅也不傳授什麼功課，只送給徒弟一樣東西，為的是趨吉避凶、平安長命。

司機在道門裡認的師傅，給了他一個「銅錢」掛墜。那是一枚清朝的舊銅錢，上面鑄有「康熙通寶」四個字，銅錢上用紅藍兩色的絲線穿成吊墜，掛到脖子上一輩子不能離身，等於一個護身符。

據說這種掛墜的老錢，並不是普通的銅錢，而是放在死人嘴裡的壓口錢，能鎮邪擋災。司機戴了三十多年，從來沒拿下來過。一般人常生的病痛或遇到的災難，他好像也從來沒有過，不過也沒發過大財，這回新買了輛巴士跑接旅遊團，就遇上下雨起大霧，原本六個小時的路程，現在十二個小時能開到就不錯了。

司機正發著牢騷，中巴就開到了一處彎道上。怎知前面有個山體滑坡，路邊的防護欄也都壞了，地面上全是細碎的石子，等發現的時候再踩　車已經來不及了。車子打橫著甩出了公路，幸虧撞在了一棵樹上，一半的後輪都懸空了，底下就是深谷。嚇得司機臉都白了，真的是從鬼門關走了一回。

到麗江之後那司機告訴我，不管這次僥倖脫險是不是意外，他都決定以後不再跑長途車了，因為在汽車險些墜崖的一瞬間，他身上的掛墜無緣無故裂成了兩半。也許這護身符並非靈驗，但它終究引起了很大的心理作用。

包子鋪

我讀小學時成績不太好，當時的老師習慣用成績來區分學生，很容易將學生分成好學生和壞學生。成績好的孩子滿身優點，成績不好那就全是缺點了，連上課時咳嗽一聲也有問題，隨便找個理由就要你留在學校挨訓。

我們班主任姓穆，是個三十歲左右的婦女，她喜歡吃包子。小學沒有食堂，離學校不遠有個紅星包子鋪，熱騰騰的肉包子三毛錢一兩，餛飩一毛錢一碗。穆老師一般吃三兩包子、一碗餛飩。我有個同學的母親在紅星包子鋪工作，所以他中午經常忍著肚子餓，去幫班主任插隊買包子。

後來不知從哪裡冒出個傳說，說那家包子鋪在很多年前生意一直特別好，剛蒸熟的熱包子香氣能飄好幾條街，吃一個之後會想再吃兩個，每天食客盈門。只是這周圍經常有人失蹤，以小孩和女人居多，但員警一直破不了案。

某次一名警察到包子鋪吃飯，從包子餡裡吃出一小塊骨頭。肉餡裡有脆骨沒剔乾淨，也是常有的事，但警察覺得嘴裡這塊碎骨又扁又平，格外整齊光滑，不像是碎骨，倒像是一顆牙齒。他想到這種情況就覺得很噁心，趕緊把骨頭吐了出來，一看嚇了一跳，哪兒是什麼豬牙，分明是顆人牙！

老警察經驗豐富，沒有立刻打草驚蛇，而是悄悄地把牙齒藏在口袋裡，回到警察局帶了警犬和刑偵專家前來，果然在包子鋪後院挖出大量的死人白骨以及衣服、鞋子。

包子鋪的老闆和老闆娘都被抓了起來，經過審訊才說出實情。原來他們家前幾代就是開包子鋪的，由於競爭很激烈，辛苦經營下也只夠糊口，還常有無法開張的時候。直到有一年鬧災荒，實在沒有肉可以使用，便到墳地裡割剛死的人肉來做包子，結果卻廣受好評，這麼多年一直使用這種祕方，如果找不到死人就只好偷拐小孩。最後這兩人都被槍斃了，從此包子鋪轉為國營，但生意仍舊很好。包子的味道這些年就從沒變過，還是整天排隊。

後來這個傳說被穆老師知道了，於是她再也不吃紅星包子鋪的包子了，我們終於可以不用留校早點回家吃飯了。我很懷疑「人肉包子」是我那個同學編出來的謠言，但那小子好像不是這麼有頭腦的人。

瓷器

前兩天到一個朋友家做客，我們認識已經很久了，但是我一直沒有親自登門拜訪過，畢竟有時不太好意思上門打擾，有事情就到餐廳吃飯喝茶，簡單而且方便。這次去他家主要是去看看他的寶貝，他酷愛傳統文化，比如京劇、京胡、瓷器等。特別是瓷器更是他的最愛，沒事的時候我們都會聊聊這方面的鑒賞以及歷史，雖然我不太懂行但也樂在其中。他有一個自己的書房，屋子裡的陳設很雅致，一面牆都展示著瓷器，而且展示櫃也是古典傢俱。泡上一壺茶，聽著淡淡的古箏演奏，氣氛好極了。在眾多青花瓷器中，我看到了幾個不一樣的瓷器，是紅色的，按照玩瓷器的行話來說就是紅釉瓷器，他也簡單地幫我介紹了一下。

紅釉瓷器創燒於元代末年，當時紅釉瓷器本身不是有意為之，而是偶然所得。元代是蒙古族統治時期，蒙古族尚藍尚白，所以才有了大名鼎鼎的青花瓷。當時在燒製瓷器的時候，因為偶然釉中銅元素的比例增加，使得燒出的瓷器釉色呈黑紅色。這一現象被古人發現後，開始有意在釉中加入銅，使釉色呈紅色。到了明代永樂、宣德時期，紅釉的燒制技法日趨成熟，尤其到了宣德時期，紅釉瓷器的發展達到了巔峰。奇怪的是，宣德以後，紅釉瓷器迅速減少，以致銷聲匿跡，其原因還不得而知，總之在明代後兩百多年裡，極少能見到紅釉瓷器。到了清代康熙時期，由於國力強大，開始復燒紅釉瓷器。康熙時期的紅釉瓷器實際上是仿製宣德時期的紅釉，但出窯後的效果和宣德紅釉不一樣。這一時期的品種有郎窯紅、豇豆紅、霽紅等。

顏色釉瓷器歷來是瓷器的小品種，即使在國力強盛的康熙時期也是如此。明清兩朝，青花瓷才是瓷器裡的霸主，顏色釉只有在國力強盛時期才能燒製，比如元代、永宣時期、康乾盛世以及當代。因為顏色釉，尤其是紅釉瓷器的報廢率太高，所以製作成本太高。即使在今天也不能保證一窯之內沒有燒壞的。

我隨手拿起了一個紅釉瓷器，其紅恰似鮮血。他指著這個紅釉瓷器對我說：「你知道嗎？這種紅就叫霽紅。有野史記載，這種霽紅也稱祭紅，顧名思義是專為祭祀燒製，因為在窯中發現了人的骨頭。所以有個傳說，這種祭紅需要用處女的鮮血，再加上特定的溫度才能燒製而成，故此有一股陰氣。」聽後我打了一個寒顫，馬上放下不敢再碰，他卻笑了笑：「這只是個傳說，並無事實驗證。」

沉香

我有個朋友家裡做「沉香」的，跟他接觸多了，才知道這行的學問真是太深了。貨源主要來自海南黎峒的沉香樹，這種樹的葉子有些像冬青，每當樹葉發黃則結香。根據它形成過程大致可歸結為四種，分別是「熟結、生結、脫落、蟲漏」。

一塊沉香，其脂是在完全自然中因腐朽凝結聚集而成，稱為熟結；因沉香樹被刀斧砍伐受傷，流出膏脂凝結而成的稱為生結；因木頭自己腐朽後而凝結成的沉香稱為脫落；因蟲蛀食，其膏脂凝結而成的稱為蟲漏。

不過沉香樹中國已不多見，現在在越南、泰國、印度、馬來西亞、柬埔寨等地還有。由於十分稀少，形成不易，古代記載的「沉」，如今有其名而無其物。目前越南的奇楠沉為最上等沉香，但數量極少。

沉裡面最上等的是「黃沉」，也叫「鐵骨沉」，非常名貴。如果從土裡取出的鐵骨沉，帶著黑泥質地堅密，並且能夠沉於水中，價格則要貴上三倍。「生沉」和「飛沉」也都是上品，不過最難得的沉香還要屬「鴨頭綠」，那是古樹被大螞蟻營巢築穴，蟻食石蜜樹脂，遺漬香中，日復一日、年復一年，逐漸生成的沉香，凝而見潤，是上品中的上品。

關於海南地區盛產品質上乘的沉香，古籍中很早就有記載。古人講究薰香沐浴，享受沉浸在這種異香氤氳中的愜意與雅致，曾被貶居海南的蘇東坡就曾讚嘆沉香木：「金堅玉潤，鶴骨龍筋，膏液內足。」

宋代的時候，海南沉香由朝廷貢品逐漸成為商品，過度開採之勢越演越烈，東西是越少越值錢，所以有「一片萬錢」之說。按其結成情況不同一般可分為六類：「土沉」「水沉」「倒架」「蟻沉」「活沉」「白木」，一開始所講的「鴨頭綠」就是「蟻沉」，它神祕而奇異的香味，集結著千百年天地之靈氣，有的馥鬱、有的幽婉、有的溫醇、有的清揚，不一而同。

據我這個朋友說，前幾年有人出售一張清代的宮廷龍床。這張床可不得了，足足使用了三噸沉香木，雕有五十五條活靈活現的青龍。傳聞是某個太監從皇宮裡偷運出來，後來由愛新覺羅的後裔收藏，輾轉賣給了莆田的一位老闆，如今再出售，開價五億，引起了不小的轟動。古玩專家們認為五億的價格一點也不多，它的實際價值應該在二十億左右。

鬥雞

我有一段時間迷上了「鬥雞」，前半年連敗多次，之後我開始痛定思痛總結經驗，特意從天津跑到廣東番禺，在當地買回來一隻專業的鬥雞，因為番禺產的雞最勇猛好鬥。我買的這隻雞就很厲害，毛豎而短，頭堅而小，足直而大，身疏而長，目深且皮厚，行動起來徐步盯視，剛毅而不妄動，從裡到外透著一股驍勇善戰的英風銳氣。我給它取了個代號叫「F22」，美國空軍重型戰鬥機。

我待「F22」可不薄，整天給牠吃好喝好，天剛亮就把「F22」架在肩膀上到公園溜溜，不過這可不是為了炫耀，主要還是以訓練為主。我會搭一個草墩子，讓「F22」站在草墩上金雞獨立，這是為了練耐力、爪力和穩定性；再把米放在比雞頭高的地方，使「F22」啄米的時候不斷聳翼撲高，反複練習可以使牠彈跳力變強，頭豎嘴利所向披靡；另外把雞冠子裁得儘量窄小，尾羽翎毛能不要就不要，這都是避免廝殺時被敵雞啄咬受傷，臨陣之際也易於盤旋。

我精心調飼了兩個多月，很快「F22」就可以上陣了。我們那個圈子裡的常勝軍，是一隻叫作「黃飛鴻」的大公雞。牠的主人是趙主任，五十來歲，心寬體胖，一提「趙主任」大家都知道是他，具體哪個公司的就不知道了。

我去了廣東之後，才知道趙主任鬥雞時勝率極高，是因為他用到了《左傳》裡記載的「芥肩金距」。「芥肩」是將芥末辣粉抹在雞翅膀根部，那大公雞兩翅下燒灼難忍，就會跟打了興奮劑似的格外生猛好鬥，而且撲擊時還有可能用芥粉迷住對方的雞；「金距」則是在雞爪子裡嵌進極薄的金屬，能夠增加殺傷力，一揮一掃就能刺傷雞頸動脈，甚至直接斷頭，說白了這就叫「作弊」。

我對趙主任的作弊行為非常反感，玩得起就玩，玩不起就別玩。這回「Ｆ２２」也真讓我有面子，原本打算要鬥個三回合，結果才第一回合就把「黃飛鴻」啄了個半死，圍觀的人都看呆了。

這臨陣死鬥，勝負一見分曉，生死即可定奪，鬥敗之雞元氣大傷，即使沒死也終生不敢再鬥，只能宰殺供人食用。趙主任當時就傻眼了，手捧血淋淋的敗雞欲哭無淚：「飛鴻……你剛才為什麼不用無影腳啊？」

白狐狸

天津義大利風情街現在是個著名的旅遊景點，那地方曾經輝煌過，也沒落過許多歲月。清朝前期這地方為義大利租界，道路兩旁都是一幢幢義大利式的洋樓別墅。解放後，這地方作為居民區保留了下來，但是因為年久失修，許多別墅早已破爛不堪。再加上每一棟的居民少則兩、三戶，多則四、五家，人多手雜，愛護設施者又寥寥無幾，所以建築內也漆黑一片，破破爛爛。

十年前，我有個朋友住在民族路上的一棟洋樓裡。他住的房間位於二樓左手靠近角落的位置，房屋方正。起初住在這樣的房子裡，是很讓人滿意的，但就在那年冬天，他經歷了一件畢生難忘的事情。

那年冬天是個暖冬，雖然離春節還有一段時間，但氣溫並不低。晚上他回到家，吃過晚飯，和母親坐在床頭看電視，忽然家裡養的小狗對著門的方向狂吠，那叫聲近乎瘋狂。他一邊叫小狗住口，一邊感到十分納悶。因為他家的狗很聽話，個性也很溫馴，從來不會亂吼亂叫，哪怕聽到有人上樓的腳步聲，都會一聲不吭地趴在門邊，豎起耳朵聽。今天為什麼會有這樣的反應？而且他和母親也沒有聽到有任何人上樓的腳步聲。

他正在思考的時候，小狗忽然停止了吠叫，夾著尾巴向後踱步，退到他的腿後，雙眼緊緊盯著門口。這時，床邊的窗簾「呼」的一聲飄了起來。他覺得事情有點不對勁，窗戶明明關得好好的，怎麼窗簾會自己飄起來？他順手拿起手電筒，準備出門去看個究竟。

打開房門向外張望，樓梯間一片漆黑，樓梯間的電燈壞了有段時間，也沒有人來修理，所以樓上樓下的住戶一直是用手電筒或摸黑進出。他望向樓梯位置，一個朦朧的身影好像蹲在暗處，背對著樓梯。我這朋友以為是有小偷，大聲問道：「是誰？」那人卻像沒聽見似的。他打開手電筒，朝那人站的地方照去，忽然一隻白狐狸從樓梯處躥了出來，瞬間消失在黑暗之中。我這位朋友頓時嚇出一身冷汗，跑回屋裡後一句話也沒說，棉被蓋著頭就睡。但是之後一直渾身無力，打不起精神，就這樣持續了一週左右，才漸漸好轉。

左鄰右舍都認為他見到的是隻大白貓，城市裡怎麼會有狐狸呢？但他始終認為自己沒有看錯，後來那片地已重新修建。他現在和我們提起這件事情，還是顯得心有餘悸。

吞魂記

我平時從不飲酒，因為我對酒精過敏，只喝一口啤酒也會全身通紅，有時嚴重一點還要去醫院打點滴。記得小時候我家樓上住著一個老太太，看上去有六、七十歲了，身材不高、稍胖，見到人總是笑眯眯的，而且會很親切地主動打招呼。因為她姓楊，所以我們都稱呼她為楊奶奶。有一次我去楊奶奶家替她修東西，忙完後口渴難忍，險些把一瓶裝在礦泉水瓶子裡的白酒，誤當成白開水喝下，幸虧楊奶奶從屋外進來及時阻止，否則我就麻煩了。

我記得以前有一個類似的故事。早年間有一戶官宦人家，家中歷代為官，俗話說三年清知府，十萬雪花銀，何況這家人當的都是大官，所以財寶無數，雖然說不上富可敵國，但也算得上是京城數一數二的富家。那時有錢人府裡都是雇用一些丫鬟來服侍自己，但這家的老爺偏偏有一癖好，專門雇用或從人販子那裡買一些十二至十四歲的男童伺候自己。這件事也被當地傳得沸沸揚揚，沒有人不對他的做法感到好奇的。

有一天，這老爺喚侍童進屋幫他捏腿，捏著捏著這老爺便不知不覺睡著了，半夢半醒之間忽見一團巴掌大小的白物從嘴而出，飄忽往上。老爺以為是自己的魂魄出竅，驚恐不已，便立刻一把抓住，張開嘴巴塞了進去，想咽回腹中。這時他猛然醒來，才知自己原來是做了一個夢，但喉嚨處疼痛難忍，便大喊：「快給我拿水來！」妻子聽見立刻端水進來，見老爺捂著喉嚨，冷汗已浸濕衣裳。這老爺見妻子拿水跑到床邊，一把搶過一飲而盡，喝完不禁驚嘆道：「好可怕的夢啊！」

這時侍童卻躲在一角，「嗚嗚」地哭起來。妻子見狀，便走上前去問侍童為何哭泣，是不是闖禍了？侍童抹了抹眼淚，才委屈地說出了實情。

原來他幫老爺捏腿時，見老爺不知不覺睡著了，就想偷個懶，從懷中拿出了自己的寵物——一隻南京白鼠，放在床上玩耍。這南京鼠遍體白毛如錦，生性活潑，一放出來就高興地滿床亂跑。當牠跑到老爺枕邊時，忽然被老爺一把抓住，張口吞了下去。侍童以為自己闖了大禍，嚇得哭了起來。坐在一旁的老爺聽完侍童所說，不但沒有生氣，反而鬆了口氣：「原來是隻南京鼠，我還以為把自己的魂魄吞下去了。」

廈門的怪坡

逢年過節最讓人感到頭疼的事，就是各種應酬和聚會。如果選擇外出旅遊，一來可以放鬆心情；二來也是逃避應酬的好藉口，所以我每年春節放假都會找個地方住上幾天。但這段時間同樣是旅遊高峰，到哪裡都是人山人海，想找清靜一點的地方也難。

二〇一〇年春節我去了廈門，早就聽說廈門很美，我一直想像著藍天白雲下鼓浪嶼的各種古老建築，還有極具閩南特色的風味小吃。沒想到我去的這幾天，幾乎每天都是陰雨連綿，夜裡尤其寒冷，這種又濕又冷的感覺和北方的冬天一樣。我有點受不了了，只好窩在飯店裡睡覺，作息都睡顛倒了。後來得知有個溫泉，就和朋友到那裡泡溫泉驅趕寒氣，坐車回來的時候已經是半夜了。路上跟司機閒聊，聽他說廈門有個「怪坡」，上坡像下坡，下坡卻像上坡。我對此早有耳聞，又難得有這機會，就請他帶我們過去瞧瞧。

那是條很不起眼的路，呈南北走向，也沒有多寬，長度在一百米左右，下坡是個Y字形的路口，很突兀地擺著一塊大石頭，深夜裡十分冷清。司機特意將車子熄火，那車子果然開始向上坡方向滑行，我從車上下來發現有種重心傾斜的感覺，但不太明顯，徒步往下坡方向行走會比較吃力，反之則輕鬆了許多。我把一瓶綠茶倒在地上，液體立刻流向高處。

據開車的司機說，這條路在沒修之前也沒什麼特別，修路施工的時候，才有人發現了這個怪異的現象。經過公路局的測量人員勘察，初步估計應該是視覺錯覺，與周邊的參照物有關。這位司機卻相信是和磁場有關，因為他以前載過一對夫婦，那女的體質不好，到這裡就覺得頭暈，一分鐘也不想多留。而路旁那塊大石頭好像也挺有名的，很多遊客到這兒來跟它合影留念，但為什麼有這塊石頭卻沒人清楚。要說是路邊的雕塑也不太像，照司機的說法，這段路太怪，要放塊石頭鎮邪，有點「泰山石敢當」的意思，至於是真是假就不得而知了，總之那塊岩石似乎比怪坡還要神祕，是一個謎中之謎。

我在《龍嶺迷窟》裡描寫過一段上去下不來的「懸魂梯」，也是利用錯覺，使人陷入迷途，此類傳聞更是聽過不少。不過當我真正站在廈門怪坡上，親自感受到了怪坡之怪，還是覺得非常吃驚。

顯靈

小時候我與父母住在一片平房區中。每天出門，周圍的鄰居都會很熱情地跟我打招呼，非常親切，和現在住在大樓的感覺完全不一樣，如今很難體會到「遠親不如近鄰」這句話的意思了。雖然住在平房的時候，可以拉近鄰裡之間的關係，但那時總會傳出一些發生在平房裡的怪事。記得有一年，我家鄰居王奶奶家中就發生了一件事。

王奶奶家一共有四口人，她自己和兩個孫子，還有一個孫女。因為很早的時候，王奶奶的兒子和兒媳就相繼離開了人世，所以這三個孩子就變成了孤兒，一直由王奶奶獨自撫養著。那時這一家四口住在一間二十多平方米的平房中，屋外的牆上掛著王奶奶兒子和兒媳的照片，屋內為睡房。每晚睡覺，王奶奶和孫女睡一張床，兩個孫子睡另一張床，中間用一道布簾分隔。

王奶奶的這三個孫子年齡都非常相近，相差不到一、兩歲，其中孫女是大姐，最小的弟弟當時只有二十出頭的樣子。這個小弟整日遊手好閒，而且常常酗酒。每次喝醉後，就會在外惹是生非、欺負弱小，或回家後對著王奶奶大吼大叫。王奶奶年事已高，每日提心吊膽，而且一肚子的委屈無人訴說，終於有一天病倒了。

在王奶奶生病後的一天晚上，她和孫女正在熟睡，忽然聽到屋外有陣響聲，王奶奶便起身朝屋外觀看。借著月光，她看見有一個人影正在屋外來回踱步，而且不時地發出嘆息之聲。王奶奶立刻大吼一聲：「誰啊？」只見那人影慢慢扭動身體，背朝王奶奶站住了。王奶奶仔細一看，那身影正是自己死去兒子的身影，頓時眼淚奪眶而出，說道：「孩子都已長大成人，你就放心吧。唯獨最小的還不懂事，每次喝酒他都會惹事。我年紀大了也管不了。要是再這樣下去，非要吃官司不可啊。」說完後，那身影漸漸消失在了黑暗中。王奶奶擦乾眼淚，躺下後整晚都沒有睡著。

兩日後，那小弟在外喝得醉醺醺的正往家走，路過一條小巷時，忽然躥出兩個黑影，把他毒打一頓。小弟迷迷糊糊地抱頭鼠竄，一溜煙地跑回了家。到家後，全家人看見他渾身衣衫碎破、淤青紫腫，躺在地上哀叫。王奶奶見狀，立刻跑到兒子兒媳相片前拜，從那以後，小弟再也沒有喝過酒。

掩骨會

在天津市的紅橋區，有一處叫「掩骨會」的地方。我家的老房子就座落在附近，那一帶也是我小時候和朋友們經常去玩耍的樂園。在記憶中，掩骨會曾經是一個商販雲集的大市場，至少有兩家餐廳，還有點心鋪和醬貨店。每天天亮，便會有無數的商販在那裡擺攤做買賣，而前去購物的也是人來人往，摩肩接踵，場面相當熱鬧。

以前的掩骨會可不是這樣的。清朝那時候，掩骨會一帶還在天津衛城外，非常偏僻，是個貧苦百姓用來埋葬亡人用的「亂葬崗」。當時窮人生活貧苦，喪事辦得簡單，都是用一些劣質棺木或葦席裹屍，加上掩埋不深，所以時常會招來一些野狗扒棺，爭食屍體的事情時常發生，以至於白骨遍地，慘不忍睹。若遇到災荒，凍餓斃命的路倒屍更是屢見不鮮。

乾隆年間，有位道人路經此處，見此地屍骨遍地，不由得心生憐憫，自行將外露的屍骨收集後一起埋了。後來，他還自發性地成立了一個民間組織，取名「掩骨會」，專門負責掩埋無人收斂的屍骨，這就是如今的喪葬行業的早期雛形。時過不久，此處修建了一座「掩骨塔」，讓那些窮苦百姓來此祭奠已故親人。但因塔的周圍荒涼空曠，又沒人居住，所以沒過多久時間，就變為刑場了。

因掩骨會自古就是掩埋屍體、處死犯人的地方，所以自從我有印象開始，周圍的鄰居就流傳著很多關於掩骨會的奇聞軼事，其中有一件事情，老人們常常會說起，用以嚇唬我們這些不聽話的小孩。

說解放之前有個人力車夫，有一天他生意出奇的好，從早上出門，客人就一直絡繹不絕，整天他都沒有停下腳步歇歇，直到很晚才收工回家。途中路過掩骨會，周圍黑燈瞎火，車夫心裡不禁有些嘀咕，忽聽背後有人招呼：「拉車的！」當時月黑風高，伸手不見五指，車夫就拿起掛在車前的馬燈回頭張望。但一眼看去，別說人了，連個鬼影都沒有，他不敢應聲，轉過頭繼續趕路。但才剛走了兩步，又聽見那個聲音：「拉車的，把你的馬燈借我用一下。」車夫聽到這句話，終於把懸著的心放下，頭也沒回，很不耐煩地說：「你若坐車，我可以拉你，但你要我這車燈幹什麼？」只聽那人答道：「這地方太黑了，你把車燈借我照一下，我要把我的腦袋找回來。」

古代中國的「地心冒險」

由於我出身於地質探勘家庭，工作後又常到礦區出差，所以往往對地下世界的探險故事情有獨鍾。科幻小說家凡爾納，在我心目中有著偉大而不可替代的地位。他用其獨到的文筆和深邃的科學觀察力，寫了二十多部科幻小說，其中我最喜歡的當屬他想像力最豐富的作品《地心冒險》。

這個故事講述一位教授在某冊古老的書籍裡，偶然得到了一張羊皮紙，進而發現前人曾到過地心旅行。教授決定也開始同樣的旅行。他和侄子從漢堡出發，到冰島請了一位嚮導，探險隊按照前人的指引，由冰島的一個火山口下降，途中歷盡艱險和種種奇觀，經歷迷路、缺水、史前生物等種種險境，也有地下海、史前人骨骸等驚世的發現。經過三個月的旅行，最後回到了地面。

中國古代也常有這類離奇驚險的傳說。據說在唐代貞觀年間，洛陽附近發生過一次強烈地震，有個村子陷入了地下，全村只有一個叫王原的人活著逃了出來，此人的經歷堪稱「中國版地心冒險」。

據說這個王原通玄修道，是個修真煉氣的人，地裂村陷的時候，他正在家裡睡覺。初陷時整個村子還算完好，村民們尚能大聲呼救，但落入深泉之際，滿村的男女雞犬就全部淹死了，只有王原擅長形練之術，能夠浮海不死。他墜下地底千丈，被水流帶到一個空曠無極的地底世界，忽見有怪蟒探首而下，口中流出黑色黏液，垂掛如柱，嚇得他急忙繞路逃開。

王原順著地底洞窟前行，赫然見到幾座宮闕連綿的古之大城，居住在城中的人都身高過丈。有個巨人聽聞王原的遭遇，給他指點了一條生路。王原按其指點，又走了不知多少里，餓得實在走不動了，摸到地下細細軟軟的都是塵土，但有股糠米的香氣。他饑餓難耐，抓起幾把就往嘴裡塞，吃下去甚為香甜，果然能夠充饑。他借此得以活命，在地下走了三年才出來。

回來後，他將這番經歷說給一位見聞廣博的老道聽。那老道聽完告訴王原，地底的古城一共有九座，都在昆侖山下，稱為九館，城中身材高大的巨人是地仙。黑色黏液是黃河下老龍所吐之涎，吃了可以不老不死，至於塵土則是龍涎風化形成的泥。

路邊的瓜棚

我有個哥兒們，跟我是在地質隊裡從小玩到大的交情。他畢業後仍在地勘部門工作，一年中沒有幾天不在野外，大山、沙漠、森林到處都去，外人也許很羨慕這種工作，實際上很艱苦，也非常枯燥，連老婆都不太好找。

有一年春節的時候見到他，他跟我說了一件很有趣的事。當時正是夏天，他開著越野車到內蒙古出差，地點是在赤峰周圍。開到半路車子的空調壞了，毒辣的太陽把人烤得口乾舌燥、頭昏腦漲，只好停在路邊等天黑了再走。

路邊恰好是大片大片的瓜田，鄉下偏僻之處，過往的車輛極少，所以不像大城市裡商業化嚴重，連喘口大氣都快要收錢了，農村的民風仍然十分淳樸。

當地瓜田都有個不成文的規矩，主人家往往搭起一處茅棚，擺幾張矮桌板凳供過路之人歇腳。正是驕陽似火、揮汗如雨的日子，路上走到口渴受不了的人，便到瓜田茅棚中乘涼吃瓜。只要你打聲招呼，主人則分文不取，不管吃多少都不要錢，但可以吃不能拿走，帶走就得按價付款，而且吃瓜之後要把瓜籽留下，人家瓜農留著要當種子。

我朋友跟幾個同事，就在這樣一個地方吃瓜歇腳，坐在濃蔭下聽著蟬鳴，吃幾塊西瓜解渴又消暑，真的是舒服、放鬆多了，比坐在冷氣房裡喝冰飲，別有一番悠然自得的趣味。沒真正去過瓜田的人，永遠想像不出這種親近田野的感覺。

主人見瓜田裡有個大西瓜長得又大又可愛，怕是快要熟透了，便掐秧取瓜，抱進瓜棚給眾人食用。誰知把這大西瓜擺到桌上，舉起西瓜刀剛要切瓜，那瓜竟像有生命一般，從矮桌上滾落於地，往地勢高的田埂邊滾了過去。

眾人無不大驚，在瓜棚主人的率領下，趕將上去把那西瓜按住，手起刀落，「咔嚓」一聲切了兩半。這才發現瓜中的瓜瓤早已沒了，只見一條三指寬的大蜈蚣盤在瓜皮裡面。眾人看到時，瓜中所藏的蜈蚣已被西瓜刀切成三截，蜈蚣腹中有小指甲蓋般大小的結石十餘枚，灰濛濛的沒有任何光澤。後來聽到有人說那東西叫作「蜈蚣珠」，是蜈蚣體內的結石，可以避熱毒治痛風。他十分後悔當初沒找瓜棚老闆要上一枚。

雄鼠卵

我幾年前去內蒙古辦事，途中經過草原，住到當地牧人的帳篷裡。看見那戶牧民家中擺放著一個小碗，裡面倒滿了清水，浸泡著兩顆小石頭，都是白花花的橢圓形狀，比鵪鶉蛋還小一點，上面有整齊的紫色斑點。我父母在地質隊工作，各種礦石切片我都看膩了，但從沒見過這種石頭，看擺放的方式感覺很鄭重，應該十分珍貴。我不免感到好奇，就向牧民打聽這是什麼石頭。

牧民主人說這是很多年以前留下來的、解放前薩滿用過的雄鼠卵，值錢不值錢不清楚，只是留的年頭多了，一直捨不得扔。

我恍然大悟，原來雄鼠卵就是這樣的，今天算是看到實物了。以前我聽家裡的老人們講過，那時我還覺得納悶，公老鼠怎麼可能有卵？好像連母老鼠也不會有吧？實際上，爬蟲走獸腹中的結石，在舊社會統稱為「內丹」，但各自還有各自的名目，這枚「雄鼠卵」就是老鼠的內丹。

後來我特地翻找了一些資料，發現古書中記載著，用「雄鼠卵」在山中致雷雨頗有奇效，此是自然造化所鐘之奇，難以常理論測。比如凡是雄鼠所產結石，其上都有天然生成的符文，這在《本草綱目》上都有明確的記載，非是妖妄流傳之言。又比如百歲老刺蝟腋下會生有鏡印，豬羊的結石上生出印篆，也都各自有其異效。

易法有雲——陰陽合而後有雨，陰陽相薄，感而為雷，激而為霆。聽說這方法原是漢朝時流傳下來匈奴人的方法，以淨水一盆浸泡特殊石頭，反覆淘洗不斷，密持咒語良久，即會降雨。石頭名為鮓答，最大的有雞蛋大小，最小的如豆粒，這些石頭全是地上走獸及五蟲腹中所產，其中以牛、馬二寶最妙，也最為難得。後來此術流傳至中土，雖然不知咒言，但照此方以水浸石，也可致雨。

牛有黃在膽、犬有墨在腎。牛的結石叫做牛黃，生在膽囊之中；犬的結石生在腎臟，叫作「犬墨」。另外馬之寶、駝之黃、鹿角之玉、兕角之通天，都是此類事物。功效作用各異，舉不勝舉，藥中之貴，莫過於此。

因走獸之丹，乃吸取日月之精華，年深日久所得，日月之精即天地間陰陽之氣，以清水浸潤摩擦混合，正是經卷典籍中所言的「陰陽合而後有雨」，故此能使雲雨聚合、雷電激蕩。

騙婚

天下騙術無奇不有，大部分騙子都是抓住了大家貪圖小便宜的心理，騙去些錢財。但是今天要說的，是我聽過最駭人聽聞的騙術，而且真切地發生在我朋友身上，不僅錢財損失，而且心理和精神上也受到了嚴重打擊。

我這位朋友也算事業小有所成、社會經驗豐富的青年才俊。高中畢業後，毅然放棄了讀大學的機會，和親戚一起遠赴邊境做起生意。早年做邊貿生意還是不錯的，十幾年的光景，重返故里時，也算同齡人中出類拔萃的，誰知出社會這麼久了卻被感情沖昏了頭。

回來不久他就認識了一個漂亮姑娘，兩人一見鍾情，看到他事業、愛情順利，我們這些兄弟都為他感到高興。他們交往半年後就登記結婚了，雖然半年的時間不足以考驗一段感情，但是對於三十好幾的人來說，結婚也等於了卻父母的一樁心事。

籌備婚禮的時候，女方很慷慨。在現今結婚要有房、有車的社會，女方主動提出不需要買房子，緣由就是，第一，女方家是三房一廳的大房子；第二，岳父常年不回家在外公家工作；第三，岳母一人住一起方便照顧。看起來是件很溫馨的事情，沒想到這就是陷阱的開始。

不買房子但起碼要裝修，家電、傢俱也不好意思讓女方出。裝修、添購傢俱家電，這些就花了一百多萬。這樣還不算，禮金方面自然也不能太少，女方開口要六十萬，汽車登記的也是女方姓名。本來一開始也不能理解，但這些事情最重要的保障就是，他們已經有了愛情的結晶，所有的顧慮也就全部打消了。

雙喜臨門本來應該高高興興的，結果孩子並沒有到預產期就早產出世。在發育不良加上胎位不正的情況下，女方執意順產，僅一小時就順產出生，但孩子多處骨折，沒過三天就夭折了。最後女方又一次要求將嬰兒火化而非入土安葬。一切在悲痛中結束後，女方關起了大門，說緣分已盡，便要求離婚。此時他才恍然大悟，女方一切所做只為毀屍滅跡，但為時已晚，孩子在之前的檢查中都很正常，後期的檢查就不讓他陪同，一定是在這個時候對胎兒動了手腳，不買房、不請客、只要錢，都是暗中算計已久的計畫。最讓人想像不到的是，這個女人居然會拿自己腹中胎兒當作騙錢的工具。

尋找聖泉

在這些年的旅行中，喀納斯是讓我留下記憶最深刻的地方，不僅有美麗的風景，更重要的是一段難忘的經歷。

那年去喀納斯的時候已是初秋，遊歷湖區後，我們便決定在此多停留些日子。湖區附近有武警招待所，這個地方一般不對外開放，我們也是誤打誤撞，好在人少，還是可以住。湖區夜晚很冷且很安靜，睡覺的時候，蓋了兩層被子還要加上雨絨大衣才夠暖。到了白天，日照很充足也暖和多了。當地居民經常會給武警官兵送來很多乾果，然後他們就把乾果放在招待所院子裡曬。我們偶爾湊過去拿一些來吃，他們也會主動邀請你去品嘗。我喜歡和當地居民聊天，不僅能聽到很多風土民情，在聊天中還會有一些意外收穫。

住在招待所附近的一戶居民，祖孫三代住在一起，爺爺非常熱情好客，我們喜歡和他聊天。雖然只是萍水相逢，但他拿出了很多自製的食物來招待我們。老人家經常會說起他小時候的喀納斯，最重要的是他提起了「聖泉」這個地方。老人家的描述勾起了我極大的興趣，尋找聖泉也是我到目前為止做過最瘋狂的事情。

聖泉是當地人非常信奉的一處泉眼，經常會有人步行前去朝拜、許願。為了節省時間，老人家把他家的馬借給我，還叫他的孫子充當嚮導。小孩子名叫艾爾肯，因為他頭髮捲捲的，所以我喜歡叫他毛毛。策馬揚鞭一路飛馳，翻山越嶺，周圍的景色起起伏伏，穿過沼澤地的時候，馬的姿態時而上仰、時而下衝，讓我捏了把冷汗。離聖泉不遠的地方，馬已經不能通過了，前面七橫八豎長著奇怪的樹枝，穿過奇怪樹林臨近聖泉處，樹木挺拔，中間閃出一條路，豁然開朗，卻並非人工鋪設。

聖泉是一處直徑半米左右的泉眼，水極其清澈，很有意思的就是，當你發出聲音的時候，泉眼裡的水會打出浪花，晶瑩剔透。隨著聲音頻率的變化，水花也會加快或減慢，非常神奇。在當地人的眼中，此處泉眼是神聖的，周圍的樹上也掛滿了人們許願的小掛牌。不知不覺天色已晚，忽然周圍林子中發出了聲響，毛毛說此地有大熊出沒，二話不說馬上返程。

後來在和別人講述旅行故事的時候，尋找聖泉的經歷經常會作為我的一個橋段，每次都能講得津津有味。

麝香

旅途中最能消磨時光的方法就是和車上同行的人聊天，一來可以增長見聞；二來如果恰巧遇到旅行目的地的當地人，還能多瞭解些那裡的風土人情。有一次，在去青海的路途中，一起同行的恰巧是一個藏族的年輕人，漢語講得不錯，人也開朗，更奇特的是他身上有一股獨特的香氣，經詢問才得知原來他的包裡帶的就是麝香。以前經常聽說麝香是一種藥材，沒想到還有此等特殊的氣味，透過他的介紹我才得知麝香的由來。

麝香來自一種叫「麝」的動物身上，其形狀像鹿而小，後肢明顯長於前肢，雌雄頭上均無角；四肢趾端的蹄窄而尖，側蹄特別長。

經驗豐富的捕麝高手，只要看見遺落的毛髮，便可以辨認出來山上有什麼野獸。如果有麝的山，其香味奇特。凡荒山深壑有三種香味，其一是毒瘴之味，其二是草藥之味，其三就是麝香之味。寒瘴不香，熱瘴微香，毒瘴最香，瘴越毒香氣則越濃烈。野花山藥其香氣氤氳而有味，聞起來清神乾爽。麝香之味從遠處聞起來香氣濃烈略帶腥味，時有時無，若即若離。如果臨近麝的洞穴，其腥味更加難聞，按照牠的腥味尋找肯定能找到，百無一失。

麝香分為幾種。麝臍容易腐爛，經常會流血，麝待到天晴之時必須仰在草地露出臍暴曬。臍眼凸出，異常腥臭，待蚊蠅前來啄食之時突然縮入，小蟲被碾成粉末，一日數次，脂漸凝厚，此種稱為草頭麝。藥材常用的品種則是吸入蜂蠍、蜈蚣這類的毒蟲，臍有朱紅點，此種稱為紅頭麝，這樣的很是少見。最為珍貴的則是蛇頭麝，毒蛇吸吮其臍，麝被驚痛用力地吸縮狂奔，蛇身盤結，用不了多久蛇頭和身體便斷開，蛇頭腐爛在其臍內。臍內有雙紅珠，是為蛇眼，如若得到用於合藥，香味經久不散，治毒症非常有效果。

他還告訴我，以前聽他爺爺說，那時候獵麝采麝香並不容易，因為麝這種動物非常有靈性，而且善於奔走。如果牠發現了追捕的獵人，會很快自己吃掉分泌出來的麝香，所以熟練的捕麝高手，都會把自己隱藏起來埋伏在其周圍，聲東擊西，讓它無暇吃掉麝香。如果受傷了被人追捕，牠便倒地哀鳴遮掩其臍，或四腳緊抱。並不是所有捕到的麝都會有麝香，所以麝香很是珍貴。

後記

講故事的人

講故事的人

「如果家中突然發生火災，你只來得及帶上一件物品逃生，會是什麼東西？」記得曾被朋友問到這樣一個問題，然而我當時想了許久，都沒有找到確切答案，似乎我家裡根本沒有什麼收藏品和傳家寶。考慮到最後，我還是選擇了「電腦硬碟」，因為裡面裝著「稿件」。大概對於一個作者而言，最重要的身外之物，就是尚未完成的「稿件」了，一旦損毀丟失，說心疼吐血都是輕微的。就像沒有頂著炎炎烈日在田間地頭辛勤勞作過的人，永遠無法真正體會糧食來之不易；沒有寫作經歷的人，也很難想像其中的艱難。

這幾年寫作的體會，帶給我最大的感觸就是「痛苦」，感覺前半輩子都沒這麼苦過。從二〇〇五年十月份，我開始寫《凶宅猛鬼》至今，將近五年的時間，眨眼就過了，出版的實體書也有十幾本，好幾百萬字，偶爾也能有些成就感，但仔細回想起來，留下最多且最深刻的印象還是「痛苦」。

之所以說我寫作的過程「痛苦」，很大的原因在於我個人的性格與能力都不適合從事專業寫作。首先我不能忍受孤獨，沒有持之以恆的毅力，更達不到心無旁騖的專注境界；其次我不是科班出身，沒受過專業培訓，缺乏必要的理論指引。

二〇〇五年底，我看到公司裡有個女孩整天上網看小說連載，就跟她要了網址，發現原來網上有很多人，在以各種方式向大家講述他們的故事，內容五花八門，題材廣泛，水準則參差不齊，與我印象中擺在書店裡的小說有很大區別。其中最吸引我的地方，是網路連載中與讀者形成的互動氛圍。我喜歡熱鬧，哪裡人多就往哪裡去，時下流行的東西都有興趣嘗試嘗試，所以當時就動了心，打算來試試看，也沒想過要有什麼追求。

誰知這種網路連載的形式，看似輕鬆愉快，其實會面臨許多意想不到的困難。比如每天連載的內容，字數雖然不多，卻完全屬於即興發揮。在沒有故事大綱的情況下，「靈感、邏輯、創造力、精神狀態、敘事節奏」差一點都不行，已經上傳的部分即成定局，再也無法修改。我想寫的故事類型又必須充滿懸念和張力，稍有疏漏就無法自圓其說。

那時候也從沒想過，要把自己放在網上的作品出版實體書，因為我很清楚，各行各業都會有相應的規則，而我的作品很可能達不到審查要求，面臨的困難會更多。後來與出版商簽了合約，才知道果如先前所料。

不過這一寫就沒停住，除了週末和國家法定節假日之外，每天都用半天時間，寫三千字左右的故事，就像是寫日記一樣。這成了我這幾年一成不變的習慣，從業餘寫作轉變成了半兼職寫作。有人問我是不是想改行當作家或網路寫手，我回答不是，並沒有考慮過把寫作當職業，頂多算是斜槓。

在此透露一些祕密，我之前聽過幾則關於大師級作家的傳聞：「一、真正的大師都不是親自用手寫作，而是透過口述，由助理在旁邊打字記錄，所以只要躺在搖椅上動動嘴就好了，科學家也承認——躺著會比坐著更能調動想像力。二、名家身邊，都有個智囊般的秘書負責提供資訊，可以隨便問他世界上古往今來所有的事。三、說什麼每天熬夜工作，完全是騙人的鬼話，實際上賺到錢就會立刻跑去娛樂場所，所以才有很重的黑眼圈。四、以採訪或尋找素材為藉口，到各地旅行，並且白吃白喝白玩白住。」這其中到底有幾項是真實的呢？嘿嘿，不告訴你。

我想如果真能享受這些待遇，那麼把寫作當成終生職業來奮鬥也不錯。但直到我真正接觸過許多大師之後，終於知道現實與傳聞相去何止十萬八千里。寫作確實是件非常孤獨的事情，也許只有創作自己感興趣的題材，並且完全沉浸到故事當中，才能享受這種寂寞。

我寫過的《謎蹤之國》《鬼吹燈》《賊貓》《死亡迴圈》等小說，涉及的時代背景各異，從北宋、清末、民國直至現代都有，嘗試用不同的語言去描述不同的地域和年代特徵，是件有趣的事情。而冒險題材則是我比較偏愛的類型。這類故事懸念強，情節驚險刺激，卻也存在很大的瓶頸，大致就是「一群人，深入一個與世隔絕的地方，遇到一些神祕的現象，隨後揭開謎底，倖存者逃出生天」的模式化套路。這是類型化作品客觀存在的瓶頸，看多了或寫多了就會產生厭倦情緒，而且中國不是好萊塢，讀者和觀眾都對「解釋懸念」的接受範圍有個尺度，包括我個人，也很不喜歡將一切超自然現象都解釋為外星人或鬼怪作祟。鬧鬼太迷信，外星人太遙遠，完全沒有技術含量，就連長生不死和時空穿越之說，都顯得幼稚，沒有真實感。如何能在狹窄的瓶頸之中，寫出不落俗套的內容，將出人意料的天大懸念解釋得合情合理，是我給自己定下的目標。

其實只要有足夠的想像力和靈感，注重細節描寫，邏輯清晰，這個目標不難實現。我感覺在寫作中最大的難點，在於人物的「對話」。文字與電影畫面不同，觀眾看電影，一看人物出場，不用開口，已經能直觀感受到角色的相貌和氣質。可書裡的角色不行，不論怎麼強調外表，沒有符合他性格特徵的話語，就很難使其躍然紙上。如果我一天寫作四個小時，大約是三千字左右，也許一個小時就能寫完兩千九百字，其餘不到百十來字的篇幅，都是從角色口中說出的語言，往往需要花費幾個小時。從內到外，是我習慣刻畫人物的方式，也是常常覺得自己力不從心之處，有時候一句話反復改個幾十遍都不滿意，真是急得抓耳撓腮，坐立不安。

另外我還有一個很嚴重的心理障礙無法克服，就是難以接受編輯對我作品的刪改。手機錢包丟了我都不太在乎，曾經在一星期之內，家裡的電動接連壞了兩台，我也沒什麼感覺。可是如果我發現出版的實體書中少了一、兩句話，或者被改掉了幾個字，就會耿耿於懷。我至今對自己的作品出版後，在哪一頁被刪改了哪個詞、哪句話，都記得一清二楚，恨不得找上門去追根究底。我甚至懷疑自己是不是具有雙重人格，但我又不是雙子座，總之這大概不是一種好現象。

眼看著寫過的文字已經印成了一冊冊圖書，疊起來有半個人高，有時候在機場等飛機，看見候機室的書店裡有我的作品，心裡就覺得跟做夢似的。倒不是覺得出幾本書是件多了不起的事，而是納悶自己是怎麼堅持寫下來的？為什麼我一想起寫作的過程就是痛苦和折磨，滿腹的苦水，創作過程中遇到的阻礙遠遠超出了我的預期，為何連續不斷地寫了幾年字都沒半途而廢？

我一度深信這是金錢的力量，是出版社付給我版稅我才有動力，但仔細想想，也不完全是這麼回事。我從事金融期貨行業，整天跟錢打交道，如果我能全身心投入本職工作，買遊艇倒不敢奢望，買車、買房、娶妻生子卻肯定不是問題。可是我發現我對工作的態度，已經變得越來越麻木和懈怠，甚至對賺錢都失去了應有的欲望。

究竟是什麼維持了我對寫作的這份「熱情」？我一直試圖為自己尋找一個真正的答案，但腦子裡只是模模糊糊有個影子，始終說不清楚。去年春節放假，我出門旅行，途中和別的遊客閒聊，話題是「最古老的職業」。在這個世界上，人類最早的職業是什麼？據說現在比較有說服力的觀點是「娼妓」。我對這種說法感到十分意外，我本來以為會是「獵人」，正要和他們接著聊下去，腦海裡突然出現了一個奇怪的念頭——世界上最古老的職業會不會是「講故事的人」？

大概在每個人的記憶中，都會有童年時代，一邊圍坐在火爐前，一邊聽長輩講故事的難忘經歷。越是那種神祕古老的舊事，就越是聽得津津有味。雖然有些害怕，更多的卻是好奇，總是急切地想要追問：「接下來發生了什麼？」直到講故事的長輩說：「今天太晚了，就說到這裡，趕快上床睡覺。」我們卻仍是捨不得離開：「拜託，再多說一點吧。」

這種情景已經不知重複了多少年代，就連那些還不會說話的嬰兒，似乎也能聽懂簡單的故事。講故事與聽故事，是人類與生俱來的原始本能，也許從洪荒時代起，出去打獵摘果子的猿人，晚上回到洞穴裡就會像這樣對小猿人講述白天的經歷。不過考古學家都無法證明，誰是世界上第一個講故事的人，這比人類文明的起源還要難以考證。我更是沒有辦法證實「講故事的人」是世界上最古老的職業，但我相信，這個職業一定足夠古老。

寫小說的作者、拍電影的導演等，都是這種古老職業的繼承者，可能我在骨子裡，也希望能夠成為一個「講故事的人」。雖然寫作時遇到的困難和壓力很多，但最終將自己的故事完成，並且傳遞給讀者，從中收穫到的那份「感動」，絕不是任何事物可以替代的。

拾遺

牧野怪談

捉蟋蟀

我上學的時候，天津還沒建平津戰役紀念館和周圍的樓房，從中環線的子牙河橋往西走都是墳地，有的墳墓離馬路只有幾米遠，十分荒涼。有一年夏天放暑假，我和另外三個朋友去那邊捉蟋蟀。

我當時只有十六歲左右，另兩個朋友跟我差不多大，還有一個是小孩，才八、九歲。我們當天白天跟別人鬥蟋蟀輸了。聽賣破爛的老頭說，在子牙河橋往西的墳地能抓著「棺材頭」，就是一種大腦袋大門牙的蟋蟀，很厲害、很能咬，不過現在好像都絕種了。

我們聽了這件事後，晚上就騎著自行車去了。我們帶了手電筒和水壺、蟋蟀籠子，水壺裡灌的是綠豆湯。天太熱，放了一路，下車時發現都餿了，幸虧沒喝。

因為那裡沒路燈，騎車容易掉河裡，所以我們把自行車放在橋底下，然後走路進去。夏天天黑得晚，但到那兒已經全黑了，沒有手錶，大約是八點半了。那條河跟中間的土路、墳地都是平行的，互相緊挨著。九十年代，那一帶還很荒涼，河裡常有各種浮屍，也不能說經常有，反正每天從那裡經過，一年能看見三、四次。

我們順著路往前走，沒打算進墳地，想在附近抓幾隻蟋蟀就回去。草叢裡蚊子特別多，還有特別大的飛蛾，都往亮著手電筒的地方撲，草窠子裡全是蟋蟀叫。我們當時很高興，覺得來對了，並不會感到害怕，就是怕走散了，因為只有一支手電筒。

我朋友都有玩蟋蟀的經驗，聽聲音就能知道是不是能咬。他們先在墳地附近繞了一下，聽聲音覺得沒有「棺材頭」，都是什麼「三尾巴戧子」之類的。最後不知道誰提議，說要進墳地，不能白來一趟，結果大家就壯著膽子進去了。

剛走到深處，有人發現墳墓上有個東西。我們拿手電筒一照，只見兩隻眼睛跟燈泡似的冒金光，不知道是黃鼠狼還是野貓，真把我們嚇壞了。大家轉頭往回跑，跑到路邊的時候，都說實在太嚇人了，別抓了回家吧。

時間已經要十點了，再不回家也無法跟爸媽交代。就在要走的時候出了事，跟我們一起去的那個小孩哭了，說鞋子不見了一隻，涼鞋掉在墳地裡了，回家他爸一定會把他打一頓，要我們一起回去找鞋。大家也只好順路往回走，在墳地和草叢裡找他的鞋。

有點害怕，但也不太害怕，主要就是著急，鞋找不回來，我們這三個人都得跟著受連累。那小孩他爸是賣魚的，脾氣不太好，特別愛打人。走到半路的時候，一個有深度近視、鏡片比酒瓶底還厚的朋友說找到鞋了，從草裡摸出來一看，是個黑色的布鞋，看起來還挺新的，但卻很臭。當時我們還以為是從死人腳上扒下來的，趕緊丟了。

最後在一塊又臭又軟的泥坑裡，找到了丟失的涼鞋。現在想想都覺得是個奇蹟，大半夜的，那麼大一片墳地，居然還能把丟的鞋給找回來了。

怪聲

前幾年受邀到電臺做節目，認識了幾位企劃，聊得來就成了朋友，時不時會聚餐，聽他們講講電臺裡的事。小劉到電臺工作沒幾年，卻很愛說。一次大家聊到自己遇到的稀奇古怪的事情的時候，小劉講了一個他自己的親身經歷。

那時候他還是個實習生，也沒有多少特別的工作，就是錄歌，把晚上要放的節目歌曲找出來，下載、監聽，如果音質不好或格式有問題就立刻換，然後再聽。聽完後就上傳到樓上節目庫中，預備給晚上的節目主持人。那天要準備的歌曲特別多，聽完最後一首歌的時候已經是凌晨兩點半了。他關了所有的設備準備回家。就要關電腦的時候瞄了一眼調音臺上的音量電平，誰知就是這一瞄，他的寒毛豎起來了。電平飛速而有節奏地打著，於是他開始尋找話筒的開關，控制話筒的開關全都關好了，他錄歌的時候很謹慎，從來沒有開過話筒，否則屋子裡的聲音就會錄進去。

「難道是播音間還有人？」心裡有這個想法的時候，他就已經很害怕了。他緩慢地回過頭，望向那個黑漆漆、空蕩蕩的直播間，除了一些調音臺上的小燈還在閃爍，裡面空無一人。那是週二的晚上，愛聽廣播的讀者們一定知道，週二的廣播結束得很早，凌晨兩點半更不可能有節目了。他心裡開始緊張，小劉再次打開了錄音軟體，看著那有節奏的電平不斷地亮著，明明就是有人在說話，監聽耳機裡卻一點聲音都沒有。於是小劉任由這個音軌錄了二十多秒鐘，然後停下來播放那段音訊檔，結果聽到一個不男不女的聲音，忽遠忽近，時而像個老婦人，時而像個男人，時而又重疊出很多人的聲音，聲音小極了，完全聽不清楚在說什麼。小劉嚇壞了，關閉了音訊，過了一陣子再度打開來聽的時候，卻發現完全沒有聲音了。他不記得那個夜晚是怎麼離開電臺的，感覺就連下電梯的時候背後都有人看著他。

到現在他仍很迷惑，老員工們也說有過這樣的經歷，是什麼原因大家還無從得知，而單純從技術上說，很可能是一種來歷不明的干擾。

夢魘

前幾天偶遇一個朋友，我看他氣色不好，面頰深陷，眼圈烏黑，就問他怎麼了？他說最近幾個晚上一直沒有睡好覺，每晚睡到半夜時，都發覺自己平躺在床上，意識非常清楚，手腳卻動彈不得，如果強行掙扎，魂魄則似將要脫殼而出。這大概就是所謂的「夢魘」，俗稱「鬼壓床」。

朋友到處求神拜佛，以求破解之法。就這樣過了一段時間，不但沒有擺脫這種困境，反而為此增加了很多不必要的開銷。見他一天比一天憔悴，我實在不忍心放任不管，於是就找了一個休息日，到他家看看。

剛走進朋友家門，我就迫不及待地來到了他的臥室。在床邊仔細觀察之後，終於發現了他晚上睡不好覺的原因。

其實入睡之後，大腦中有一小部分仍然在活動，而這一小部分大腦，有時會收集整理一些資訊。第一種情況是過去曾經經歷過可怕的事情，其過程重複在腦中浮現；第二種情況是睡眠時睡姿不對，身體的某個部位受到壓迫，或者有將被子蓋住頭睡覺的習慣；第三種情況是身體得了疾病，致使神經衰弱，得不到充分休息。還有一種情況就是看了恐怖電影，或讀了神怪小說，都會造成人們晚上出現夢魘的情況。

關於噩夢的根源，主要來自睡覺時有兩種狀態，一是快速動眼睡眠，二是非快速動眼睡眠。前者是由於過度的疲憊和壓力所造成，雙眼在閉合狀態中，眼球仍會出現快速運動，同時伴有呼吸、脈搏、血壓的波動，夢境大多由此產生。此刻腦中各種雜亂的訊號交織在一起，透過潛意識產生自我暗示，比如有些藝術家在夢中突然獲得靈感啟發，又有些偵查員能在睡夢中想到案件的重要線索，這都是深層思維偶然產生的映射。只不過大多數夢相並不直觀，使人難解其意，所以古時那些解夢或徵兆感應之說，也都有其形成的基本原理，未必皆屬虛妄言論。

我朋友家的床下放了很多雜物，致使床的兩頭不一樣平齊，一邊稍高，一邊稍低。而我那朋友睡覺時，剛好腳是放在高處，頭枕在低處。這樣每晚睡覺，勢必會造成下身的血液向上流動速度較快，給大腦造成嚴重負擔。這時頭部充血，或持續壓迫神經使身體麻木，就會出現恐怖的「鬼壓床」的現象。

我告訴朋友原因之後，他當天就清理了床下的雜物，改正了睡姿。這辦法果然有用，再也沒出現過類似的情況。

同時出現

小時候我最期盼的就是放假，放假不僅可以不用上課、不用寫作業，還可以整天在外面玩，對於在眷村裡長大的我來說，那就是最快樂的事情。我有四個關係不錯的好朋友，年紀也都差不多，到了晚上大家喜歡一起坐在院子裡講鬼故事，常常嚇得不敢回家，也特別喜歡一起坐公車跑到比較遠的地方去玩。在那個轎車較少的年代，公車還是比較方便的。那時候的公車票價也比較便宜，根據路程的遠近來算錢。

那一次，我們四個人約好了一起到天津大學去玩，因為聽說那裡有很多老教學樓，小孩子的想法總是很天真，打算去那裡探險。一大早，大家準備了點麵包和水，坐車去了天津大學。天津大學的中間有一個很大的湖，周圍有很多平房，住的都是學校職員的眷屬，我們在湖邊玩了一下後，就跑到大學後面的一幢教學大樓去玩。時間大約是下午五點半，天已經漸漸黑了，有個教學大樓的走廊沒有燈，裡面漆黑一片。我們想比誰的膽子大，就制定規則：一口氣跑到樓頂然後打開頂樓的窗戶向下示意「已經到了」，然後再跑下來。誰的膽子小誰就要負擔所有人回去的車費。大家都表示贊同，但令我們想像不到的事情發生了。

幾個朋友輪流來，第一個膽子最大，他跑到四樓然後打開窗戶向我們招了招手，然後很快地下來了。我是第二個，同樣也跑到四樓，我們兩個理由都一樣：五樓實在太嚇人了，上面有一道鐵柵欄，而且很黑，沒人敢上去。第三個朋友雖然動作慢但他居然跑到了五樓，招了手然後跑了下來。最奇怪的就是第四個朋友，他跑進去沒多久就到了五樓，然後在五樓朝我們招手。這個時候出現了我們這輩子都難以忘記的畫面，那個朋友又從二樓打開窗戶向我們招了招手。當我們正在納悶的時候又接著看五樓，此時五樓已經沒人了。我們明明記得那張臉確實是他，等於是五樓和二樓同時有人招手。他下來後我們追問他，他說天黑了很害怕就跑到了二樓，根本沒有上去五樓，五樓那時是空的。這事把大家嚇得不輕，直到現在也不知道五樓招手的那個到底是怎麼回事，但願是我們看錯了。

皮影戲

八十年代的時候去鄉下，還經常能夠看到皮影戲，現在沒見過有演皮影的，倒見有一堆來收皮影的，都當古董了。據說二十世紀八十年代末的北京潘家園，也就是《鬼吹燈》裡胡八一當上摸金校尉之前混的那地方，那個時候一套皮影就要四千元，現在，早先清代留下來的全套皮影都要四十萬元了。

一般來說，一套皮影就是一個民間皮影班社演出使用的全部影人道具，包括頭像四、五百個、身子七、八十套和舞臺佈景若干，加起來有近千件，不齊全就賣不到好價錢。說到這成套的皮影裡，頭像為什麼會比身子多上五、六倍的數量？道理很簡單，控制成本：腦袋就那麼大，身子多大啊，得用去多少的驢皮、牛皮？所以，只要將頭像和身子換過，那就是另一齣戲了。至於唱念做打那全是皮影戲演員的本事。道具經濟，人力也省，跟平時唱大戲那二、三十人可沒法比。皮影戲後臺向來有「七個緊、八個鬆、九個休息」的說法，意思是要演好一齣戲，七個人就非常緊張，八個人剛剛好，九個人就有人要閒著了。後台裡每人都身兼數職，既要彈奏樂器，又要操控皮影。皮影人頭和身體平時是分開的，身體也分上身、下身、兩腿、兩上臂、兩下臂和兩手，共十一件連綴組成。

演員表演的時候透過控制人物脖頸前的一根主杆，和在兩手端處的兩根耍杆來使皮影人做出各式各樣的動作，所以非得一人身兼多職不可。不過動作都不含糊，皮影人不僅會照鏡子、眨眼睛，而且穿針引線、點火抽煙無一不會，甚至皮影人哭的時候，還能讓觀眾看見大滴大滴的眼淚順著臉頰流下來。因為實在太過真實，難免就會流傳些不經的故事和傳說。有人就拿頭和身體分離這件事來說，說是唱完戲就得把皮影的頭摘下來，和身體分開放好，否則這影人也會半夜偷偷跑掉。還有一個傳聞就是這些皮影演過三年後，就要用熱水重新煮過，再重新上色，否則就會成精了。實際上，這些皮影人都是驢皮、牛皮做的，煮過以後不就化了嗎？是整個影戲班吃飯的重要工具，不可能熬煮成膠泥。

孤島遇險

清朝年間盜匪猖獗，不僅陸地上有盜匪，在海上也出現了海盜攔截商船強搶財物。以前把海盜稱為「洋盜」，由於洋盜神出鬼沒又熟悉水路，官府一直十分頭痛。水師營在一次碼頭執行公務的時候，抓到了一個可疑的碼頭工人。上前一盤問，此人神色慌張想要逃跑，水師營立馬將其抓住關進牢房嚴加審訊，結果抓到的居然就是一個要上岸銷贓的洋盜分子。

要想抓住洋盜，就必須要清楚他們的生活方式以及出沒地點與時間。水師營分派了專門的人員審訊這名洋盜，讓他講出所有發生過的事情以及他們如何搶劫的細節。審訊之初他什麼也不肯說，直到最後，答應他如果抓到其他洋盜便放他自由，這才肯配合。

開始的時候審訊人員的態度還是冷冰冰的，但是洋盜講出來的事情的確很有意思，包括他們在海上的種種奇遇，聽得這些人目瞪口呆。

有一次他們打算攔截一艘商船，但是沒想到半路殺出個程咬金，來了一艘葡萄牙軍艦將他們的艦船桅杆打斷一截，他們就只能在海上漂流。不知漂了多久，船上的水和乾糧已經所剩無幾，眼看就要絕望了，沒想到在遠處隱約出現了一個小島，眾人大聲歡呼。

船離小島越來越近，洋盜們已經躍躍欲試。離得越近，領頭的感覺越不對——小島植被茂盛，但不曾有人煙跡象。洋盜頭子曾是海軍出身，海上經驗豐富，有勇有謀，被小人算計背上官司之後才做起了洋盜。待靠岸之際，大家都要跳上島去，這時領頭的大喊一聲：「不要上島！」眾人不解，領頭的站在船邊手指向島上突起的那座小山。小山上植被非常茂盛，但在山的中間有一條曲折的小路，說它是路卻又不像，小路蜿蜒曲折，但路面異常平滑，轉彎處圓潤非人工能及，領頭者說：「此處水源豐富卻不見人煙，必有可疑。」話音未落，只見從小山頂部出現一條巨蟒，花皮身，頭大如牛，張著血盆大口沿著先前小路盤下，船上的洋盜們頓時傻了眼。還好命不該絕，此時開始退潮，風向大變，船便靠著這股風力離開。如不是領頭人制止了他們，如今早已是大蛇腹中之食。原來那條光滑的小路，就是怪蟒常年經過留下的痕跡。

人狗互食

民國時期，打完仗往往橫屍遍野，大部分屍體都沒人處理，無數血肉之軀就這樣扔在荒郊野外，任憑烏鴉和野狗隨便啃啄。吃死人的不僅是野狗和烏鴉，就連村中人家所養的家狗和豬也跟著一起吃。經常啃吃死人的豬絕不同於一般的豬，這點明眼人一眼就能看出來。啃過死人的豬肥得嚇人，毛光皮亮，就連看人的眼神都冒著凶光。這些豬雖然肥，但知道怎麼回事的人，可能一輩子都不敢再吃豬肉了，而且看見別人吃豬肉自己就忍不住想吐。

俗話說得好，「寧為太平犬，莫作亂世人」。那個時代發生的真實事件，遠比小說裡殘酷得多。

早在五十年前的香港，提著一隻雞在馬路上走，都會被控「虐待畜生」之罪受到責罰。「人之初，性本善」是沒錯的，但是自相殘殺之事還是有的，雖然是極少數，但這「極少數」的殘酷行為，讓人類的悠久文明失去了一絲光彩。接著說個鮮為人知卻極其殘惡的事例。

清朝時候，有位知縣姓劉名海。因嫌知縣一職撈不到什麼油水，便傾盡家財，疏通高官，又買到一個知府的官位。他去高州上任後不久，還沒顧得上搜刮民脂民膏，便遇上廣西賊寇入境，到處燒殺搶掠，無惡不作，民眾皆攜家帶眷，逃避賊寇。

難民們逃到高州城外時，請求城門人通報知府大人進城避難。哪知這個知府劉海，卻認為賊兵將至，城內沒有多餘的糧食給難民吃，竟然下令緊閉城門，拒不收納一人一畜。任憑無數難民在城外苦苦哀求，他都充耳不聞，坐視不理。此後賊寇尾隨跟至，兵臨城下將至壕邊。眼見城門緊閉，門外眾多百姓跪在地上，一邊磕頭一邊大聲哀求打開城門，便明白了個中緣由，於是肆無忌憚，見人就殺，見物就搶，哭喊聲不絕於耳。而那知府劉海，卻端坐在城中裝作無事一般。

後來賊寇離去，只見城外血流成河，積屍數里，引來了很多野狗食之。沒過多長時間，那些野狗都已吃得又大又肥。這位知府劉大人，又以城中糧食不足為由，命手下出城抓捕野狗，揀選其中肥大者，宰殺烹煮了讓軍民人等食用。那時，高州城城內的百姓們都說「城裡人食狗，城外狗食人」！

兩頭人

天津有個地方叫「南市」，解放前魚龍混雜，在街頭耍把式賣藝的很多，三十年代出現過一個討飯的乞丐，曾經轟動一時，現在上年紀的老人們，對此都有很深的印象。

其實要飯的乞丐哪裡都有，因為以前的叫花子流落四方，或是拖兒帶女，或是身體殘疾，將身上的苦楚當街展示，以博路人同情，諸如缺胳膊斷腿，以及身上的膿瘡傷疤，都是他們行乞的資本。

俗語說：「當過三年叫花子，給個皇帝都不換。」有些人天生就好逸惡勞，不願從事生產勞動，四體不勤，五穀不分，又沒什麼文化，覺得當乞丐吃閒飯，天為被地做床，最是適宜不過，這類乞丐也不值得人們同情。但也有許多人真正是殘疾貧苦，生計無著，只好上街行乞。

不過當時出現在南市的乞丐很「奇特」，為什麼這麼說呢？因為那是個十幾歲的少年，他當街袒露胸腹，胸腹前生有一個小孩，手足眼耳鼻口無不具備，但一直閉著眼皮，要是把眼皮撥開來看，裡面白濛濛的沒有眼珠子，嘴裡也沒有呼吸，手足軟而無骨，有乳頭沒肚臍，下身應該有的東西也一樣不短，只是多半個身子都嵌在那少年胸腹中，根本沒有內臟，等於是兩頭一體。誰看了都覺得觸目驚心，既是同情又感到古怪。

那少年自述是鄉下來的，與其兄連身雙生，誰要是肯給點錢，多少不計，他就會解開衣服讓人看看懷中的畸形兄長。這小子走街串巷，常年以此為生，別看年紀不大，卻已經跑過好幾個大省城了，甚至還打算存夠了錢，去見識見識「大上海」。

路上的好心人多，見其可憐，紛紛解囊相助。還有人問那少年：「你懷中那人為什麼是你兄長？」那少年說：「先出生的自然為兄，去年他還能說話，別人碰他也有反應，不過今年以來，任憑你怎麼呼喚，他也沒有任何反應了。」

有些無聊的小報記者還對此進行了報導，說這並不是奇事，而是畸形，可見天生為人者，亦偶有變幻莫測之處。那時有個專跑水旱兩路碼頭、唱野檯子戲的戲班，班主想以此為噱頭謀利賺錢，就將他拐騙走了，又怕這少年逃跑，便給他服了迷藥，然後到處展覽。

死亡照相

「文革」剛結束的時候，有個姓林的軍人，從部隊轉業到天津從事刑偵工作，主要負責法醫鑒定。所謂法醫，就是解剖屍體，以及勘察命案現場進行分析取證。公安局配發給這個姓林的法醫一部德國進口照相機，用來對被害者的死屍拍照存檔。姓林的法醫就用這部德國相機拍了很多死屍的照片，當然這些死屍沒有一個是正常死亡的，有出車禍撞死的，有被人用刀砍死的，也有從高處摔下來死亡的。

就這樣，林法醫做這行一做就是二十年。這部德國相機他始終捨不得換掉，因為非常好用，照出來的相片其逼真程度，看的人都以為是真的在看屍體。這部相機拍的照片早已經不計其數，但是唯一有一點可以肯定的是，從來沒有用來給活著的人拍過照。

有一次，林法醫勘察一個命案現場，他帶著這部相機，拍了幾張有價值的照片。正在此時，公安廳的主管來現場視察工作，局長也跟來了，因為主管來得突然，沒有記者採訪，局長想，如此難得的機會，不跟上級合影留念實在是太遺憾了。正煩惱著，看見林法醫脖子上掛著部相機，就請林法醫幫他和主管照張相。這是主管的命令，林法醫怎麼能不服從，於是調好焦距，按下快門，「咔嚓」一聲，幫主管和局長拍了一張。晚上回到單位，林法醫洗相片，發現今天拍的照片都很正常，唯獨兩位主管的合影有問題，似乎是曝光的原因，整個畫面黑黑的，兩位主管面目全非。不！不是面目全非，這，這簡直就是給死屍拍照時那些屍體的面目啊！林法醫大驚失色，心想這要是被主管看見一定死定了。他趕緊把照片和底片銷毀了，然後收拾東西下班回家了。

沒想到第二天一上班，就傳來了壞消息。頭一天拍照的兩位主管坐在一輛車裡出了車禍，而且都撞死了。這種情況法醫肯定是要到現場的，到了現場一看，兩位主管屍體的臉部扭曲變形，看來死的時候受了不少痛苦。林法醫突然覺得這有點眼熟，這才想起來，與昨天相片中的情景竟然一模一樣。他想這部相機拍了無數死者的照片，莫非是陰氣太重，怨念糾結，所以產生了強烈的詛咒？想到這裡不免心情沉重起來。這天下班回家之後，他像往常一樣看報吃飯，忽然發現自己把相機帶回來了。相機是公家的，他從來沒有帶回過家裡，大概是那天心神不安，無意中帶回家來的，第二天應該趕緊帶回局裡。

晚上正準備睡覺，發現他老婆正在玩著相機。林法醫大驚，說：「快住手，這個千萬別亂動，太危險了。你剛才有沒有用它給自己拍過照片？」妻子搖搖頭，林法醫這才放心，沒想到妻子卻說：「我剛才給你拍了一張。」林法醫大驚失色，悶不吭聲地拿起相機出了門，從此就再也沒回來。這幾年活不見人，死不見屍，至今沒人知道他的失蹤，是否與這部被惡靈附體的照相機有關。

感應

鴉片戰爭時期，中國正處於半封建半殖民地的年代。全國的沿海城市幾乎全都有租界的存在，在那時的天津塘沽，就發生過這樣一件事情。

當時有一個姓王的先生在塘沽教書，因早年受過一些西式教育，所以略懂些英文。這件事被當地的一個商賈知道後，便親自跑到這王先生家裡，高薪聘請其到自己府中給他做翻譯，意在與洋人通商。

過了些時日，商賈見這王先生逐漸每日不進三餐，日漸消瘦，便問起緣由。先生回答，自己原不是本地人，是從老家揚州而來，到此地教書。早年先父過世，現家中還有一老母孤苦伶仃，無依無靠，所以每每牽掛之時便難過不已，茶飯不思。商賈聽罷，因還需要他在身邊為其做翻譯，便不想放他回去，於是抓起先生手臂，讓其隨之出門，說自己知道一法，可讓其一解思鄉之愁。王先生甚是疑惑，便半信半疑地跟商賈去了。

兩人來到岸邊，見一荷蘭大船停在此處。商賈讓王先生稍等片刻，隻身上了大船。不久，下來兩個荷蘭人，其中一人端著一個瓷盆，瓷盆之中盛著滿滿一盆淡黃色的水。兩人來到王先生面前，其中一人告訴他，將臉伸進水中，張開眼睛仔細觀看。那王先生看著瓷盆，很是納悶，心想「應該不會加害於我」，於是就把頭埋進水中，張開了眼睛。沒想到他在水中竟然看見了日日想念的揚州老家，而且看到了自己的家中，母親身體無恙，坐在院中正在做針線活。就在這時，母親慢慢抬起頭來，好像看到了自己的兒子。四目相望之時，王先生憋不住氣了，從水中把頭抬了起來。這時商賈從旁邊遞來毛巾，問他怎樣，母親身體可好。王先生一邊擦臉回應著「很好，很好」，一邊對剛才的事情感到驚奇不已。回到商賈家中後，王先生逐漸恢復，盡心盡力為商賈做事，生意也越來越好。

年關之時，商賈給了王先生一筆錢，讓他回家看看母親。王先生感謝之後，便動身回到了揚州老家。見到母親後的一天，他正與母親在院中閒聊，母親說，兒子不在的時候，發生了一件怪事，說出來怕人笑自己老糊塗了。有一天正在幫兒子縫衣服的時候，忽然看見兒子的臉出現在了院子裡的樹上，而且活靈活現。王先生一愣，然後微微一笑。母親說道：「你看，你果然在笑我。」一按舊時所載，此事或為西洋催眠或心電感應之術，不知道這種傳說有幾分可信之處。世上都說母子連心，也許這正是「兒行千里母擔憂」的牽掛。

牧野詭事

天下霸唱 ·著

作　　者　天下霸唱
總 編 輯　于筱芬
副總編輯　謝穎昇
業務經理　陳順龍
美術設計　點點設計
製版／印刷／裝訂　皇甫彩藝印刷股份有限公司

原書名：《牧野詭事》
作 者：天下霸唱
“本書繁體版由四川一覽文化傳播廣告有限公司代理，經北京新華先鋒出版科技有限公司授權出版”

編輯中心
橙實文化有限公司 CHENG SHI Publishing Co., Ltd
ADD ／桃園市中壢區永昌路 147 號 2 樓
2F., No. 147, Yongchang Rd., Zhongli Dist., Taoyuan City 320014, Taiwan (R.O.C.)
TEL ／（886）3-381-1618 FAX ／（886）3-381-1620
MAIL: orangestylish@gmail.com
粉絲團 https://www.facebook.com/OrangeStylish/

全球總經銷
聯合發行股份有限公司
ADD ／新北市新店區寶橋路 235 巷弄 6 弄 6 號 2 樓
TEL ／（886）2-2917-8022　FAX ／（886）2-2915-8614

初版日期 2024 年 3 月